NO MORE MISSPELLING

我不再拼錯英文字

Learning Publishing Company

序 言

在各類英文考試中，**拼錯字**（*misspelling*）屢見不鮮，如國人最常把 **true** 這個字，誤拼成 *ture*，這樣不但會令人氣急敗壞地丟掉寶貴分數，甚至更可能因此錯失好學校。「我不再拼錯英文字」特針對解決拼錯字的苦惱而編寫，讓您避免拼錯任何一個英文單字！

✦ 「我不再拼錯字」——解決拼錯字問題的最好參謀 ✦

本書第一篇「怎樣拼對英文單字」首先分析拼錯字的原因，讓您了解問題發生的所在；正確的拼字學習法則剖析如何正確地學習拼字；拼字法則是有關英文**字首**（*prefix*）、**字尾**（*suffix*）、名詞的**複數形**（*the plurals of nouns*）、**合成名詞**（即複合名詞，*compound words*）的複數形、**省略符號**（"，"）的辨別及如何使用**大寫字母**（*capital letter*）各類的拼字研究。熟讀本篇，能協助您有效解決拼字的問題。

✦ 快速掌握拼字訣竅，增加字彙量兩萬個以上 ✦

對於即將參加托福及 GRE 等留學考試的人來說，如何背記一大堆看似相同而又艱深的英文單字，及如何擴大字彙量，都是相當重要的課題。本書第二篇「英文拼字特殊記憶法」依 A、B、C……Z 的次序編排，採例句說明的方式，令讀者一目了然，如：

This is my **chie**v**ement**.（這是我主要的成就。）

　　能讓您在短時間內，掌握拼字的技巧，擴大字彙量，信心十足地參加留學考試！

✦ 聯考翻譯作文中，如虎添翼的利器！ ✦

　　在各類考試翻譯作文中，除了文法正確外，**拼字正確**往往是考試委員評分的標準。本書第三篇至第五篇特整理出「電腦統計高中生最常拼錯的字」、「電腦統計大專生最常拼錯的字」、「電腦統計社會人士最常拼錯的字」，針對各階層學英語人士，列出最容易**拼錯**的字之外，並附**正確拼法**、**音標**及**中文解釋**，是您在各類考試中，如虎添翼的利器！

　　本書雖經多次審慎校對，惟仍恐有疏失之處，尚祈各界先進不吝指正為荷！

編者謹識

七

CONTENTS
NO MORE MISSPELLING

PART 5 電腦統計 社會人士最常拼錯的字 ··· *251*

PART 1

怎樣拼對
英文單字

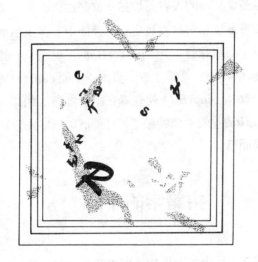

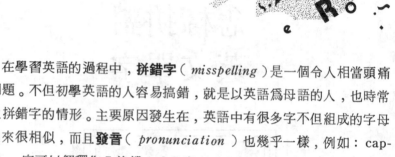

怎樣拼對英文單字

在學習英語的過程中，**拼錯字**（ *misspelling* ）是一個令人相當頭痛的問題。不但初學英語的人容易搞錯，就是以英語為母語的人，也時常發生拼錯字的情形。主要原因發生在，英語中有很多字不但組成的字母看起來很相似，而且**發音**（ *pronunciation* ）也幾乎一樣，例如：capital 一字可以解釋作「首都」或「資本」，而 capitol 則是「建築物」的意思，*the state capitol* 就是專指國會議廳，如果一不小心寫成 *the state capital*，就大錯特錯了。可是這兩個字的分別，只在於**字母 a 與 o 的不同**而已。

拼錯字的原因

除了字與字之間由於太過相似而導致不容易分辨，拼錯的情形之外，一般來說，拼錯字的原因都可歸結於個人**學習過程**中所犯下的錯誤，或者是一時**粗心大意**所致。

在此，我們把拼錯字的原因歸為四類：一是**自作聰明**而**多寫、漏寫**，二是**發音含糊不清**，三是背生字時把**字首背錯**，四是拼字時**漏掉不發音的字母**。接著我們就這四點，做進一步的說明。

　　原因1：自作聰明而**多寫**一個字母，或**漏寫**一個字母，甚至將字母位置**互調**。

《範例》

(1) 多寫字母　　　　　　誤　寫　　　　　　正　確

	誤寫	正確
運　　動	athle*le*tics	**athletics**
嚴重的	griev*i*ous	**grievous**
有害的	mischiev*i*ous	**mischievous**
怪異的	monster*e*ous	**monstrous**
神經緊張的	nerv*i*ous	**nervous**

(2) 漏寫字母　　　　　　誤　寫　　　　　　正　確

	誤寫	正確
意外地	accidently	**accidentally**
有利的	benefical	**beneficial**
批　評	critcism	**criticism**
熟練的	proficent	**proficient**

(3) 字母位置互調　　　　誤　寫　　　　　　正　確

	誤寫	正確
無關的	irre*vel*ant	**irre*lev*ant**
戰略的	strag*etic*	**strat*egic***
悲　劇	tra*degy*	**trag*edy***

　　原因2：學習英語時，**含混不清的發音**往往會導致拼錯字的情形。有些字音相似的字，其實只要發音清楚，認真地加以分辨，很容易就可以避免不正確的拼字。

例一　{ caliber〔ˈkæləbɚ〕*n.* 口徑
　　　{ *caliper*〔ˈkæləpɚ〕*n.* 彎腳規

例二　{ carton〔ˈkɑrtn̩〕*n.* 紙板
　　　{ *cartoon*〔kɑrˈtun〕*n.* 卡通

例三 $\begin{cases} gig〔gɪg〕\textit{n}.\text{二輪單馬車} \\ \textit{jig}〔dʒɪg〕\textit{n}.\text{捷格舞} \end{cases}$

例四 $\begin{cases} sculptor〔'skʌlptɚ〕\textit{n}.\text{雕刻家} \\ \textit{sculpture}〔'skʌlptʃɚ〕\textit{n}.\text{雕刻術} \end{cases}$

例五 $\begin{cases} precede〔pri'sid〕\textit{v}.\text{在先} \\ \textit{proceed}〔prə'sid〕\textit{v}.\text{進行} \end{cases}$

原因 3：背生字時，沒有特別留意，不小心把**字首**（*prefixes*）搞混了，原本應是 pre，寫成 per；而應該是 per 的情形，却寫成了 pre。

《範例》

□ 執 行　　***per*form** ——誤拼爲——→ preform

□ 或 者　　***per*haps** ——誤拼爲——→ prehaps

□ 作僞證　　***per*jury** ——誤拼爲——→ prejury

原因 4：單字中有些**不發音的字母**（*silent letters*），記得不夠熟悉，拼字時往往就漏掉了。

《範例》

□ 圓 柱　　colum***n***〔'kɑləm〕（m n 在一起時，n 不發音）

□ 責 備　　condem***n***〔kən'dɛm〕（m n 在一起時，n 不發音）

□ 讚美詩　　hym***n***〔hɪm〕（m n 在一起時，n 不發音）

□ 蚊 蚋　　***g***nat〔næt〕（g 不發音）

□ 技 巧　　***k***nack〔næk〕（kn 在一起時，k 不發音）

□ 編 織　　***k***nit〔nɪt〕（kn 在一起時，k 不發音）

□ 肺 炎　　***p***neumonia〔nju'monɪə〕（p 不發音）

□ 聖 詩　　***p***sa***l***m〔sɑm〕（p 和 l 不發音）

□ 心理學　　**p**sychology〔saɪˈkɑlədʒɪ〕（p不發音）
□ 包　裹　　**w**rap〔ræp〕（wr 在一起時，w 不發音）
□ 殘　骸　　**w**reck〔rɛk〕（wr 在一起時，w不發音）

正確的拼字學習法

　　以上所提到的各種拼錯字的情形，是不是也時常困擾著你呢?其實，這些錯誤都可以藉著正確的學習方法來加以改善。很多人在背誦英語單字時，往往只是將一大堆 abc 的字母組合，往腦子裡塞，沒有仔細下功夫去辨別**字音**與**字義**的問題，到頭來，腦中一片混沌，各種字音、字形看起來很類似的單字都攪和在一塊，分不清楚了。一個正確的英語拼字學習法不僅僅是如此機械化地記憶單字而已，應該還要包括下列幾項:

方法 1 ⇨ 背誦一個生字時，先試著將它分解出**字首**（ *prefix* ）和**字尾**（ *suffix* ）等部位，接著再深入瞭解這幾個部位所代表的涵義。

≪範例≫

　　字首：如 ***dis*** , ***in*** , ***un*** , ***anti*** , ***ante*** , ***pre*** , ***de*** , ***con*** 等。
　　字尾：如 ***tive*** , ***ty*** , ***able*** , ***ful*** , ***less*** 等。

方法 2 ⇨ 背誦比較**困難**的單字時，依照 ***say-see-check-write-see-say*** 的過程來記憶。

　　say —— 將生字大聲唸出來，發音力求正確。

　　see —— 閉上雙眼，在心中回想，重新拼寫一遍，仔細看清楚每個字母。如果實在想不起來，張開眼睛重新將字唸一遍，再閉上眼睛。

　　check —— 檢查看看剛才心中所拼寫的字母是否正確。如果不對，要試到正確為止。

write ── 將字寫在紙上，順便再唸一遍。

see ── 這一次，再閉上眼睛，將剛剛寫在紙上的字在心中重新回想，拼寫一遍。

say ── 最後再仔細唸一次，熟悉好正確的發音。

依照這個方法背誦單字，雖然比較麻煩，但是印象深刻，不容易忘記，尤其是針對那些**困難**又**麻煩**的單字，可以一勞永逸，免除以後拼字上的困擾。

方法 3 ⇨ 準備一本**筆記本**，隨時將自己常常拼錯、記不起來的單字整理下來，有空時，便拿出來溫習。得到的效果比急忙去背一大堆從來沒見過的單字還要好得多。

方法 4 ⇨ 養成**查字典**的習慣，只要遇上疑問不懂的地方，便翻查字典，力求徹底明瞭。一知半解的情況，最容易使人自作聰明地拼錯字。

正確的英語拼字學習方法，不但可以將拼錯字（*misspelling*）的情形減低到最小的限度，同時也可以逐漸增強自己字彙的能力。這樣子，隨著時日的增長，等到字彙能力達到某一個程度之後，慢慢地會發現到，英文單字的拼法原來也有一些固定的規律。以字尾（*suffixes*）ly 為例，名詞後面加上 ly，便成為形容詞，如 home（*n.*）+ **ly** → **homely**（*adj.*）簡陋的；而形容詞後面加 ly，却成為副詞，如 poor（*adj.*）+ **ly** → **poorly**（*adv.*）可憐地。這些規律，就是英文單字裡所謂的**拼字法則**。

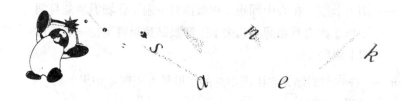

拼字法則

　　在背誦單字的同時，如果也能具備一些英文單字拼字（*spelling*）的法則，那麼很多單字都可以一目了然，望文知義，拼字時也可依據這些法則來檢查有沒有拼錯，**避免誤拼的情形發生**。仔細分析起來，英文單字的組成不外乎是：

　　一個英文單字＝字首（可能二個以上）＋字根＋字尾（也可能不止一個）

　　因此，英文中的拼字法則要特別注意到**字首**和**字尾**組成的規則，另外再旁及①單字複數形的變化②合成名詞（*compound words*）的複數③省略符號（*apostrophe*）"，" ④大寫字母（*capital letter*），這四種容易導致拼錯的問題。

＜拼字法則１＞字首（*Prefixes*）的研究

⊙ **表示否定意義的字首**，包括：「**不**」，「**反**」，「**非**」。

□ il＋以 l 開頭的單字。

　　範例　　**illicit** 違法的；私的　　　　**illiterate** 文盲的；失學的

□ im＋以 b，m，或 p 開頭的單字。

　　範例　　**imbalance** 不均衡　　　　**immortal** 不朽的
　　　　　　immune 免疫的　　　　　　**impatient** 不耐煩的

□ ir＋以 r 開頭的單字。

　　範例　　**irregular** 不規則的　　　　**irresponsible** 不負責的
　　　　　　irrevocable 不能取消；不能挽回的

註：*in* 和 *im* 除了表示否定之外，還有「向內」、「使」的含義，如 indoors（戶內的），
　　inrush（侵入），import（輸入），intoxicate（使醉），insert（插入）。

□ un ➡ 含有「不」,「解開」的意思。

> 範例　　unwell 不舒服的　　　　uncover 打開蓋子
> 　　　　untimely 不湊巧的

□ dis ➡ 含有「不」,「解除」,「相反」的意思。

> 範例　　dislike 不喜歡;厭惡　　disrespect 失禮
> 　　　　disorder 無規律　　　　disappoint 失望

□ non ➡ 含有「非」,「不」的意思。

> 範例　　nonentity 不存在　　　　nonsense 胡說八道

□ anti ➡ 表示「反抗」,「反對」的意思。

> 範例　　anti-imperialism 反帝國主義
> 　　　　antidote 解毒劑　　　　antibiotic 抗生素

□ counter ➡ 表示「對抗」,「逆」的意思。

> 範例　　counteroffensive 反攻的　counteraction 反作用;中和

□ contra ➡ 表示「相反」,「避」的意思。

> 範例　　contrary 相反的　　　　contraceptive 避孕藥

⊙ **表示「內、中、外」和時間「前、後」的字首。**

□ ante ➡ 表示「之前」的意思,表時間地方皆可。

> 範例　　ante-bellum 戰爭之前　　ante-mortem 死亡之前
> 　　　　anteroom 接待室　　　　antecedent 先前的
> 　　　　antemeridian 午前;上午(縮寫為 a.m.)

□ post ➡ 「在…之後」的意思,專指時間方面。

> 範例　　postmeridian 午後;下午(縮寫為 p.m.)
> 　　　　postwar 戰後的

□ pre ➡ 表示「早」，「先前」的意思。

　　範例　premature 早熟的　　　　predict 預言
　　　　　prepossess 先入為主

□ inter ➡ 含有「在…之間」，「交互」的意思。

　　範例　international 國際的　　　interstate 州際的
　　　　　intercede 仲裁

□ sub ➡ 表示「在…之下」，「次於」的意思。

　　範例　subconscious 下意識的　　subway 地下鐵
　　　　　submarine 潛水艇　　　　subhead 小標題
　　　　　subject 隸屬於

─────────────────────────

□ in ➡ 表示「在…之內」的意思。

　　範例　include 包括；算進去　　incomer 侵入者
　　　　　indoors 戶內的

□ ex ➡ 表示「在…之外」的意思。

　　範例　exclusion 逐出去　　　　exclusive 脫離本題的
　　　　　exile 放逐

□ super ➡ 含有「超於…」，「特別」，「在…之上」的意思。

　　範例　superman 超人　　　　　supersonic 超音速的
　　　　　superfluous 過多的

─────────────────────────

⊙ 表示「數量」的字首

□ uni, mono ➡ 都是表示「單獨」，「單一」的意思。

　　範例　uniform 一致的　　　　　unicorn 獨角獸
　　　　　monopoly 獨佔　　　　　monotonous 單調的
　　　　　monoplane 單翼飛機

□ **bi, twi** → 表示「雙」，「二」的意思。

> 範例　　**bi**cycle 自行車（雙輪）　　　　**twi**n 雙胞胎

□ **tri, tre** → 表示「三」的意思。

> 範例　　**tri**o 三重唱；三重奏　　　　**tre**ble 三倍的
>
> 　　　　**tri**pod 三腳架　　　　　　　**tri**plet 三胞胎之一

□ **demi, hemi, semi** → 均表示「一半」的意思。

> 範例　　**demi**god 半人半神　　　　　**hemi**cycle 半圓
>
> 　　　　**semi**monthly 半月刊　　　　**semi**final 準決賽；複賽的

□ **com, co, col, con, syn, sym** → 都是表示「共同」，「全部」的意思。

> 範例　　**com**pany 公司　　　　　　**col**lection 集合
>
> 　　　　**co**operation 合作　　　　**con**sort 同伴
>
> 　　　　**syn**thetic 綜合的　　　　**sym**pathy 同情

⊙ 其他各種不同意義的字首

□ **ab** → 表示「脫離」的意思。

> 範例　　**ab**sent 缺席的　　　　　　**ab**normal 反常的

□ **aero** → 表示「空氣」的意思。

> 範例　　**aero**nautic 航空的　　　　**aero**plane 飛機

□ **auto** → 表示「自己的」，「自動」的意思。

> 範例　　**auto**biography 自傳　　　**auto**mobile 汽車

□ **de** → 表示「下」，「廢除」，「分離」，「否定」的意思。

> 範例　　**de**scend 下降　　　　　　**de**throne 廢君
>
> 　　　　**de**part 離別　　　　　　　**de**fame 中傷

□ fore ➡ 在時間上或位置上，都是表示「先前」，「之前」的意思。

> **範例** **fore**head 前額 　　　　**fore**sight 先見
> 　　　　**fore**runner 先驅者

□ mal, ill ➡ 是「惡劣」，「錯誤」，「不好」的意思。

> **範例** **ill**-natured 性情乖張的 　　**mal**adjustment 處理不當
> 　　　　**male**volent 惡毒的 　　　　**mal**treat 虐待
> 　　　　**ill**-fated 命苦的

□ micro ➡ 表示「極其微小」的意思。

> **範例** **micro**scope 顯微鏡 　　　　**micro**film 縮影膠片

□ re ➡ 表示「再一次」，「重新」，「往返」。

> **範例** **re**peat 重複 　　　　　　**re**build 重建
> 　　　　**re**act 反應 　　　　　　**re**cover 恢復
> 　　　　**re**ciprocate 往返運動

□ sino ➡ 代表「中華的」。

> **範例** **sino**logy 漢學 　　　　　**S**inophile 喜愛中國文化的
> 　　　　**S**ino-Japanese War 中日戰爭

□ tele ➡ 表示「遠距離」的意思。

> **範例** **tele**scope 望遠鏡 　　　　**tele**graphy 電報
> 　　　　**tele**phone 電話 　　　　　**tele**vision 電視

＜拼字法則 2 ＞ 字尾（ *Suffixes* ）的研究

⊙ 代表「人」的字尾

□ er ➡ kill**er** 殺人者 ， labor**er** 勞動者 ， advertis**er** 廣告者 。

□ ar ➡ begg**ar** 乞丐 ， burgl**ar** 夜盜 ， schol**ar** 學者 ， fri**ar** 修道士 。

□ or ➡ aggress**or** 侵略者 ， bachel**or** 學士 ， conquer**or** 征服者 。

□ ior ➡ sav**ior** (= *saviour*) 救助者

□ ee ➡ employ**ee** 僱工， fianc**ée** 未婚妻。

□ eer ➡ volunt**eer** 志願者， musket**eer** 劍客， engin**eer** 工程師。

□ ist ➡ Commun**ist** 共產黨員， pian**ist** 鋼琴家， typ**ist** 打字員。

□ ian ➡ music**ian** 音樂家， physic**ian** 內科醫生， Ital**ian** 意大利人。

□ ant 和 ent ➡ par**ent** 父母， serv**ant** 僕人， correspond**ent** 通信者。

□ ard ➡ drunk**ard** 醉漢， dull**ard** 笨蛋， slugg**ard** 懶漢。

□ ese ➡ Chin**ese** 中國人， Japan**ese** 日本人， Siam**ese** 泰國人。

□ an ➡ Americ**an** 美國人， Germ**an** 德國人， Tex**an** 德州人。

□ ish ➡ Brit**ish** 英國人， Span**ish** 西班牙人。

□ ite ➡ favor**ite** 鍾愛的人， Israel**ite** 猶太人， Muscov**ite** 莫斯科人。

⊙ 表示抽象名詞的字尾

□ ness ➡ good**ness** 良善， red**ness** 紅。

□ ment ➡ state**ment** 陳述， judge**ment** 判斷， conceal**ment** 隱匿。

□ age ➡ percent**age** 百分比， bond**age** 枷鎖。

□ hood ➡ boy**hood** 少年期， neighbor**hood** 鄰近之地區。

□ dom ➡ free**dom** 自由， king**dom** 王國。

⊙ 表示形容詞的字尾

□ ly ➡ 名詞＋*ly* 為形容詞

    範例   friend**ly** 友善的   home**ly** 簡陋的

            month**ly** 每月的

註：如果是形容詞＋ly，就成為副詞；如 fortunate**ly** (幸運地)， poor**ly** (可憐地)。

☐ **able** ➡表示「可…的」的意思。

  範例　portable 可隨身攜帶的　　　respectable 可敬的
　　　　eatable 可以吃的

☐ **ful** ➡①名詞＋ *ful* 成為形容詞，表示「含有…」，「富於…」，
「具有…性質」。

  範例　colorful 精彩有趣的　　　　wonderful 了不起的
　　　　awful　可怕的

　　　②動詞＋ *ful* 成為形容詞，表示「易於…」。

  範例　forgetful 容易忘記的

註：如果名詞＋ ful 仍為名詞，則代表「滿…」的意思。例如：
　　mouthful（滿嘴），pailful（滿桶），handful（滿手；一把）。

☐ **less** ➡名詞＋ *less* 成為形容詞時，表示帶有否定意味的形容詞，
「無…的」，「缺…的」的意思。

  範例　homeless 無家可歸的　　　　careless 不小心的

註：如果名詞＋ less 成為副詞，那麼就表示「無…」的意思，例如：
　　doubtless（無疑地）。

☐ **ous** ➡可以加在動詞或名詞後面，都是成為形容詞，表示「多…的」，
「有…特質或癖性」的意思。

  範例　jealous 嫉妒的　　　　　　furious 暴怒的
　　　　pompous 傲慢的

☐ **ish** ➡通常為形容詞的字尾，多半含有一點惡意的指摘，表示「…性
的」，「似…般的」，「略帶…的」的意思。

  範例　childish 幼稚的　　　　　　foolish 愚笨的
　　　　ticklish 不安定的；棘手的

註：有少數動詞的字尾也是 ish，如 punish（處罰）。

□ tive ➡ 通常是形容詞的字尾，表示「…的」，「易…的」，「…狀的」的意思。

　　範例　　sensi**tive** 敏感的　　　　　crea**tive** 富有創造力的

　　　　　　subje**ctive** 主詞的

註：有一些名詞也是以 tive 結尾，像 motive（動機），infinitive（不定詞）等。

◉ **其他不同意義的字尾**

□ ism ➡ 表示某種「主義」或「行為狀態」的意思。

　　範例　　imperial**ism** 帝國主義　　　liberal**ism** 自由主義

　　　　　　fatal**ism** 宿命論　　　　　optim**ism** 樂觀

　　　　　　sad**ism** 虐待狂

□ logy ➡ 代表某一種學說，「…學」，「…論」的意思。

　　範例　　psycho**logy** 心理學　　　　physio**logy** 生理學

　　　　　　meteoro**logy** 氣象學

□ en ➡ 有三種用法：

　　①**動詞**。　如：short**en** 縮短，deep**en** 加深，redd**en** 變紅。

　　②**物質名詞＋en**，成為**形容詞**用法。　如：wood**en** 木質的，

　　　wool**en** 羊毛的，silk**en** 絲質的。

　　③**名詞的複數形**。　如：childr**en** 兒童，brethr**en** 教友弟兄。

□ ize, fy ➡ 做動詞，表示「使…化」的意思。

　　範例　　civil**ize** 文明化　　　　　modern**ize** 使現代化

　　　　　　simpli**fy** 簡化　　　　　　beauti**fy** 美化

＜拼字法則 3 ＞ 特殊的字尾——名詞的複數形

　　英語名詞中的複數形變化比較複雜，因此很多人會拼錯字，主要是因爲不能確切地掌握住複數形的字尾變化。其實，如果仔細地分析起來，英語中的複數形可以概括地分爲兩大類，一是**規則**變化，二是**不規則**變化。規則變化的複數形，有一定的遵循路線，只要將變化的規則一一記熟了，自然不會產生問題；麻煩的是不規則變化的複數形，必須一個單字一個單字強行地背下來，沒有任何道理可言，不然一定會發生拼錯的情形。

　　不規則變化的形成原因有很多種，其中最大的一個原因是，字彙本身是從外國文字衍生而來，這種英文單字多半是不規則變化，例如 criterion 本來是拉丁文，它的複數形是 criteria，英文本身並沒有這種複數形式。

⊙ **規則變化**的複數形字尾

1. 普通在單數字尾上加 -s 。

單　數	複　數	單　數	複　數
chair（椅子）	chairs	book（書）	books
dog（狗）	dogs	bed（床）	beds

2. 單字字尾若是 ch, sh, s, x, z ，則加 -es 。

單　數	複　數	單　數	複　數
loss（損失）	losses	church（教堂）	churches
mass（塊狀物）	masses	watch（手錶）	watches
buzz（私語）	buzzes	fox（狐狸）	foxes
box（盒子）	boxes	bush（叢林）	bushes

≪註≫ 如果字尾的 ch 發〔k〕音，只須加一個 -s 。

單　數	複　數	單　數	複　數
stomach（胃）	stomachs	monarch（君主）	monarchs

3. 如果字尾爲母音＋y 時，加 -s 。

單　數	複　數	單　數	複　數
foray（侵掠）	forays	attorney（代理人）	attorneys
monkey（猴子）	monkeys	toy（玩具）	toys
valley（山谷）	valleys	key（鑰匙）	keys

4. 如果字尾爲子音＋y，就先將 y 變爲 i，然後再加 -es 。

單　數	複　數	單　數	複　數
community（社團）	communities	quantity（分量）	quantities
activity（活動）	activities	forty（四十）	forties
category（目錄）	categories	fly（蒼蠅）	flies

≪註1≫ 字尾爲 quy 時，則必須將 y 變成 i，再加 es 。

單　數	複　數
colloquy（對話）	colloquies
soliloquy（獨語）	soliloquies

≪註2≫ 有些名詞字尾雖然是子音＋y，但仍只加 s 。

單　數	複　數
dry（禁酒論者）	drys
stand-by（聲援者）	stand-bys

5. 字尾若爲母音＋o 時，則加 -s 。

單　數	複　數
radio（收音機）	radios
folio（頁數）	folios

6. 字尾若為子音＋o 時，加 es，但有例外。

單　數	複　數	單　數	複　數
hero（英雄）	heroes	potato（馬鈴薯）	potatoes
echo（回聲）	echoes	tomato（蕃茄）	tomatoes
mosquito（蚊子）	mosquitoes		

《例外》

單　數		複　數	
alto	（男高音）	altos	
canto	（一首詩中的一篇）	cantos	
casino	（俱樂部）	casinos	
dynamo	（電動發電機）	dynamos	
ego	（自我）	egos	子音＋o→～s
obligato（obbligato）（伴奏）		obligatos	
photo	（照片）	photos	
piano	（鋼琴）	pianos	
solo	（獨奏樂）	solos	
soprano	（女高音）	sopranos	
torso	（人體的）軀幹	torsos	
two	（二）	twos	

《註》下面的字，字尾後可以加 s，但也可加 es。

單　數	複　數	複　數
archipelago（群島）	archipelagos	archipelagoes
banjo（五絃琴）	banjos	banjoes
calico（印花布）	calicos	calicoes
momento（紀念品）	momentos	momentoes
portico（柱廊）	porticos	porticoes
volcano（火山）	volcanos	volcanoes

7. 字尾是 ff 時，加 -s 。

單　數	複　數	單　數	複　數
sheriff（州長）	sheriffs	tariff（稅率）	tariffs
staff（棍棒）	staffs（或 staves）		

8. 字尾是 f 或 fe 的，改為 ves 。

單　數	複　數	單　數	複　數
leaf（葉子）	leaves	thief（小偷）	thieves
loaf（條）	loaves	wolf（狼）	wolves
life（生命）	lives	wife（妻子）	wives

≪例外≫ 有的在 f 或 fe 後面只加 s 。

單　數	複　數	單　數	複　數
belief（信心）	beliefs	chief（首領）	chiefs
fife（橫笛）	fifes	grief（悲傷）	griefs
mischief（災禍）	mischiefs	roof（屋頂）	roofs

≪註1≫ 下面的字，字尾直接加 s ，或改為 ves 均可。

單　數	複　數	複　數
dwarf（矮子）	dwarfs	dwarves
hoof（蹄）	hoofs	hooves
scarf（圍巾）	scarfs	scarves
wharf（碼頭）	wharfs	wharves

≪註2≫ 下面的字，不同的複數形有不同的意義：

beef $\begin{cases} \text{beefs（牢騷）} \\ \text{beeves（長成待宰的羊）} \end{cases}$　calf $\begin{cases} \text{calfs or calves（小牛）} \\ \text{calves（小腿）} \end{cases}$

staff $\begin{cases} \text{staffs（職員；幕僚；參謀）} \\ \text{staves（棒；杖）} \end{cases}$

⊙ **不規則變化**的複數形字尾

不規則變化的複數形雖然沒有一定的法則可以遵循，但是為了記憶方便，仍然可以分為五種情形。

1. **單數與複數同形的一些名詞：**

   bison（野牛），deer（鹿），fish（魚），sheep（綿羊），swine（豬），grouse（松雞），aircraft（飛行器），corps（軍），salmon（鮭魚），trout（鱒魚），Chinese（中國人），Japanese（日本人），Swiss（瑞士人）

   《註》 字尾是 ese（如 Japanese，Lebanese，Portuguese，Vietnamese）的，均為單複數同形。

2. **變化名詞的母音字母，而成複數形的：**

單　數	複　數	單　數	複　數
foot（足）	feet	mouse（鼠）	mice
goose（鵝）	geese	tooth（牙齒）	teeth
man（男人）	men	louse（蝨子）	lice

3. **將字尾 um 改為 a，而成複數形的：**

單　數	複　數	單　數	複　數
agendum（程序單）	agenda	datum（資料）	data
bacterium（細菌）	bacteria		

4. **將字尾 is 改為 es，而成複數形的：**

單　數	複　數	單　數	複　數
analysis（分析）	analyses	thesis（課題）	theses
basis（基礎）	bases	hypothesis（假設）	hypotheses
crisis（危機）	crises		

5. 完全沒有一定規則可循的複數形

單　數	複　數	單　數	複　數
ox（公牛）	*oxen*	formula（公式）	*formulae*
child（小孩）	*children*	phenomenon（現象）	*phenomena*
criterion（標準）	*criteria*	radius（半徑）	*radii*
focus（焦點）	*foci*	stimulus（刺針）	*stimuli*

《註》 **criterion** 的複數形亦可作 **criterions**，**focus** 的複數形亦可作 **focuses**。

＜拼字法則 4＞ 合成名詞（*Compound Words*）的複數形

1. 將其主要字變複數：

⑴ 主要字在合成字之前的：

單　數	複　數
father-in-law（岳父）（公公）	fathers-in-law
mother-in-law（岳母）（婆婆）	mothers-in-law
hanger-on（食客）	hangers-on
passer-by（過路人）	passers-by
poet-laureate（桂冠詩人）	poets-laureate

⑵ 主要字在合成字之後的：

單　數	複　數
bird's-nest（鳥巢）	bird's-nests
bystander（旁觀者）	bystanders
foot-man（男僕）	foot-men
on-looker（旁觀者）	on-lookers
ox-cart（牛車）	ox-carts
shoe-maker（鞋匠）	shoe-makers

2. 如合成字中沒有可數的名詞時，就把最後一個字加 s 。

單　　數	複　　數
forget-me-not（勿忘我）（草名）	forget-me-nots
go-between（中間人，媒人）	go-betweens
hold-up（攔刼）	hold-ups

3. 下面幾個合成字的前後兩個元素字都要變成複數形。（因都是主要字）

men singers（男歌星）　　　　women singers（女歌星）

women journalists（女記者）　　women writers（女作家）

women doctors（女醫生）　　　women drivers（女司機）

4. 下面兩個合成字有兩種不同形式的複數形。

court-martial（軍事法庭）　$\begin{cases} \text{courts-martial} \\ \text{court-martials} \end{cases}$

postmaster-general（郵政部長）　$\begin{cases} \text{postmasters-general} \\ \text{postmaster-generals} \end{cases}$

5. 字尾爲 -ful（表數或量）之名詞的複數形。

單　數	複　數	單　數	複　數
spoonful（一匙之量）	spoonfuls	armful（一抱之量）	armfuls
cupful（一杯之量）	cupfuls	handful（一把）	handfuls

＜拼字法則 5 ＞ 省略符號（" , "）的辨別

　　ours 和 our's 這二個字發音完全一樣，唯一的不同點在於後者多了一個省略符號（ *apostrophe* ）" , "。到底單字後面該不該加上" , "的問題，常常使很多人搞不清楚，而不論多加或少寫都構成了拼字上的錯誤，因此，我們有必要深入地了解一下單字後面，該如何加上省略符號的問題。

　　首先我們要有一個概念，那就是省略符號一共有兩種功能，第一種功能是**表示所有格**，當形容詞用，如*mother's* purse（媽媽的錢包），*doctor's* coat（醫生的外套）等；第二種功能是代表**省略字母**或**數字**，如*'75* 等於 1975，*I'm* 等於 I am。以下，我們就根據這兩種分類，來說說單字後面加上省略符號的情形。

◉ 表示所有格時

1. **單字＋" , "＋s ⇒ 所有格**。

   這種單字只要不是以 s 結尾，單數或複數名詞皆可以（複數名詞如 children），如：

   　單數名詞：town 　　→ town's（城鎮的）
   　複數名詞：children → children's（孩子們的）

2. **單字**（字尾為 s）**＋" , " ⇒ 所有格**。

   這種單字必須本身字尾是 s，不論單數或複數都一樣，如：

   　單數名詞：Charles → Charles'（查爾斯的）
   　複數名詞：ladies → ladies'（女士們的）

3. **複合名詞的所有格，只要在最後一個名詞的後面，加上" , "和 s 即可**。如：

   　son-in-law → son-in-law's boat（女婿的船）
   　King Henry Ⅳ → King Henry Ⅳ's funeral（亨利四世的葬禮）

《例外》**人稱代名詞的所有格**，後面千萬**不可以加上" , "**。這一點常常把很多人弄糊塗了，導致拼寫上的錯誤。

正　確	錯　誤	正　確	錯　誤
ours （單）	*our's*	yours （複）	*yours'*
ours （複）	*ours'*	his 　（單）	*his'*
yours（單）	*your's*	hers （單）	*her's*

正 確	錯 誤	正 確	錯 誤
hers （複數）	*hers'*	theirs （複數）	*theirs'*
its （單數）	*it's*	whose （單數）	*who's*
theirs （單數）	*their's*		

注意：his ╪ he's，its ╪ it's。因為 he's 是 he is 的縮寫，it's 是 it is 的縮寫，並不代表所有格的用法。

⊙ 表示省略了字母或數字時

1. **省略數字**的情形，可以用下面兩個句子加以解釋。

   (1) The civil war was fought during 1861— *'65.*

   （內戰從 1861 年打到 1865 年。）

   (2) He left home in *'59.* （他在 1959 年離家而去。）

   此處 *'65* 和 *'59* 在句子中分別代表了 1865 和 1959。

2. 至於**省略字母**的情形，則是我們平日早已見慣了的。例如以下幾個例子。

I'm	= I am	he's	= he is
aren't	= are not	they're	= they are
isn't	= is not	wasn't	= was not
don't	= do not	weren't	= were not
doesn't	= does not	can't	= can not
didn't	= did not	couldn't	= could not

＜拼字法則 6 ＞ 大寫字母（ *Capital Letter* ）的研究

如果將 God 寫成 god，那麼兩者意義就完全不同了，前者是聖經中獨一無二的上帝，後者却泛指宇宙間的任何一個神祇。因此，究竟何時該用大寫字母，何時該小寫，便成為拼字上的關鍵問題。

英文中，有四種必須使用大寫字母（ *capital letter* ）的情況，以下我們就一一討論。

情況1 ⇨ 凡是句首（包括引號" "裏的句子）的第一個字母都要大寫。

〔例一〕 *T*he engine needs repair. （機器需要修理。）

〔例二〕 He asked, "*D*oes the engine need repair？"
（他問，「機器需要修理嗎？」）

情況2 ⇨ 每一行詩句的第一個字母都應該大寫。

〔範例〕： *O*ne day I wrote her name upon the strand,
*B*ut came the waves and washed it away :
*A*gain I wrote it with a second hand,
*B*ut came the tide, and made my pains his prey.

—— *Edmund Spenser*

情況3 ⇨ 書本名稱的每一個字都必須大寫（介系詞，冠詞和連接詞除外）

〔範例〕： The *D*ecline and *F*all of the *R*oman *E*mpire
（羅馬帝國衰亡錄）
*M*adame *B*utterfly （蝴蝶夫人）

情況4 ⇨ 凡是獨一無二的**專有名詞**（ *proper nouns* ）都必須大寫。

⑴ **國名和地名**

如：China（中國），Asia（亞洲），the Rocky Mountains（洛磯山），the Sahara Desert（撒哈拉沙漠）。

⑵ **人名和頭銜**

如：Mr. Brown（布朗先生），George Lee（李喬治），the General（將軍）。

⑶ **街道名稱**

如：Fifth Avenue（第五街），Chungking S. Road（重慶南路）。

(4) **星期名和月份名**

如：Monday（星期一），January（一月）。

(5) **學校名稱**

如：University of Hong Kong（香港大學），Taiwan University（台灣大學）。

(6) **宗教和宗教團體的名稱**

如：Jesuit（耶穌會），Judaism（猶太教），Roman Catholicism（羅馬天主教）。

(7) **聖經中著作的名稱**

如：Bible（聖經），the Scriptures（聖經），Revelations（啓示錄）。

(8) **指稱上帝的字眼**

如：God（上帝），Heavenly Father（天父），Son of God（耶穌），Jesus Christ（耶穌基督），Thy（祢）。

(9) **種族名稱和社團名稱**

如：Negro（黑人），Malay（馬來人），Young Men's Christian Association（基督教青年會）。

(10) **商標名稱**

如：Seven Up（七喜），CocaCola（可口可樂）。

(11) **歷史事件和假日名稱**

如：Renaissance（文藝復興），Labor Day（勞動節），War of Independence（美國獨立戰爭）。

☆ **自我拼字測驗** ☆

　　下面是十組最容易混淆的字，拼法與發音均十分相似。請一口氣作完這十道題，以便正確測出自己的拼字實力：

1. I like ice cream (*alot* / ***a lot***).

2. The (*affect* / ***effect***) of the budget is unknown.

3. The performance was (***all right*** / *alright*).

4. The committee will (***develop*** / *develope*) the schedule.

5. The committee argued about paper clips, rubber bands, pushpins, thumbtacks, (*ect.* / ***etc.***)

6. The committee is on (*it's* / ***its*** / *its'*) own.

7. The checks are deposited in (***separate*** / *seperate*) accounts.

8. (*There* / ***Their*** / *They're*) books are not balanced.

9. (***Your*** / *You're*) desk is a mess.

10. (*Weather* / ***Whether***) or not we earn a profit, we will continue.

正確答案： 1. *a lot*　　2. *effect*　　3. *all right*　　4. *develop*　　5. *etc*
　　　　　　6. *its*　　7. *separate*　　8. *Their*　　9. *Your*　　10. *Whether*

PART 2

英文拼字
特殊記憶法

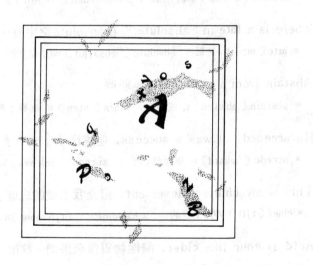

□□ The **ab**bot governs an **ab**bey. 這位修道士主持一座大修道院。

    ＊ abbot〔'æbət〕*n.* 修道士   abbey〔'æbɪ〕*n.* 大修道院

□□ Ab**olish** is like dem**olish**. 廢止形同毀壞。

    ＊ abolish〔ə'balɪʃ〕*v.* 廢止；革除   demolish〔dɪ'malɪʃ〕*n.* 毀壞

□□ I want to go a**broad** to **broad**en my knowledge.
　我想到國外增廣見聞。

    ＊ abroad〔ə'brɔd〕*adv.* 在國外   broaden〔'brɔdn̩〕*v.* 增廣

□□ There is a **lute** in "**absolute**." 在 absolute 之中有一個 lute。

    ＊ lute〔lut〕*n.* 琵琶   absolute〔'æbsə,lut〕*adj.* 完全的

□□ Ab**stain** from a **stain**. 要遠離恥辱。

    ＊ abstain〔əb'sten〕*v.* 戒絕   stain〔sten〕*n.* 恥辱；污點

□□ He ac**cede**d. It was a suc**cess**. 他答應了。成功了。

    ＊ accede〔'æksɪd〕*v.* 應允；同意   success〔sək'sɛs〕*n.* 成功

□□ This is my **chie**f achie**vement**. 這是我主要的成就。

    ＊ chief〔tʃif〕*adj.* 主要的   achievement〔ə'tʃivmənt〕*n.* 完成；實現

□□ **Acid** is sour like **cid**er. 酸性物質像蘋果酒一樣酸。

    ＊ acid〔'æsɪd〕*adj.* 酸的 *n.* 酸性物質   cider〔'saɪdə〕*n.* 蘋果酒（汁）

□□ An a**corn** is like a grain of **corn**. 橡實像穀類。

    ＊ acorn〔'ekən〕*n.* 橡實   corn〔kɔrn〕*n.* 穀類

□□ Uncle George has ac**quire**d the title of an es**quire**.
　喬治叔叔獲得律師的頭銜。

    ＊ acquire〔ə'kwaɪr〕*v.* 獲得   esquire〔ə'skwaɪə〕*n.* 律師

□□ The man was **acquit**ted, but he **quit**.

　　那人被宣告無罪，但他卻離開了。

　　＊ acquit〔əˈkwɪt〕*v.* 宣告無罪　　quit〔kwɪt〕*v.* 離開（某地、某人）

□□ There is a **bat** in "**acrobat**".

　　在 "acrobat"之中有一個 "bat"。

　　＊ bat〔bæt〕*n.* 蝙蝠　　acrobat〔ˈækrəˌbæt〕*n.* 走繩索者；表演特技者

□□ That ac**tress** wears fine **dress**es. 那位女演員穿很好的衣服。

　　＊ actress〔ˈæktrɪs〕*n.* 女演員　　dress〔drɛs〕*n.* 衣服

□□ That actor has an **acute acumen**. 那位演員有著敏銳的才智。

　　＊ acute〔əˈkjut〕*adj.* 敏銳的　　acumen〔əˈkjumɪn〕*n.* 才智，聰明

□□ **Sage**s' sayings become **adage**s. 聖人的話成爲箴言。

　　＊ sage〔sedʒ〕*n.* 聖人　　adage〔ˈædɪdʒ〕*n.* 箴言；諺語

□□ You ad**opt** a **son**; you ad**apt** an old **garage** for a study.

　　你收養一個男孩，因此將舊車庫改裝爲書房。

　　＊ adopt〔əˈdɑpt〕*v.* 收養　　adapt〔əˈdæpt〕*v.* 改裝；使適合

□□ Don't become an **additional addict**. 不要成爲另外一個上癮者。

　　＊ additional〔əˈdɪʃənl̩〕*adj.* 額外的　　addict〔ˈædɪkt〕*n.* 上癮者；耽溺於某種嗜好的人

□□ Is your salary ad**equate**? Yes, it's **equal** to yours.

　　你的薪水夠嗎？夠，和你一樣多。

　　＊ adequate〔ˈædəkwɪt〕*adj.* 足夠的　　equal〔ˈikwəl〕*adj.* 一樣的；相同的

□□ For me to say " **adieu**" is the same as to say "**die**."

　　要我說 " 再會 " 就如同要我說 " 死 " 一樣。

　　＊ adieu〔əˈdju〕*int.* 再會　　die〔daɪ〕*v.* 死亡

□□ The lot ad**jacent** to our school will become a **cent**ral park.

　　鄰近我們學校的那塊地將成爲中央公園。

　　＊ adjacent〔əˈdʒesn̩t〕*adj.* 鄰近的；毗連的　　central〔ˈsɛntrəl〕*adj.* 中央的

□□ His farm **adj**oins mine. His farm is **adj**acent to mine.
他的農場與我的農場毗鄰 。

　　＊ adjoin〔ə'dʒɔɪn〕 *v*. 毗鄰　　adjacent〔ə'dʒesnt〕 *adj*. 鄰接的

□□ I ad**journ**ed the meeting of the **journ**alists. 我把記者會延期了。

　　＊ adjourn〔ə'dʒɝn〕 *v*. 延期；休會　　journalist〔'dʒɝnəlɪst〕 *n*. 新聞記者

□□ The **judge** ad**judg**ed the case legal. 法官宣判此案件合法 。

　　＊ judge〔dʒʌdʒ〕 *n*. 法官　　adjudge〔ə'dʒʌdʒ〕 *v*. 宣判；判決

□□ If it's pos**sible**, it will be admis**sible**. 可能的話 ，那將被採納。

　　＊ possible〔'pɑsəbḷ〕 *adj*. 可能的
　　admissible〔əd'mɪsəbḷ〕 *adj*. 可採納的；可承認的

□□ I was granted ad**mission** to a **mission** school.
我獲准入一所教會學校 。

　　＊ admission〔əd'mɪʃən〕 *adj*. 許入；承認　　mission school 教會學校

□□ A **fair** lady has many af**fair**s. 美女有許多戀愛事件 。

　　＊ fair〔fɛr〕 *adj*. 美麗的　　affair〔ə'fɛr〕 *n*. 戀愛事件

□□ They **gree**ted agreeably. 他們愉快地打招呼 。

　　＊ greet〔grit〕 *v*. 打招呼　　agreeably〔ə'griəblɪ〕 *adv*. 愉快地；同意地

□□ Our **maid** is a big **aid**. 我們的女僕是一大幫手 。

　　＊ maid〔med〕 *n*. 女僕　　aid〔ed〕 *v*., *n*. 幫助

□□ Too much **ale** may make you **ail**. 太多麥酒會使人生病 。

　　＊ ale〔el〕 *n*. 麥酒　　ail〔el〕 *v*. 生病

□□ Her **alibi** is Women's **Lib**. 她的託辭是女性解放 。

　　＊ alibi〔'ælə,baɪ〕 *n*. 託辭；不在場證明　　lib〔lɪb〕 *n*. 〔俚〕解放

□□ That chauff**eur** is an amat**eur**. 那位開私家汽車的司機是業餘的。

　　＊ chauffeur〔ʃo'fɝ〕 *n*. 私家汽車的司機　　amateur〔'æmə,tʃʊr〕 *n*. 業餘工作者

□□ The amb**ass**ador was emb**arrass**ed. 這位大使受窘了 。

　　ambassador〔æm'bæsədɚ〕 *n*. 大使　　embarrass〔ɪm'bærəs〕 *v*. 使困窘

□□ A free **lancer** is driving the amb**ulance**.

　　一個自由業者正開著救護車。

　　＊ free lancer 自由業者；自由作家　　　ambulance〔'æmbjələns〕*n*. 救護車

□□ **Americans** are am**enable**. 美國人肯服從義務。

　　＊ amenable〔ə'minəbḷ〕*adj*. 願服從義務的；肯接受勸告的

□□ Los Angeles **Angels**＊ 美國洛杉磯城天使隊（球隊名稱）

　　＊ angel〔'endʒəl〕*n*. 天使

□□ **Animosity** is a **sin**. 憎恨是一種罪。

　　＊ animosity〔,ænə'mɑsətɪ〕*n*. 強烈的恨意；憎惡　　sin〔sɪn〕*n*. 罪

□□ The **ankle** is an **angle**. 腳踝的外形是有角度的。

　　＊ ankle〔'æŋkḷ〕*n*. 腳踝　　angle〔'æŋgḷ〕*n*. 角度

□□ A **mouse** is anony**mous**. 老鼠是沒有名字的。

　　＊ mouse〔maʊs〕*n*. 老鼠　　anonymous〔ə'nɑnəməs〕*adj*. 無名的；不具名的

□□ Mother wears an ap**ron** when she i**rons**.

　　當媽媽熨衣服時，她會穿件圍裙。

　　＊ apron〔'eprən〕*n*. 圍裙；圍巾　　iron〔'aɪən〕*v*. 熨（衣服）

□□ **Arabia** have little **arable** land. 阿拉伯少有可耕之地。

　　＊ Arabia〔ə'rebɪə〕*n*. 阿拉伯　　arable〔'ærəbḷ〕*adj*. 適於耕種的；可開墾的

□□ They were **arrested**. Now they are **resting**.

　　他們被逮捕，現在正在休息了。

　　＊ arrest〔ə'rɛst〕*v*. 逮捕　　rest〔rɛst〕*v*. 休息

□□ They **halted** at the asp**halt** sidewalk.

　　他們停在舖著柏油的行人道上。

　　＊ halt〔hɔlt〕*v*. 停止；休息　　asphalt〔'æsfɔlt〕*n*. 柏油；土瀝青

□□ Mr. Azu**ma**（Azma）has asth**ma**. 亞士瑪先生有哮喘病。

　　＊ asthma〔'æzmə〕*n*. 哮喘

□□ **You are an aunt.** 妳是位慈愛的老婦人。
　　　＊ aunt〔ænt〕*n.* 慈愛的老婦人；長一輩的女性，如伯母，舅母等

□□ **Alex has an ax to grind.** 亞利克斯有把斧頭待磨。
　　Put axes in the boxes. 把斧頭放到箱子裏去。
　　　＊ ax, axe〔æks〕*n.* 斧頭　　grind〔graɪnd〕*v.* 磨

B

□□ **It's awful to bawl out someone.** 嚴厲責罵別人是件極不好的事。
　　　＊ awful〔ɔful〕*adj.* 極不好的　　bawl〔bɔl〕*v.* 嚴厲責罵；斥責

□□ **Flowers are in bloom.** 繁花盛開。
　　　＊ bloom〔blum〕*v.* 開花

□□ **Blossoms bloom.** 花開。
　　　＊ blossom〔'blɑsəm〕*n.* 花（尤指結果實者）

□□ **If it's blunt, it's dull.** 鈍即是不銳利。
　　　＊ blunt〔blʌnt〕*adj.* 鈍的　　dull〔dʌl〕*adj.* 不銳利的

□□ **Mary felt bashful and blushed.** 瑪麗害羞而臉紅。
　　　＊ bashful〔'bæʃfəl〕*adj.* 害羞的　　blush〔blʌʃ〕*v.* 臉紅；赧顏

□□ **Ken made cards with boards.** 肯恩用厚紙板來做卡片。
　　　＊ board〔bord〕*n.* 厚紙板

□□ **Mother boasts about her roast.** 媽媽誇說她自己做的紅燒肉有多好。
　　　＊ boast〔bost〕*v.* 自誇；誇言　　roast〔rost〕*n.* 烘；烤；紅燒肉

□□ **May I borrow your car? I will return it tomorrow.**
　　我可以借用你的車嗎？明天就歸還。
　　　＊ borrow〔'bɑro〕*v.* 借；借用

□□ **Don't bother your brother.** 不要打擾你哥哥。
　　　＊ bother〔'bɑðɚ〕*v.* 打擾；煩擾

□□ I **bough**t a new **bough**. 我買了一根新樹枝。

    ∗ bought〔bɔt〕*v.* 買（過去式）   bough〔baʊ〕*n.* 粗大的樹枝

□□ Bruce wears **brace**s. 布魯斯穿著吊帶褲。

    ∗ Bruce〔brus〕*n.* 布魯斯（男子名）   brace〔bres〕*n.* 吊帶褲

□□ Robert has a good **brain**, but he does not **brag**.
　　羅伯特的頭腦很好，但他並不因此而自誇。

    ∗ brain〔bren〕*n.* 腦   brag〔bræg〕*v.* 自誇

□□ The **brake** broke. 煞車壞了。

    ∗ brake〔brek〕*n.* 煞車

□□ Spread jam on the **bread**. 把果醬塗在麵包上。

    ∗ spread〔sprɛd〕*v.* 塗敷   bread〔brɛd〕*n.* 麵包

□□ The **bread**th of the **bread** is four inches. 這塊麵包有四吋寬。

    ∗ breadth〔brɛdθ〕*n.* 寬；寬度

□□ **Breeze**s make me go **zzz**. 微風使我入睡。

    ∗ breeze〔briz〕*n.* 微風   **zzz** 漫畫裏所用的鼾聲

□□ You cannot buy a **bride** with a **bribe**. 你無法用賄賂買一個新娘。

    ∗ bride〔braɪd〕*n.* 新娘   bribe〔braɪb〕*n.* 賄賂；賄款

□□ **Brick**s break. 磚破了。

    ∗ brick〔brɪk〕*n.* 磚

□□ No **bride**, no **bridegroom**. 沒有新娘，就沒有新郎。

    ∗ bridegroom〔'braɪd,grum〕*n.* 新郎

□□ You cross a **bridge**. 你過橋。

    ∗ bridge〔brɪdʒ〕*n.* 橋

□□ Take a **brief** **break**. 休息一下吧。

    ∗ brief〔brif〕*adj.* 短暫的；簡潔的   break〔brek〕*n.* 休息時間

□□ The stars are **bright**. 群星閃亮。

     * bright〔braɪt〕*adj.* 閃亮的；明亮的；聰明的

□□ Tom is **brilliant**. He is **really** bright.
湯姆才氣煥發，他是眞的很聰明。

     * brilliant〔'brɪljənt〕*adj.* 才氣煥發的；燦爛的　bright〔braɪt〕*adj.* 聰明

□□ The **road** is b**road**. 道路寬敞。

     * broad〔brɔd〕*adj.* 寬的

□□ Clean up the **room** with the **broom**. 用掃帚把房間打掃乾淨。

     * broom〔brum〕*n.* 掃帚

□□ The leaves have **grown brown**. 這些葉子已變成棕色了。

     * brown〔braʊn〕*adj.* 棕色的；黃褐色的

□□ **Rush** here with a **brush**. 不顧一切趕到這兒來。

     * rush〔rʌʃ〕*v.* 趕到；衝　　brush〔brʌʃ〕*n.* 掠過；疾馳而過

□□ George is a br**ute**. He is so **cruel**. 喬治是頭野獸，他太殘忍了。

     * brute〔brut〕*n.* 野獸；殘酷的人

□□ **Buddhism** is **his** religion. 他信奉佛教。

     * Buddhism〔'bʊdɪzəm〕*n.* 佛教　　religion〔rɪ'lɪdʒən〕*n.* 宗教

□□ The **buffalo bluffs**. 這頭牛虛張聲勢嚇人。

     * buffalo〔'bʌfəlo〕*n.* 水牛；野牛　　bluff〔blʌf〕*v.* 虛張聲勢嚇人

□□ You boys, race to the **buoy**. 你們比賽看誰先游到浮標那兒。

     * buoy〔bɔɪ〕*n.* 浮標；浮筒

□□ Buy me a be**au**tiful b**u**reau. 給我買個漂亮的梳妝臺。

     * beautiful〔'bjutəfəl〕*adj.* 漂亮的；美麗的　bureau〔'bjʊro〕*n.* 梳妝臺；辦公桌

□□ A **burglar** broke open my **bureau**. 竊賊闖進打開我的辦公桌。

     * burglar〔'bɝglɚ〕*n.* 竊賊；夜賊

C

☐☐ They used a **flag** to camou**flage**. 他們用旗子來僞裝。

　　＊ camouflage〔'kæmə,flaʒ〕 v. 僞裝；掩飾

☐☐ Mr. **Paig** waged a good cam**paign**. 佩格先生從事一項有益的活動。

　　＊ wage〔wedʒ〕 v. 從事　　campaign〔kæm'pen〕 n. 活動；運動

☐☐ Bang-bang-bang → **cannon**　砰-砰-砰→加農砲

　　＊ cannon〔'kænən〕 n. 加農砲；大砲

☐☐ You need a car**eer**. 你需要個職業。

　　＊ career〔kə'rɪr〕 n. 職業；事業

☐☐ **Harry** carries **carrots**. 哈利帶著胡蘿蔔。

　　＊ carry〔'kærɪ〕 v. 攜帶；帶著　　carrot〔'kærət〕 n. 胡蘿蔔

☐☐ Use a sharp knife to car**ve**. 用把銳利的刀來雕刻。

You turn to cur**ve**. 你轉彎。

　　＊ sharp〔ʃɑrp〕 adj. 銳利的　　carve〔kɑrv〕 v. 雕刻　curve〔kɝv〕 n. 彎曲

☐☐ I am the ca**shier**. 我就是出納員。

　　＊ cash〔kæʃ〕 n. 現金；現款　　cashier〔kæ'ʃɪɚ〕 n. 出納員

☐☐ There's **cement** in the **ceiling**. 天花板是用水泥做的。

　　＊ cement〔sə'mɛnt〕 n. 水泥　　ceiling〔'silɪŋ〕 n. 天花板

☐☐ **Celebrate solemnly**. 隆重慶祝。

　　＊ celebrate〔'sɛlə,bret〕 v. 慶祝；祝賀　　solemnly〔'sɑləmlɪ〕 adv. 隆重地

☐☐ The **bar** is in the **cellar**. 酒吧在地下室裏。

　　＊ bar〔bɑr〕 n. 酒吧　　cellar〔'sɛlɚ〕 n. 地下室；地窖

☐☐ They used **cement** in the **cellar**. 他們用水泥築地窖。

　　＊ cement〔sə'mɛnt〕 n. 水泥

□□ There is "meter" in the word cemetery.

在 cemetery 這個字中有 meter.

* cemetery〔'sɛmə,tɛrɪ〕*n*. 墓地

□□ Rites are ceremonies. 儀式即典禮

* rite〔raɪt〕*n*. 儀式　　ceremony〔'sɛrə,monɪ〕*n*. 典禮；儀式

□□ I sit on a chair. 我坐在椅子上。

* chair〔tʃɛr〕*n*. 椅子

□□ The church held a charity bazaar for the poor.

教會為窮人舉辦了一場慈善義賣。

* charity〔'tʃærətɪ〕*n*. 慈善；布施　　bazaar〔bə'zɑr〕*n*. 義賣

□□ Chopin had a French chauffeur. 蕭邦請了一位法籍司機。

The chauffeur has gone off to Europe. 那司機已經去歐洲了。

* Chopin〔ʃo'pæn〕*n*. 蕭邦（音樂家名）　　chauffeur〔'ʃofɚ〕*n*. 私家汽車司機

□□ Let's **eat** something cheap. 咱們來吃點便宜的東西。

* cheap〔tʃip〕*adj*. 便宜的；廉價的

□□ The man who sold us this **meat** is a cheat.

賣給我們這塊肉的人是騙子。

* meat〔mit〕*n*. 肉　　cheat〔tʃit〕*v*. 欺詐；欺騙　　*n*. 騙子

□□ The side of the face is the cheek. 在臉側旁是頰。

* side〔saɪd〕*n*. 側　　cheek〔tʃik〕*n*. 頰

□□ Boys like cheese. 男孩子喜歡乾酪。

* cheese〔tʃiz〕*n*. 乾酪

□□ You see chimpanzees at a zoo. 你可以在動物園看到黑猩猩。

* chimpanzee〔,tʃɪmpæn'zi〕*n*. 猩猩　　zoo〔zu〕*n*. 動物園

□□ Birds chirp. 鳥喞。

* chirp〔tʃɝp〕*v*.（小鳥的）喞啾

□□ **Wise** men used **chi**sels. 有智慧的人用鑿子。

   * wise〔waɪz〕*a.* 有智慧的   chisel〔tʃɪzl̩〕*n.* 鑿子

□□ I sing in the **church choir**. 我在教堂唱詩班唱歌。

   * choir〔kwaɪr〕*n.* 唱詩班；合唱團

□□ **Yellow chry**santhemums 黃菊

   * chrysanthemum〔krɪsˈænθəməm〕*n.* 菊；菊花

□□ **Tur**n right, and you'll see a **chur**ch.
向右轉，你將看到一間教堂。

   * church〔tʃɝtʃ〕*n.* 教堂；教會

□□ Give me iced **cider**. 給我冰的蘋果汁。

   * iced〔aɪst〕*adj.* 冰的   cider〔ˈsaɪdɚ〕*n.* 蘋果汁（酒）

□□ Girls made a **circle**. 女孩們圍成個圓圈。

   * circle〔sɝkl̩〕*n.* 圓圈；環

□□ I am a **citizen**. 我是個公民。

   * citizen〔ˈsɪtəzn̩〕*n.* 公民；市民

□□ **Clark** plays the **clar**inet. 克拉克吹奏豎笛。

   * clarinet〔ˌklærəˈnɛt〕*n.* 豎笛；單簧管

□□ A car **crash**ed. It **crush**ed a store. I heard a loud **clash**.
一輛汽車撞毀了。它壓碎了一家店面。我聽到好大的撞擊聲。

   * crash〔kræʃ〕*v., n.* 撞毀；破碎   crush〔krʌʃ〕*v.* 壓碎
   clash〔klæʃ〕*v., n.*（如金屬鏗然的）撞擊聲；撞擊

□□ **L**arge **clou**ds appeared and the **crow**d **r**an away.
巨雲出現，人群四散。

   * cloud〔klaʊd〕*n.* 雲   crowd〔kraʊd〕*n.* 人群；群衆

□□ The **clown** made me **laugh**. 小丑令我發笑 。

The **crown** made me **proud**. 皇冠令我感到光榮 。

　　* clown〔klaʊn〕 *n.* 丑角；小丑　　　laugh〔læf〕 *v.* 笑

　　　crown〔kraʊn〕 *n.* 王冕；皇冠　　proud〔praʊd〕 *adj.* 感到光榮的

□□ **Scholars** wear stiff **collars**. 學者著硬領服 。

The **colors** of **Color**ado hills are beautiful.

科羅拉多山的色彩很美 。

The hills of **Color**ado are very **color**ful.

科羅拉多的山丘眞是多采多姿 。

　　* scholar〔'skɑlɚ〕 *n.* 學者　　collar〔'kɑlɚ〕 *n.* 衣領

　　　color〔'kʌlɚ〕（英）colour 顏色　　colorful〔'kʌlɚfəl〕 *adj.* 多采多姿的

□□ **Seal** it to **conceal** it. 封好把它藏起來 。

　　* seal〔sil〕 *n.* 封住；密封　　　conceal〔kən'sil〕 *n.* 隱藏；藏匿

□□ **Ernest** Hemingway was **concern**ed. 此事與海明威有關 。

　　* concern〔kən'sɜn〕 *n.* 與……有關係；關心

□□ I am **concern**ed over my **concert**. 我關心我的音樂會 。

　　* concern〔kən'sɜn〕 *v.* 關心　　concert〔'kɑnsɚt〕 *n.* 音樂會

□□ Dance with confiden**ce**. 充滿自信地跳舞 。

　　* dance〔dæns〕 *v.* 跳舞　　confidence〔'kɑnfədəns〕 *n.* 自信；信任

□□ The medical **corps** removed the **corps**es. 醫護團移去死屍 。

　　* corps〔kor〕 *n.* 團體　　corpse〔kɔrps〕 *n.*（人的）屍體

□□ If it's **right** and true, it's **correct**.

如果那是對的而且是眞的 ，那便是正確的 。

　　* correct〔kə'rɛkt〕 *adj.* 正確的

□□ A double is a couple. 一雙便是一對 。

　　* couple〔'kʌpl〕 *n.* 一對；夫婦；情侶

□□ There is some **rage** in cou**rage**. 在勇氣之中總是帶點憤怒。

　　* rage〔redʒ〕 *n.* 憤怒　　courage〔'kɜɪdʒ〕 *n.* 勇氣；勇敢

□□ People on tennis **court**s are **court**eous.

　　在網球場上的人總是彬彬有禮。

　　* court〔kort〕 *n.* 場地　　courteous〔'kɜtɪəs〕 *n.* 有禮貌的

□□ **Cousin**s sometimes **cough** and **sin**.

　　堂兄弟們偶而會以咳嗽的方式幹一點不名譽的事。

　　cousin〔'kʌzn〕 *n.* 堂（表）兄弟姊妹　　cough〔kɔf〕 *v.* 以咳嗽的方式使

□□ **Crab**s **crawl**. 螃蟹爬行。

　　* crab〔kræb〕 *n.* 螃蟹　　crawl〔krɔl〕 *v.* 爬行；匍匐而行

□□ Crossing legs **crea**tes **crea**ses. 交叉雙腿會產生皺痕。

　　* create〔krɪ'et〕 *v.* 創造；製造　　crease〔kris〕 *v.* 皺痕；摺痕

□□ Two **creek**s meet here. 二條小溪在此交滙。

　　* creek〔krik〕 *n.* 小溪；支流

□□ A **creep**ing **creek**. 一條緩緩流動的小溪。

　　* creep〔krip〕 *v.* 緩緩地移動；匍匐

□□ There is "**ism**" in critic**ism**. 在 "criticism" 中有一個 "ism"。

　　* criticism〔'krɪtə,sɪzəm〕 *n.* 批評；評論

□□ A **cab** stopped by the **curb**. 計程車停在人行道邊。

　　Steve threw a **curve**. 史提夫投出一個曲球。

　　* cab〔kæb〕 *n.* 計程車　　curb〔kɜb〕 *n.* （人行道旁的）邊石

　　curve〔kɜv〕 *n.* 曲球；曲線

□□ The doctor **urg**ed me to eat **curd**. 醫生敦促我吃凝乳。

　　* curd〔kɜd〕 *n.* 凝乳

□□ The **cur**few **cur**ed me of the habit of loafing.

　　晚鐘把我閒蕩的習慣治好了。

　　* curfew〔'kɜfju〕 *n.* 晚鐘　　cure〔kjʊr〕 *v.* 治療

□□ Sally's hair is too curly; Lily's is just curly.
莎麗的頭髮太捲了，莉莉的頭髮捲得剛剛好。

　　* curl〔kɝl〕v.,n. (頭髮的) 捲曲　　　curly〔'kɝlɪ〕adj. 捲曲的

□□ Uncle Cy is cycling. 賽叔叔正在騎脚踏車。

　　* cycle〔'saɪkl〕v. 騎脚踏車

□□ **dangerous dagger** 危險的匕首

　　* dangerous〔'dendʒrəs〕a. 危險的　　　dagger〔'dægɚ〕n. 匕首；短劍

□□ The **dairy** is **airy**. 這個酪農場空氣流通。

　　* daily〔'delɪ〕adj. 每天的，每日的

　　　dairy〔'dɛrɪ〕n. 產牛奶、乾酪及其他乳製品的農場

□□ The **image** was **damaged**. 這幅畫像受損了。

　　* image〔'ɪmɪdʒ〕n. 畫像　　　damage〔'dæmɪdʒ〕n.,v. 受損；傷害

□□ Ger ms are **dangers**. 細菌是危險的東西。

　　* germ〔dʒɝm〕n. 細菌　　　danger〔'dendʒɚ〕n. 危險；危險物

□□ The **daughter** caught cold. 女兒感冒了。

　　* daughter〔'dɔtɚ〕n. 女兒　　　catch cold　感冒

□□ A **day** begins at **dawn**. 一日始於黎明。

　　* dawn〔dɔn〕n. 黎明；破曉

□□ Death is **dreadfully** dead. 死亡就是很可怕地不動了。

　　* dreadfully〔'drɛdfəlɪ〕adv. 可怕地　　　dead〔dɛd〕adj. 不動的；死的

□□ If an **ear** is dead, it's **deaf**. 如果耳朵壞掉了，那便是聾。

　　* deaf〔dɛf〕adj. 聾的

□□ **Dear me**！天哪！媽呀！

    ＊ dear〔dɪr〕*int.*（表驚愕，困惑…）哎呀

□□ I will **be** in debt. 我將負債。

    ＊ debt〔dɛt〕*n.* 債

□□ He has con**ceit**. He gets things done by de**ceit**, too.

    他自命不凡，而且是用騙的方式把事情做好。

    ＊ conceit〔kən'sit〕*n.* 自命不凡   deceit〔dɪ'sit〕*n.* 欺騙；欺詐

□□ A decision is a final op**inion**. 決定即是最終意見。

    decision〔dɪ'sɪʒən〕*n.* 決定；決議   opinion〔ə'pɪnjən〕*n.* 意見

□□ Let's deco**rate** the place at any **rate**.

    無論如何，我們要裝修這個地方。

    ＊ decorate〔'dɛkə,ret〕*v.* 裝修；裝飾   at any rate 無論如何

□□ **Crease**s are de**creas**ing. 皺紋漸漸少了。

    ＊ decrease〔dɪ'kris〕*v.* 減少

□□ **Deer** are in**deed** dear. 鹿真是可愛的。

    ＊ deer〔dɪr〕*n.* 鹿   indeed〔ɪn'did〕*adv.* 真地

□□ Their de**feat** was our **feat**. 他們的失敗是我們的功績。

    ＊ defeat〔dɪ'fit〕*v.* 擊敗；打敗 *n.* 失敗；挫折   feat〔fit〕*n.* 功績

□□ A good **fence** is a sure de**fence**. 好的圍牆是可靠的防禦設施。

    ＊ fence〔fɛns〕*n.* 圍牆   defence〔dɪ'fɛns〕*n.* 防禦設施

□□ Strawberry shortcake is a dessert. 草莓油酥糕是飯後甜點。

    ＊ shortcake〔'ʃɔrt,kek〕*n.* 油酥糕   dessert〔dɪ'zɝt〕*n.* 餐後的甜點心

    desert〔'dɛzɚt〕*n.* 沙漠

□□ The s**ire** des**ire**s it. 陛下想要它。

    ＊ sire〔saɪr〕*n.* 陛下   desire〔dɪ'zaɪr〕*v.* 想要；欲

□□ **Develop** and en**velop** it. 沖洗並包裝好。

    ＊ develop〔dɪ'vɛləp〕*v.* 沖洗（底片）   envelop〔ɪn'vɛləp〕*v.* 包裝

□□ My adv**ice** is: develop a new de**vice**. 我的忠告是：開發新設計。
This de**vice** is a **vice**. 這設計是個缺點。
> * advice〔əd'vaɪs〕*n.* 忠告　　device〔dɪ'vaɪs〕*n.* 設計；裝置
> vice〔vaɪs〕*n.* 缺點

□□ A de**vil** is an **evil** spirit. 魔鬼是惡靈。
A de**vil** is a **villain**. 魔鬼是壞蛋。
> * devil〔'dɛvl̩〕*n.* 魔鬼；惡魔　　evil〔'ivl̩〕*adj.* 邪惡的
> villain〔'vɪlən〕*n.* 壞蛋

□□ You're de**vour**ing. Please chew well. 你在狼吞虎嚥。請細嚼。
> * devour〔dɪ'vaʊr〕*v.* 狼吞虎嚥

□□ **Disciple**s know **discip**line. 門徒們深知紀律。
> * disciple〔dɪ'saɪpl̩〕*n.* 門徒　　discipline〔'dɪsəplɪn〕*n.* 紀律

□□ Take this. It will **ease** your dis**ease**. 吃這藥會減輕你的疾病。
> * ease〔iz〕*v.* 減輕　　disease〔dɪ'ziz〕*n.* 疾病；病

□□ You'd be **wise** to go dis**guised**. 聰明點兒就偽裝一下。
> * disguise〔dɪs'gaɪz〕*n.* 偽裝；假扮

□□ The only way to **solve** that problem is to dis**solve** it.
解答那個難題的唯一辦法是把它分解。
> * solve〔salv〕*v.* 解答　　dissolve〔dɪ'zɑlv〕*v.* 分解；溶解

□□ 2 is **visibly** divi**sible**. 2 顯然是可分解的。
> * visibly〔'vɪzəblɪ〕*adv.* 顯然地　　divisible〔də'vɪzəbl̩〕*adj.* 可分解的

□□ I felt **dizzy** listening to **jazz**. 聽爵士樂會叫我頭暈。
> * dizzy〔'dɪzɪ〕*adj.* 暈眩的；眼花的　　jazz〔dʒæz〕*n.* 爵士樂

□□ A **doe** is a she. 母鹿是雌的。
> * doe〔do〕*n.* 母鹿

□□ You **ought** to get some more **dough**. 你應多弄一點生麵糰。
> dough〔do〕*n.* 生麵糰

□□ **August** is over. Now str**ong** dr**augh**ts bring in **autumn**.

八月已逝，現在強風帶來了秋天。

　　＊ draught〔dræft〕*n.* 強風；氣流

□□ **Draw** with **crayons**. 用蠟筆作畫 。

　　＊ draw〔drɔ〕*v.* 畫；描繪　　crayon〔'kreən〕*n.* 蠟筆

□□ The dr**eam** seemed **real**. 夢境如真 。

　　＊ dream〔drim〕*n.* 夢

□□ Pu**zz**ling dr**izz**le　惱人的小雨

　　＊ puzzling〔'pʌzlɪŋ〕*adj.* 惱人的　　drizzle〔'drɪzl̩〕*n.* 小雨；毛毛雨

□□ Dr**unk**ards **argue**. 一群醉漢在爭論 。

　　＊ drunkard〔'drʌŋkəd〕*v.* 醉漢；酒徒

□□ She d**ye**s her **eye**lashes. 她睫毛染色 。

　　＊ dye〔daɪ〕*v. n.* 染色；染料　　eyelash〔'aɪ,læʃ〕*n.* 睫毛

E

□□ I gave **each** one som**e**thing to **eat**. 每個人我都給了吃的東西 。

　　＊ each〔itʃ〕*n.* 每人；各個

□□ **Each** child was **eager** to do his part.

每個小孩都渴望盡自己的本份 。

　　＊ eager〔'igə〕*adj.* 渴望的；切望的

□□ You h**ear** with your **ears**. 你用耳朵來聽 。

　　＊ hear〔hɪr〕*v.* 聽　　ear〔ɪr〕*n.* 耳朵

□□ I h**ear**d the **early** morning news. 我聽了晨間新聞 。

　　＊ early〔'ɝlɪ〕*adj.* 早的；較早的

□□ I am l**earn**ing to **earn** a living. 我正在學習賺錢謀生 。

　　＊ earn〔ɝn〕*v.* 賺錢；謀生

□□ **Efforts** are **effective**. 努力是有效的。

* effort〔'ɛfət〕*n*. 努力   effective〔ə'fɛktɪv〕*adj*. 有效的

□□ **Efficient** efforts are effective. 有效率的努力是有效的。

* efficient〔ə'fɪʃənt〕*adj*. 有效率的;最經濟的

□□ You **select** leaders by **election**. 你用選舉的方式來選出領導人。

* select〔sə'lɛkt〕*v*. 選出   election〔ɪ'lɛkʃən〕*n*. 選舉

□□ The **city** is lighted by **electricity**. 這個城市是由電力照明的。

* light〔laɪt〕*v*. 照亮   electricity〔ɪ,lɛk'trɪsətɪ〕*n*. 電;電力

□□ There is a **door** to an **elevator**. 那兒有扇門通往電梯。

* elevator〔'ɛlə,vetə〕*n*. 電梯

□□ **Emi** went out. **Immi** came in. Emi 表出。Immi 表進。

* emigrant〔'ɛməgrənt〕*n*. (移向國外的)移民
  immigrant〔'ɪməgrənt〕*n*. (移向國內的)移民

□□ **All** are **equal**. 一視同仁。

* equal〔'ikwəl〕*adj*. 相等的;同等的

□□ **Rub** it out with an **eraser**. 用橡皮擦擦掉它。

* rub〔rʌb〕*v*. 擦去   erase〔ɪ'res〕*v*. 擦掉;抹去

□□ The **director erected** the **robot**. 指導者把機器人裝好。

* erect〔ɪ'rɛkt〕*v*. 裝起;拼起

□□ **Correct** the **error**. 改正錯誤。

* error〔'ɛrə〕*n*. 錯誤;謬誤

□□ You **exceeded** the **speed** limit. 你超過速限了。

* exceed〔ɪk'sid〕*v*. 超過;越過   speed〔spid〕*n*. 速度

□□ An **excursion** is a trip for fun. 遠足是種為了樂趣的旅遊。

* excursion〔ɪk'skɝʒən〕*n*. 遠足;旅行;遊覽

□□ He exists. He is. 他活著，所以他存在。

　　* exist〔ɪg′zɪst〕*v.* 存在；生存

□□ It is an exit. 那是出口。

　　* exit〔′ɛgzɪt〕*n.* 出口

□□ Pens are expensive. 鋼筆很昂貴。

　　* expense〔ɪk′spɛns〕*n.* 費用；花費　　expensive〔ɪks′pɛnsɪv〕*adj.* 昂貴的

□□ An expert is a person who does something well.
　　專家是指專精於某事的人。

　　* expert〔′ɛkspɝt〕*n.* 專家

□□ To explode is to blow up. 爆炸即是炸毀。

　　* explode〔ɪks′plod〕*v.* 爆炸；爆發　　blow up 炸毀

□□ Rich fabrics　貴重的布料

　　* fabric〔′fæbrɪk〕*n.* 布；織物

□□ I like the air at the fair. 我喜歡市集的氣氛。

　　* air〔ɛr〕*n.* 氣氛　　fair〔fɛr〕*n.* 市集；展覽會

□□ What else is false？ 還有什麼東西是假的？

　　* else〔ɛls〕*adv.* 另外　　false〔fɔls〕*adj.* 假的；錯誤的

□□ Fasten it to make it fast. 綁緊的意思就是把它弄牢。

　　* fasten〔′fæsn〕*v.* 綁緊；弄牢　　fast〔fæst〕*adj.* 牢固的

□□ That's my aunt's fault. 那是我姨媽的錯。

　　* fault〔fɔlt〕*n.* 缺點；過失

□□ Victor did me a favor. 維克多幫了我個忙。

　　* favor〔′fevɚ〕*n.* 善意；恩惠　　do someone a favor 幫助某人

□□ The **fawn** was born at **dawn**. 小鹿在黎明誕生。

* fawn〔fɔn〕*n.* 幼鹿

□□ After the **feat**, a **feast**. 大功告成之後,將有一個盛宴。

* feat〔fit〕*n.* 壯舉;功績　　feast〔fist〕*n.* 盛宴

□□ **Father** uses a **feather** pillow. 父親用羽毛枕頭。

* feather〔'fɛðə〕*n.* 羽毛

□□ **Nature** made your **features**. 自然創造你的容貌。

* nature〔'netʃə〕*n.* 自然　　feature〔'fitʃə〕*n.* 容貌的一部份

□□ **Concrete fence** 混凝土牆

* concrete〔'kɑnkrit〕*n.* 混凝土　　fence〔fɛns〕*n.* 圍牆

□□ A **ferry** carries (carry → carries) people. 渡船載運人群。

* ferry〔'fɛrɪ〕*n.* 渡船　　carry〔'kærɪ〕*v.* 載運

□□ They **fidget**ed over the **budget**. 他們為預算而操心。

* fidget〔'fɪdʒɪt〕*v.* 操心;煩煩不安

□□ Vanilla is my **favorite flavor**. 香草是我最喜歡的口味。

* flavor〔'flevə〕*n.* 味道;口味　*v.* 調味

□□ **Flavor** the meat (**flesh**) with sauce. 用醬油把這塊肉調味。

* flesh〔flɛʃ〕*n.* 肉;肉類

□□ **Flour** gives us **our** daily bread. 麵粉供給我們每日的麵包。

* flour〔flaʊr〕*n.* 麵粉

□□ April **shower**s bring May **flower**s. 四月的陣雨帶來五月的花卉。

* shower〔'ʃaʊə〕*n.* 陣雨　　flower〔flaʊr〕*n.* 花;花卉

□□ **Blush** is **flush**. 赧顏即臉紅。

* flush〔flʌʃ〕*n.* 臉紅

□□ **Amy** (girl's name) takes a **foam** bath. 艾美洗泡沫澡。

* foam〔fom〕*n.* 泡沫

□□ A foe is an enemy. 仇敵就是敵人。

 * foe〔fo〕*n.* 敵人；仇敵　　enemy〔'ɛnəmɪ〕*n.* 敵人

□□ Folk are people. 人民就是民眾。

 * folk〔fok〕*n.* 人們　　people〔'pipḷ〕*n.* 人

□□ A colony is under **foreign reign**. 殖民地是在外國的統治之下。

 * foreign〔'fɔrɪn〕*adj.* 外國的；外來的　　reign〔ren〕*n.* 統治；王權

□□ Commit an **error** and **forfeit** it. 犯錯而喪失它。

 * error〔'ɛrɚ〕*n.* 錯誤　　forfeit〔'fɔrfɪt〕*v.* 喪失

□□ You **ought** not to have **fought**. 你不應打架的。

 * ought〔ɔt〕*aux.* 應該　　fought〔fɔt〕*v.* fight 的過去式，打架；戰爭

□□ A foun**dry** must be kept **dry**. 鑄好的東西必須保持乾燥。

 * foundry〔'faʊndrɪ〕*n.* 鑄造；鑄造廠　　dry〔draɪ〕*adj.* 乾燥的；乾的

□□ A swallow is a fowl. 燕子是飛禽

　 If your foul fly gets caught, you are out.

　 如果你的界外高飛球被接住，你就出局了。

 * swallow〔'swɑlo〕*n.* 燕子　　fowl〔faʊl〕*n.* 家禽；雞
　 foul〔faʊl〕*adj.* 污穢的；骯髒的〔棒球〕打球出界外

□□ Roses are **fra**gile but **frag**rant. 玫瑰脆弱卻芬芳。

 * fragile〔'frædʒəl〕*adj.* 脆的；易碎的
　 fragrant〔'fregrənt〕*adj.* 芬芳的；有香味的

□□ The **Frau** was a **fraud**. 那位太太是騙子。

 * Frau〔fraʊ〕*n.* 太太　　fraud〔frɔd〕*n.* 騙子；欺騙；欺詐

□□ I r**ead** about a fr**eak**. 我讀到一個奇想。

 * read〔rid〕*v.* 閱讀　　freak〔frik〕*n.* 奇想；怪物

□□ **Eight freight** trains　八輛貨運火車

 * eight〔et〕*n.* 八個　　freight〔fret〕*n.* 貨物；貨運

□□ A short **rest** made me feel **fresh**. 休息片刻讓我覺得精神舒爽。
  * rest〔rɛst〕*n.* 休息 fresh〔frɛʃ〕*adj.* 活潑有生氣的；新鮮的

□□ The **fire** gave me a **terrible fright**. 那場火災把我給嚇壞了。
  * fire〔faɪr〕*n.* 火 terrible〔'tɛrəbḷ〕*adj.* 非常的；可怕的
   fright〔fraɪt〕*n.* 驚嚇；驚駭

□□ **To and fro** 往返來回

□□ When she was **crowned**, everybody **frowned**.
   當她登基時，眾人都皺起眉頭。
   * crown〔kraʊn〕*vt.* 使為王或后；加冕 frown〔fraʊn〕*v.* 皺眉頭；蹙額

□□ A **flute** is absolute. A **fruit** is free. 長笛十全十美。水果免費。
   * flute〔flut〕*n.* 笛；橫笛 absolute〔'æbsə‚lut〕*adj.* 完全的；純粹的
   fruit〔frut〕*n.* 水果 free〔fri〕*adj.* 免費的

□□ **Fry** it and **dry** it. 先炸過再把油濾乾。
   Fly it like a **butterfly**. 把它飛得像隻蝴蝶。
   * fry〔fraɪ〕*v.* 油炸；油煎 dry〔draɪ〕*v.* 使乾
   fly〔flaɪ〕*v.* 飛；飛行 butterfly〔'bʌtə‚flaɪ〕*n.* 蝴蝶

□□ **Fill** it **full**, and take a **spoonful**. →**fulfil** 裝滿，再取一匙的量。
   * fill〔fɪl〕*vt.* 使滿 full〔fʊl〕*adj.* 滿的
   spoonful〔'spun‚fʊl〕*n.* 一匙 fulfil〔fʊl'fɪl〕*v.* 履行；實現

□□ A **funnel** is a tube, and a tube is a **tunnel**.
   漏斗是管狀的，而地鐵像隧道。
   * funnel〔'fʌnḷ〕*n.* 漏斗；煙囪 tunnel〔'tʌnḷ〕*n.* 隧道；地道

□□ **Fanny** is **funny**. 芬妮很有趣。
   * funny〔'fʌnɪ〕*adj.* 有趣的；滑稽的

□□ **Furs** are **fluffy**; **firs irritate**. 毛皮毛絨絨的。樅樹刺痛人。
   * fur〔fɝ〕*n.* 毛皮 fir〔fɝ〕*n.* 樅樹
   fluffy〔'flʌfɪ〕*adj.* 毛絨絨的 irritate〔'ɪrə‚tet〕*v.* 刺激；使過敏

□□ **Furl** your **fl**ag and take your **furl**ough. 疊好你的旗子然後去休假吧。

    * furl〔fɝl〕*v.* 疊起；捲起   furlough〔'fɝlo〕*n.* 休假

□□ You are in for a **fur**ther shock in the near **fut**ure.

    在不久的將來，你一定會遭受另一個打擊。

Father went **far**ther and **far**ther. 父親越走越遠。

    further〔'fɝðɚ〕*adj.* 另外的；更多的   future〔'fjutʃɚ〕*n.* 將來

    father〔'faðɚ〕*n.* 父親   farther〔'farðɚ〕*adj.* 更遠的

G

□□ He avoids soc**iety**. He hates ga**iety**. 他離群索居，厭惡歡樂。

    * society〔sə'saɪətɪ〕*n.* 社會   gaiety〔'geətɪ〕*n.* 歡樂

□□ It's a **very** fine g**allery**. 那是間很好的畫廊。

    * very〔vɛrɪ〕*adj.* 很；非常   gallery〔'gælərɪ〕*n.* 藝廊；畫廊

□□ Edison was a **genui**ne **geni**us. 愛迪生是真正的天才。

    * genuine〔'dʒɛnjuɪn〕*adj.* 真正的   genius〔'dʒinjəs〕*n.* 天才

□□ The **host** at the Hallowe'en party played a g**host**.

    主人在萬聖節前夕舞會裏扮成鬼魂。

    * host〔host〕*n.* 主人   ghost〔gost〕*n.* 鬼魂；幽魂

□□ Three **girl**s are **gigg**ling. 三個女孩在傻笑著。

    * girl〔gɝl〕*n.* 女孩   giggle〔'gɪgl〕*v.* 傻笑

□□ I'm **glad** my **gl**ands are good. 我很高興我的腺體完好無恙。

    It's **great** to have a g**rand** piano. 能有台平臺式鋼琴真棒。

    * glad〔glæd〕*adj.* 高興的   gland〔glænd〕*n.* 腺體

    great〔gret〕*adj.* 很好的；快活的   grand〔grænd〕*adj.* 雄偉的；盛大的

□□ He left from **Kobe** to go around the g**lobe**, wearing the
g**loves** he **loves**. 戴著心愛的手套，他自神戶出發環遊全球。

> * globe〔glob〕*n.* 地球；世界　　　glove〔glʌv〕*n.* 手套　　　love〔lʌv〕*v.* 喜愛

□□ A light glows. A tree grows. 光在發亮，樹在長大。

> * light〔laɪt〕*n.* 光；光線　　　glow〔glo〕*v.* 發光；發亮
> tree〔tri〕*n.* 樹　　　grow〔gro〕*v.* 成長；長大

□□ It gnashed a gnat and gnawed it. 牠咬住一隻蚊子，然後嚼它。

> * gnash〔næʃ〕*v.* 咬牙切齒　　　gnat〔næt〕*n.* 蚊　　　gnaw〔nɔ〕*v.* 咬；嚼

□□ The **gondola** ride was a **dollar**. 坐一次平底船要美金一元。

> * gondola〔'gɑndələ〕*n.* 平底船　　　dollar〔dɑlɚ〕*n.* 元

□□ The **gorge** was **gorgeous**. 這峽谷眞是宏偉。

> * gorge〔gɔrdʒ〕*n.* 峽谷　　　gorgeous〔'gɔrdʒəs〕*adj.* 華麗宏偉的

□□ **Go**, **gorilla**! 加油，大猩猩！
Guess, **gue**(r)**rilla**. 猜猜看，游擊隊員。

> * gorilla〔gə'rɪlə〕*n.* 大猩猩
> gue(r)rilla〔gə'rɪlə〕*n.* 游擊隊員；游擊戰

□□ The sisters gossiped. 姊妹們在閒聊。

> * sister〔'sɪstɚ〕*n.* 姊妹　　　gossip〔'gɑsəp〕*v.* 閒話；閒談

□□ Our g**overnor** neither governs **nor** submits.
我們的總督既不管事又不服從。

> * governor〔'gʌvɚnɚ〕*n.* 總督；州長　　　nor〔nɔr〕*conj.* 亦不

□□ **Grandma's grammar** 祖母的文法書
Gladys' glamour 格萊蒂斯的魅力

> * grandma〔'grændmɑ〕*n.* 祖母　　　grammar〔'græmɚ〕*n.* 文法；文法書
> glamour〔'glæmɚ〕*n.* 魅力

□□ The **grass** is green. **Glass** is **glossy**. 草是綠色的，玻璃是光滑的。

  * grass〔græs〕*n.* 草　　green〔grin〕*a.* 綠色的

  glass〔glæs〕*n.* 玻璃　　glossy〔'glɔsɪ〕*adj.* 光滑的

□□ I'm **grateful** at any **rate**. 無論如何感激不盡。

  * grateful〔'gretfəl〕*adj.* 感謝的；感激的　　rate〔ret〕*n.* 比率；等級

□□ **Gratitude** is an **attitude**. 感激是一種態度。

  * gratitude〔'grætə,tjud〕*n.* 感謝；感激　　attitude〔'ætə,tjud〕*n.* 態度

□□ The **grave** was covered **level** by **gravel**. 墳墓是以碎石子舖平。

  * grave〔grev〕*n.* 墳墓　　level〔'lɛvl〕*adj.* 平的；平坦的

  gravel〔'grævl〕*n.* 碎石

□□ **Zebras** are **grazing**. 斑馬群正在吃草。

  * zebra〔'zibrə〕*n.* 斑馬　　graze〔grez〕*v.* 吃草

□□ **Grease** is at **ease**. 脂肪（人名）自由自在。

  * grease〔gris〕*n.* 油；脂肪　　ease〔iz〕*n.* 舒適；安逸

□□ Even **greedy** people **greet**. 居然連貪心的人都會來歡迎。

  * greedy〔'gridɪ〕*adj.* 貪心的；貪婪的　　greet〔grit〕*v.* 歡迎；打招呼

□□ Cry **grief**. The **chief** is in **grief**. 把悲痛哭出來。首領十分悲傷。

  * cry〔kraɪ〕*v.* 哭　　chief〔tʃif〕*n.* 首領；領袖

  grief〔grif〕*n.* 悲傷；悲痛

□□ My mother is a **dancer**. My father is a **grocer**.

  我母親是舞蹈家。我父親是雜貨店老闆。

  * dancer〔'dænsɚ〕*n.* 舞者　　grocer〔'grosɚ〕*n.* 雜貨店；雜貨店老闆

□□ The **groom** is in the **room** with his **bride**, his **pride**.

  新郎待在房裏和新娘在一塊，她是他的驕傲。

  * groom〔grum〕*n.* 新郎　　bride〔braɪd〕*n.* 新娘

  pride〔praɪd〕*n.* 驕傲

□□ **Grotesque** is **que**er. 怪異就是奇異。

  * grotesque〔gro'tɛsk〕*adj.* 怪異的;古怪　queer〔kwɪr〕*adj.* 奇異的;古怪

□□ I'm well. It's **cruel** to feed me **gruel**.

  我還好,但是用麥片粥給我吃眞是殘忍。

  * cruel〔'kruəl〕*adj.* 殘忍的　gruel〔'gruəl〕*n.* 麥片粥

H

□□ **Raindrops** freeze into **hail**. 雨滴結凍成冰雹。

  * raindrop〔'ren,drɑp〕*n.* 雨滴;雨點　hail〔hel〕*n.* 冰雹

□□ There's **air** in **hair**. 頭髮之間有空氣。

  * air〔ɛr〕*n.* 空氣　hair〔hɛr〕*n.* 頭髮

□□ **Half** of the **hall** was filled. (The hall was half-filled.)

  這間會堂已裝滿了一半。

  * half〔hæf〕*n.* 一半　hall〔hɔl〕*n.* 會堂

□□ **Dick** is han**dic**apped. 狄克肢體殘障。

  * handicap〔'hændɪ,kæp〕*n.* 障礙;困難

□□ This is **her** han**dker**chief. 這是她的手巾。

  * her〔hɚ〕*adj.* 她的　handkerchief〔'hæŋkɚtʃɪf〕*n.* 手帕;手巾

□□ A **handsome** youth **hand**ed me **some** bills.

  一位英俊的青年交給我一些帳單。

  * handsome〔'hænsəm〕*adj.* 英俊的;漂亮的

  hand〔hænd〕*v.* 交給　some〔sʌm〕*adj.* 一些

□□ A **hangar** is a **garage** for planes. 飛機庫是停飛機的庫房。

  * hangar〔'hæŋgɑr〕*n.* 飛機庫　garage〔gə'ɑrdʒ;'gærɑdʒ〕*n.* 停車房

□□ **Hares are** big wild rabbits. 野兔是大的野生兔子。

　　* hare〔hεr〕*n.* 野兔　　are〔ɑr〕*v.* 是

□□ **Monica** plays the har**monica**. 蒙妮卡吹奏口琴。

　　* harmonica〔hɑr'mɑnɪkə〕*n.* 口琴

□□ There is much haze. It spells hazard for us.
　　霧濃了。它給我們帶來危險。

　　* haze〔hez〕*n.* 濃霧　　hazard〔'hæzəd〕*n.* 冒險；危險

□□ The wound is **heal**ed, and he is in good **heal**th.
　　傷已痊癒，他現在健康良好。

　　* heal〔hil〕*v.* 痊癒　　health〔hεlθ〕*n.* 健康；健全

□□ **Hear** my **hear**t beat. 聽聽我的心跳。

　　* hear〔hɪr〕*v.* 聽　　heart〔hɑrt〕*n.* 心；心臟

□□ The **height** is just **right**. 這個高度正好。

　　* height〔haɪt〕*n.* 高度　　right〔raɪt〕*adj.* 好的

□□ He is the heir. 他就是繼承人。

　　* he〔hi〕*pron.* 他　　heir〔εr〕*n.* 繼承人

□□ The jewel is an heirloom. 這珠寶是祖傳的傳家寶。

　　* jewel〔'dʒuəl〕*n.* 珠寶　　heirloom〔'εr,lum〕*n.* 傳家寶；祖傳物

□□ Spring is **here** in our hemi**sphere**. 春天在我們這半球。

　　* spring〔sprɪŋ〕*n.* 春天　　here〔hɪr〕*adv.* 在這裏
　　hemisphere〔'hεməs,fɪr〕*n.* 半球；地球的半面

□□ The she**pherd** guards his **herd**. 牧羊人看護著他的羊群。

　　* shepherd〔'ʃεpəd〕*n.* 牧羊人　　herd〔hɝd〕*n.* 羊群；獸群；牛群

□□ He is a hero. 他是英雄。

　　* he〔hi〕*pron.* 他　　hero〔'hɪro〕*n.* 英雄；勇士

□□ **Hide** to **hibernate**. 躲起來冬眠。

* hide〔haɪd〕v. 躲藏   hibernate〔'haɪbə,net〕v. 冬眠；過冬

□□ **Hideo** is **hideous**. 海迪歐是可怕的。

* hideous〔'hɪdɪəs〕adj. 可怕的；可憎的

□□ **Dr**inking is a **hindr**ance to one's work. 飲酒是有礙於工作的。

* drink〔drɪŋk〕v. 飲酒   hindrance〔'hɪndrəns〕n. 妨礙；阻礙

□□ He has a **hoa**rse voice. Can you **hea**r him?
他聲音沙啞，你能聽到他說什麼嗎？

* hoarse〔hors〕adj. 沙啞的；嘶啞的   hear〔hɪr〕v. 聽

□□ I have an **ax** to grind with you, to get even with the ho**ax**
you played on me.
我有把斧頭來對付你，以報你對我惡作劇之仇。

* ax〔æks〕n. 斧   hoax〔hoks〕n. 惡作劇；玩笑

□□ Dig a **hole** with a **hoe**. 用鋤頭挖個洞。

* hole〔hol〕n. 洞   hoe〔ho〕n. 鋤頭

□□ **Honey**, will you be **honest**? 親愛的，你會誠實嗎？

* honey〔'hʌnɪ〕adj. 親愛的   honest〔'ɑnɪst〕adj. 誠實的；忠實的

□□ **Honesty** will bring you **honor**. 誠實會帶給你榮譽。

* honesty〔'ɑnɪstɪ〕n. 誠實   honor〔'ɑnə〕n. 尊敬；名譽；榮譽

□□ The **error** gave me **horror**. 這種錯叫我覺得恐怖。

* error〔'ɛrə〕n. 錯誤   horror〔'hɑrə〕n. 恐怖；戰慄

□□ Use a new **hose**. (also: **hos**iery) 用新的長統襪。
Use long **hoses**. 用長的水管。

* use〔juz〕v. 使用   hose〔hoz〕n. 橡皮管；長統襪

□□ The **hos**t was taken **hos**t**age** and he **aged** overnight.
主人被刼持爲人質，一夜之間變老了。

> * host〔host〕*n.* 主人　　hostage〔'hostɪdʒ〕*n.* 人質；抵押
> age〔edʒ〕*v.* 使老

□□ A host**el** is a small hot**el**. 旅舍是小型的旅館。

> * hostel〔'hostl〕*n.* 旅舍；招待所　　hotel〔ho'tɛl〕旅館

□□ **Our hour** has come.（＝Our time has come.）我們的時代來臨了。

> * our〔aʊr〕*adj.* 我們的　　hour〔aʊr〕*n.* 小時；時間

□□ I heard **owls howl**.我聽到貓頭鷹在叫。

> * owl〔aʊl〕*n.* 貓頭鷹；梟　　howl〔haʊl〕*v.* 長嗥；吠

□□ **Hurr**icanes come in a **hurr**y. 颶風來得很匆促。

> * hurricane〔'hɜɪˌken〕*n.* 颶風；暴風雨　　hurry〔'hɜɪ〕*n.* 匆忙；趕快

□□ **Hus**tle and **bus**tle, but don't forget the tea.
雖然忙得團團轉，但別忘了茶。

> * hustle〔'hʌsl〕*v.* 猛推；急忙　　bustle〔'bʌsl〕*v.* 匆忙

□□ The firemen ran to the **hydr**ant at **Hyde** Park.
消防人員奔向海德公園的消防栓。

> * hydrant〔'haɪdrənt〕*n.* 消防栓；給水龍頭　　Hyde〔haɪd〕

□□ **Hygiene** is a sci**ence**. 衛生學是一門科學。

> * hygiene〔'haɪdʒin〕*n.* 衛生學　　science〔'saɪəns〕*n.* 科學

I

□□ The **dol**lar is an **idol** to many people. 許多人把錢奉爲神明。
People who fid**dle** are i**dle**. 虛度時光的人是懶惰的。

> * dollar〔'dɑlɚ〕*n.* 元　　idol〔aɪdl〕*n.* 偶像；神像
> fiddle〔'fɪdl〕*v.* 虛度　　idle〔aɪdl〕*adj.* 懶惰的；閒散的

□□ The ini**t**i**al** trial is on. 初審正進行中。
　　* initial〔ɪˈnɪʃəl〕*adj.* 最初的；開始的　　trial〔ˈtraɪəl〕*n.* 審判

□□ A **mate** is a friend. Friends living **in** the same house are
　　inmates. 同伴是朋友。住在同一間房子的朋友就是同居者。
　　* mate〔met〕*n.* 同伴　　in〔ɪn〕prep. 在……內
　　　inmate〔ˈɪnmet〕*n.* 同居者；入獄者

□□ He is **innocent**. He took **in** **no** **cent**(s).
　　他無罪。他沒有騙一分錢。
　　* innocent〔ˈɪnəsṇt〕*adj.* 無罪的；天眞的

□□ In**stall** a **stall**. 建個馬廐。
　　* install〔ɪnˈstɔl〕*v.* 裝設；安置　　stall〔stɔl〕*n.* 廐；畜舍

□□ The **consulate** is **insulate**d. 領事館與外界隔離。
　　* consulate〔ˈkɑnsjəlɪt〕*n.* 領事館　　insulate〔ˈɪnsjʊˌlet〕*v.* 使絕緣；隔離

□□ Do not **enter** the **room** to **inter**ru**pt**. 請勿入內打擾。
　　* enter〔ˈɛntɚ〕*v.* 進入　　room〔rum〕*n.* 房間
　　　interrupt〔ˌɪntəˈrʌpt〕*v.* 打擾；妨礙

□□ **Invincible** force 常勝軍
　　* invincible〔ɪnˈvɪnsəbl̩〕*adj.* 不能征服的；無敵的

□□ The **visitor** was **invisible**. 不露面的訪客。
　　* visitor〔ˈvɪzɪtɚ〕*n.* 訪客　invisible〔ɪnˈvɪzəbl̩〕*adj.* 不可見的；看不見的

□□ An **island** is **land**. 島嶼是陸地。
　　* island〔ˈaɪlənd〕*n.* 島嶼；島　　land〔lænd〕*n.* 陸地；土地

□□ **Jean** is **jealous**. 珍善妒。
　　* jealous〔ˈdʒɛləs〕*adj.* 妒忌的；羨慕的

K

□□ Make **room** for the kang**aroo**. 留空間給袋鼠。

     * room〔rum〕 *n.* 空間；空位   kangaroo〔,kæŋgə'ru〕 *n.* 袋鼠

□□ **See** how much k**erosene** we have. 看看我們有多少煤油。

     * see〔si〕 *v.* 看   kerosene〔'kɛrə,sin, ,kɛrə'sin〕 *n.* 煤油；火油

□□ **Kit** is in the **kit**chen.（Kit = a girl's name）愷悌在廚房內。

     * kitchen〔'kɪtʃən〕 *n.* 廚房

□□ The k**nights** were brave at **night**. 武士們在夜裏很勇敢。

     * knight〔naɪt〕 *n.* 騎士；武士   night〔naɪt〕 *n.* 夜晚

L

□□ You **labor**(work hard) in the **labor**atory. 你在實驗室裏辛苦工作。
Water runs like **lava** in the **lava**tory. 在廁所裏水流得像岩漿般。

     * labor〔'lebɚ〕 *vt.* 辛苦工作；勞動
     laboratory〔'læbərə,torɪ〕 *n.* 科學實驗室
     lavatory〔'lævə,torɪ〕 *n.* 盥洗室；廁所

□□ Your **laces** are **loose**. Fasten them before you **run** the **race**.
你的鞋帶鬆了，在賽跑之前把它們繫緊。

     * lace〔les〕 *n.* 鞋帶   loose〔lus〕 *adj.* 鬆的
     run〔rʌn〕 *v.* 跑   race〔res〕 *n.* 民族；比賽；賽跑

□□ The la**cquer** master **conquer**ed the problem.
油漆師父克服了這個難題。

     * lacquer〔'lækɚ〕 *n.* 漆   conquer〔'kɔŋkɚ〕 *vt.* 克服；征服

□□ Send the **clothes** to the **laundry**. 把這些衣服送去洗衣店。

     * clothes〔kloz, kloðz〕 *n. pl.* 衣服   laundry〔'lɔndrɪ〕 *n.* 洗衣店；洗衣房

□□ The bag is **weak**. The juice will **leak**. 這袋子不牢，果汁會漏出來。

    * weak〔wik〕*adj.* 弱的；不牢的　　leak〔lik〕*v.* 漏；漏洞

□□ **Jean** is **lean**. 珍瘦瘦的。

    * lean〔lin〕*adj.* 瘦

□□ Use a **sash** as a **leash**. 用飾帶權充皮帶吧。

    * sash〔sæʃ〕*n.* 飾帶　　leash〔liʃ〕*n.* 皮帶

□□ Be **sure** to enjoy your **leisure**. 一定要好好享受你的餘暇。

    * sure〔ʃur〕*adj.* 一定的；必定的　　leisure〔'liʒɚ〕*n.* 空閒；休閒

□□ **Liars** are detestable. 說謊者是很可惡的。

    * are〔ar〕是 (*pl*)　　liar〔'laɪɚ〕*n.* 說謊者

□□ **Lice** live in dirty places. 蝨子生活在髒的地方。
  I love curry **rice**. 我喜歡咖哩飯。

    * lice〔laɪs〕*n.* louse 的複數形，蝨子　　live〔lɪv〕*v.* 生活；活
      place〔ples〕*n.* 地方；場所　　curry〔'kɝɪ〕*n.* 咖哩粉　　rice〔raɪs〕*n.* 米；飯

□□ I have a **lice**nse to kill **lice**. 我能殺蝨。

    * license〔'laɪsn̩s〕*n.* 許可；執照

□□ Mickey **Mouse** rides in a **limousine**. 米老鼠坐在豪華轎車裏。

    * mouse〔maus〕*n.* 鼠　　limousine〔'lɪmə,zin〕*n.* 豪華轎車

□□ Your purse is **loose**. You'll **lose** it. 你的錢包鬆了，可能會遺失它。

    * loose〔lus〕*adj.* 鬆的；不牢的　　lose〔luz〕*v.* 失落；遺失

□□ He ran off with a **load** of **loot**. 他帶著一車的掠奪品跑了。
  A carrot is a **root**. 胡蘿蔔是根莖類。

    * load〔lod〕*n.* 車等所載之量　　loot〔lut〕*v.* 搶奪；*n.* 掠奪物
      carrot〔'kærət〕*n.* 胡蘿蔔　　root〔rut〕*n.* 根；根部

□□ The **lovers** are in the **lounge**. 情侶都在休息室裏 。

    * lover 〔 'lʌvɚ〕 *n.* 情侶 ; 愛人　　lounge 〔 laundʒ〕 *n.* 休息室 ; 起居室

□□ A **lullaby** is sung **dull**. It puts the **baby** to sleep.
　　搖籃曲調單調 ， 可以哄寶寶入睡了 。

    * lullaby 〔'lʌlə,baɪ〕 *n.* 搖籃曲 ; 催眠曲　　dull 〔dʌl〕 *adj.* 單調無趣味的
    baby 〔bebɪ〕 *n.* 嬰兒 ; 寶寶

□□ Something **deluxe** is a **luxury**. 華麗的東西是奢侈品 。

    * deluxe 〔dɪ'lʊks;dɪ'lʌks〕 *adj.* 華麗的 ; 華美的　　luxury 〔'lʌkʃərɪ〕 *n.* 奢華 ; 奢侈

M

□□ A **man** is a **male**. 男人是雄性的 。
　　Today's **mail** consists **mainly** of ads . 今天的郵件主要是廣告 。

    * man 〔mæn〕 *n.* 男人　　male 〔mel〕 *n.* 男人 ; 男孩 ; 雄性動物
    mail 〔mel〕 *n.* 郵件　　mainly 〔'menlɪ〕 *adv.* 主要地

□□ A **mammal** is an an**imal**. The mama **mamm**al feeds her young
　　at her breast.

    * mammal 〔'mæml̩〕 *n.* 哺乳動物　　animal 〔'ænəml〕 *n.* 動物

□□ An elephant is a **mammoth mamm**al. 大象是巨大的哺乳動物 。

    * mammoth 〔'mæməθ〕 *adj.* 巨大的 ; 龐大的

□□ Li**nda** is playing the man**dolin**. 玲達正在彈奏曼陀林 。

    * mandolin 〔,mændl̩'ɪn〕 *n.* 曼陀林

□□ A man**sion** is a **residence**. 大廈是一種住宅 。

    * mansion 〔'mænʃən〕 *n.* 大廈 ; 邸第　　residence 〔'rɛzədəns〕 *n.* 住宅 ; 住處

□□ Em**manuel** is reading a **manual**. 依曼丑爾正在讀一本手冊 。

    * manual 〔'mænjʊəl〕 *n.* 手冊

□□ **Maria mar**ried a **mari**ne. 瑪麗亞嫁給了一個海軍陸戰隊隊員 。

    * marine 〔mə'rin〕 *adj.* 海的　　*n.* 海軍陸戰隊隊員

□□ **Marion** likes **marion**et te shows. 瑪麗安喜歡看木偶戲。

    ＊ marionette〔͵mærɪə'nɛt〕*n.* 木偶

□□ **Lade** the marma**lade** jars on the wagon. 把果醬瓶裝上馬車。

    ＊ lade〔led〕*v.* 裝載   marmalade〔'marml͵ed〕*n.*果醬

□□ Two people **marry** and **age** together. That's **marriage**.
二個人結婚並一起終老，那便是婚姻。

    ＊ marry〔'mærɪ〕*v.* 結婚   marriage〔'mærɪdʒ〕*n.* 婚姻

□□ **Marty** was a **martyr**. (Marty = a man's name) 馬提是位烈士

    ＊martyr〔'mɑrtɚ〕*n.* 烈士；殉道者

□□ **Massacre** is **mass**-killing. Corpses lie for **acre**s.
大屠殺是大量殺人，屍橫遍野。

    ＊ massacre〔'mæsəkɚ〕*n.* 大屠殺   mass〔mæs〕*n.* 大量
    acre〔'ekɚ〕*n.* 田地；田野

□□ I **need** two tickets for the mati**née**. 我需要二張午後音樂會的票

    ＊ need〔nid〕*v.*需要   matinee〔͵mætn̩'e〕*n.*下午演出的戲劇或音樂

□□ A **measure** of **pleasure**. 歡樂的尺度。

    ＊ measure〔'mɛʒɚ〕*n.* 大小；量度標準   pleasure〔'plɛʒɚ〕*n.*歡樂；享

□□ Even a million(n)**aire** breathes **air**.
即使百萬富翁也一樣要呼吸空氣啊。

    ＊ million(n)aire〔͵mɪljən'ɛr〕*n.* 百萬富翁；大富豪   air〔ɛr〕*n.* 空氣

□□ To m**imic** means to **imit**ate. 擬態意即模仿。
A **wicked** man mim**icked** me. 那個惡人模仿我。
The **king** is mimic**king** his parrot. 國王正在模仿他的鸚鵡。

    ＊ mimic〔'mɪmɪk〕*v.*模仿；擬態   imitate〔'ɪmə͵tet〕*v.* 模仿
    wicked〔'wɪkɪd〕*adj.* 邪惡的   king〔kɪŋ〕*n.* 國王

□□ A **mirage** is like a **miracle**. 幻想有如奇蹟。

　　* mirage〔məˈrɑʒ〕*n.* 幻想；妄想　　miracle〔ˈmɪrəkl̩〕*n.* 奇蹟

□□ A **mirror** is a **terror** to an ugly woman.
　　對一個醜女而言，鏡子是件可怕的東西。

　　* mirror〔ˈmɪrɚ〕*n.* 鏡子　　terror〔ˈtɛrɚ〕*n.* 令人恐怖之事物

□□ The **chief**'s daughter (Miss) is a little mis**chief**.
　　首領的女兒是個小淘氣鬼。

　　* chief〔tʃif〕*n.* 首領；領袖　　mischief〔ˈmɪstʃɪf〕*n.* 傷害；惡作劇者

□□ The **missile missed** the target. 飛彈沒擊中目標。

　　* missile〔ˈmɪsl̩〕*n.* 飛彈投射的兵器　　miss〔mɪs〕*v.* 未擊中

□□ **Miss Pell misspelled** it. 佩爾小姐拼錯了。

　　* misspell〔mɪsˈspɛl〕*v.* 拼錯；誤拼

□□ Row a b**oat** in the m**oat**. 在壕溝裏划船。

　　* boat〔bot〕*n.* 船　　moat〔mot〕*n.* 壕溝

□□ **Lasses** (young women) are like mol**asses**. 少女們如同蜜糖般。

　　* lass〔læs〕*n.* 少女；女孩　　molasses〔məˈlæsɪz〕*n.* 糖蜜

□□ **Moles** dig h**oles**. 鼴鼠掘洞。

　　* mole〔mol〕*n.* 鼴鼠　　hole〔hol〕*n.* 洞

□□ They drank **ale** and their mor**ale** is high. 他們飲了麥酒，因此士氣高昂。

　　* ale〔el〕*n.* 麥酒　　morale〔moˈrɑl〕*n.* 士氣；民心

□□ This is the mon**th** of mo**th**s. 這個月飛蛾特別多。

　　* moth〔mɔθ〕*n.* 蛾

□□ **Our** father is dead, and we are m**our**ning. 家父過世，我們十分哀傷。

　　* our〔aʊr〕*adj.* 我們的　　mourning〔ˈmornɪŋ〕*v., n.* 悲哀；哀悼

□□ I saw a **house** **mouse**. 我看到了一隻家鼠。

    * house〔haʊs〕*n*. 房屋；住處   mouse〔maʊs〕*n*. 老鼠；鼠

□□ Your **mustache** **must ache**. 你的唇髭一定扎著會疼。

    * mustache〔ˈmʌstæʃ〕*n*. 髭   must〔mʌst〕*aux*. 一定；必定
    ache〔ek〕*v*. 感覺

□□ When you m**utter**, I **utter**ly fail to understand you.
    當你低聲說話時，我完全聽不懂你在說些什麼。

    * mutter〔ˈmʌtɚ〕*v*. 低聲說話；喃喃而言 utterly〔ˈʌtəlɪ〕*adv*. 完全地；全然地

N

□□ We **rowed** the boat through a **narrow** canal.
    我們把小船划過狹窄的運河。

    * row〔ro〕*v*. 以槳划（船）   narrow〔ˈnæro〕*adj*. 窄的；狹窄的

□□ As I **matured**, I returned to **nature**. 當我長大成人後，便回歸自然
    * mature〔məˈtjʊr; -ˈtʃʊr〕*v*. 使成熟   nature〔ˈnetʃɚ〕*n*. 自然

□□ A **haughty** man was a **naughty** boy.
    這個傲慢的男人過去是個頑皮的小孩。

    * haughty〔ˈhɔtɪ〕*adj*. 傲慢的   naughty〔ˈnɔtɪ〕*adj*. 頑皮的；淘氣的

□□ The **neigh**bor's horses **neigh** all day. 鄰居的馬匹終日嘶叫。

    * neighbor〔ˈnebɚ〕*n*. 鄰居；鄰人   neigh〔ne〕*v*. 馬嘶

□□ He is **nervous**. His driving is **dangerous**.
    他容易緊張。由他開車是危險的。

    * nervous〔ˈnɝvəs〕*adj*. 緊張的；不安的 dangerous〔ˈdendʒərəs〕*adj*. 危險的

□□ The **little** chicks **nestled** against their mother.
    小雞們依偎在母雞的身旁。

    * little〔ˈlɪtl̩〕*adj*. 小的   nestle〔ˈnɛsl̩〕*v*. 依偎；緊抱

□□ Switzerland, in central Europe, has always been neutral.
位於歐洲中央的瑞士，一直是中立的。

   * central〔'sɛntrəl〕*adj.* 中央的；中心的 neutral〔'njutrəl〕*adj.* 中立的

□□ A nice niece　好姪女

Mieko is a nice niece. 美可是個好姪女。

   * nice〔naɪs〕*adj.* 好的；循規蹈矩的 niece〔nis〕*n.* 姪女；甥女

□□ Notice my advice. 留意我的忠告。

   * notice〔'notɪs〕*v.* 注意；留心 advice〔əd'vaɪs〕*n.* 忠告

□□ His advances are a nuisance. 他的進步真是叫我討厭。

   * advance〔əd'væns〕*n.* 進步；前進 nuisance〔'njusn̩s〕*n.* 討厭的人或物

□□ A number of my fingers became numb. 我有好幾根手指都麻木了。

   * number〔'nʌmbɚ〕*n.* 一些；若干 numb〔nʌm〕*adj.* 麻木的；沒有知覺的

□□ The nurse urged me to rest. 護士勸我去休息。

   * nurse〔nɝs〕*n.* 護士；看護 urge〔ɝdʒ〕*v.* 勸；力促

O

□□ This boat is made with oak. 這艘船是用橡木做的。

   * boat〔bot〕*n.* 船 oak〔ok〕*n.* 橡樹；橡木

□□ Rowing with oars is an art. 用槳划船是種藝術。

   * oar〔or〕*n.* 櫓；槳 art〔ɑrt〕*n.* 藝術

□□ He made an oath at the altar. 他在神壇立誓。

   * oath〔oθ〕*n.* 誓約；誓言 altar〔'ɔltɚ〕*n.* 神壇

□□ The occasion occurred soon. 機會一下就出現了。

   * occasion〔ə'keʒən〕*n.* 特殊的時機；機會

□□ The fighting ceased in the middle of the ocean.戰爭止於大海之中。

   * cease〔sis〕*v.* 停止 ocean〔'oʃən〕*n.* 大海

□□ That's an **odd odor**. 那是種奇怪的氣味。

That **order borders** on an ultimatum. 這紙命令幾乎是最後通牒。

 * odd〔ad〕*adj.*奇怪的 odor〔'oda〕*n.*氣味 order〔'orda〕*n.*順序;命令;訂購

 border〔'borda〕*v.*幾乎是 ultimatum〔ˌʌltə'metəm〕*n.*最後通牒

□□ The **officer offended** the general. 那位軍官觸怒了將軍。

 * offend〔ə'fɛnd〕*v.*觸怒;傷～感情

□□ An **ordeal** or a **deal**? 要吃罰酒還是敬酒?

 * ordeal〔ɔr'dil〕*n.*嚴酷的考驗 deal〔dil〕*n.*成交

□□ An **owl**'s face is like a **bowl**. 貓頭鷹的臉像碗。

 * owl〔aʊl〕*n.*貓頭鷹;梟 bowl〔bol〕*n.*碗

P

□□ I see a **pair** of airplanes. 我看到兩架飛機。

 * pair〔pɛr〕*n.*一雙;一副

□□ Make a **panel** for **panes**. 爲窗玻璃做個嵌板。

 * panel〔'pænl〕*n.*方格;嵌板 pane〔pen〕*n.*窗玻璃

□□ Railway lines are laid **parallel**. 鐵軌被舖成平行的。

 * parallel〔'pærəˌlɛl〕*adj.*平行的

□□ The **parachuter** was really **paralyzed**. 那位傘兵眞的癱瘓了。

 * parachuter〔'pærəˌʃutə〕*n.*傘兵 paralyze〔'pærəˌlaɪz〕*v.*使麻痺;使癱瘓

□□ May I **borrow** your **parrot**? 我可以借用你的鸚鵡嗎?

 * parrot〔'pærət〕*n.*鸚鵡

□□ You can **pass** a foreign **port** on your **passport**.

你可以藉由你的護照通過外國的港口。

 * port〔pɔrt〕*n.*港口 passport〔'pæsˌport〕*n.*護照

□□ **Nature** gives cattle **pastures**. 自然給牛群草地 。

    * nature〔'netʃɚ〕*n.* 自然   pasture〔'pæstʃɚ〕*n.*草地；牧場

□□ **Pat** is a **pat**ient. 佩特是病人 。

    * patient〔'peʃənt〕*n.* 病人

□□ **Pat**riots often **riot**. 愛國者常起暴動 。

    * patriot〔'petrɪət〕*n.* 愛國者   riot〔'raɪət〕*v., n.* 暴動

□□ The **pauper paused**. 那個窮人停了下來 。

    * pauper〔'pɔpɚ〕*n.* 窮人   pause〔pɔz〕*v.* 停止；中止

□□ The **lions** were kept in a **pavilion**. 獅子被關在大帳篷裏 。

    * lion〔'laɪən〕*n.* 獅子   pavilion〔pə'vɪljən〕*n.* 大帳篷；亭；閣

□□ A **paw** is an animal foot that has **claws**.脚掌即是動物的脚上有爪子。

    * paw〔pɔ〕*n.* 脚掌   claw〔klɔ〕*n.* 爪子

□□ You **eat peas**. 你吃豌豆 。

    * eat〔it〕*v.* 吃   pea〔pi〕*n.* 豌豆

□□ An **ace** in **peace** 和平的一流人才

    * ace〔es〕*n.* 第一流人才   peace〔pis〕*n.* 和平；安靜

□□ Give **each** child a **peach**. 給每個孩子一人一粒桃子 。

    * each〔itʃ〕*adj.* 每個   peach〔pitʃ〕*n.* 桃子

□□ We **reached** the **peak**. 我們到了最高峯 。

    * reach〔ritʃ〕*v.* 到；達   peak〔pik〕*n.* 巔峯；最高峯

□□ The **peal** of church bells **appeals** to me. 教堂宏亮的鐘聲吸引著我。
Peel the **eel**. 把鰻魚剝皮 。

    * peal〔pil〕*n.*洪亮的鐘聲   appeal〔ə'pil〕*v.* 吸引

    peel〔pil〕*v.* 剝皮；削皮   eel〔il〕*n.* 鰻魚

□□ This tree bears pears. 這樹會生梨子。

    * bear〔bɛr〕*v.* 生   pear〔pɛr〕*n.* 梨子

□□ The earl wears pearls. 伯爵戴著珍珠。

    * earl〔ɝl〕*n.* 伯爵   pearl〔pɝl〕*n.* 珍珠

□□ The peasants are raising peas. 農夫們正在種豌豆。

    * peasant〔'pɛznt〕*n.* 農夫   pea〔pi〕*n.* 豌豆

□□ He pedaled and dillydallied. 他三心二意地踩著踏板。
He peddles in the middle of the street. 他在街中央叫賣。

    * pedal〔'pɛdl〕*n.* 踏板；踩踏板   dillydally〔'dɪlɪ,dælɪ〕*v.* 三心二意
    peddle〔'pɛdl〕*v.* 沿街叫賣   middle〔'mɪdl〕*n.* 中央

□□ A peninsula insulates. 孤立的半島。

    * peninsula〔pə'nɪnsjʊlə〕*n.* 半島   insulate〔'ɪnsə,let〕*v.* 使孤立

□□ The mission gave me permission. 使節團給我許可。

    * mission〔'mɪʃən〕*n.* 使節團   permission〔pə'mɪʃən〕*n.* 許可；允許

□□ We kneel at pews. 我們跪在坐椅上。

    * pew〔pju〕*n.* （教堂的）坐椅

□□ The orphan was scared by a phantom. 這個孤兒被鬼嚇到了。

    * orphan〔'ɔrfən〕*n.* 孤兒   phantom〔'fæntəm〕*n.* 鬼；幻影

□□ That pharmacist is a Ph. D. 那位藥劑師是位博士。

    * pharmacist〔'farməsɪst〕*n.* 藥劑師   Ph. D.=Doctor of Philosophy 博

□□ The peasant caught a pheasant. 那農夫抓到了一隻雉雞。

    * peasant〔'pɛznt〕*n.* 農夫   pheasant〔'fɛznt〕*n.* 雉雞

□□ Phantom phenomenon 幻象

    * phantom〔'fæntəm〕*adj.* 虛幻的   phenomenon〔fə'namə,nan〕*n.* 現象

□□ Phil has become interested in phi**lately lately**.

菲爾最近對集郵有興趣。

* philately〔fə'lætḷɪ〕*n.* 集郵　　lately〔'letlɪ〕*adv.* 最近

□□ Do you want to become a mus**ician** or a phys**ician**?

你將來要當音樂家還是醫生呢？

* musician〔mju'zɪʃən〕*n.* 音樂家　　physician〔fə'zɪʃən〕*n.* 醫生；內科醫生

□□ Give me a **piece** of **pie**. 給我一塊派。

* piece〔pis〕*n.* 塊　　pie〔paɪ〕*n.* 派；餡餅

□□ A ship **pier**ced the **pier**. 一艘船穿過了防波堤。

* pierce〔pɪrs〕*v.* 穿過　　pier〔pɪr〕*n.* 碼頭；防波堤

□□ A pig**eon** broke the **neon** sign. 一隻鴿子撞壞了霓虹燈。

* pigeon〔'pɪdʒən〕*n.* 鴿子　　neon〔'niɑn〕*n.* 氖　　neon sign 霓虹燈

□□ My pil**low** is too **low**. 我的枕頭太低了。

* pillow〔'pɪlo〕*n.* 枕頭　　low〔lo〕*adj.* 低的

□□ There are beau**tiful** plat**eaus** in Nebraska.

內布拉斯加州有許多美麗的高原。

* beautiful〔'bjutəfəl〕*adj.* 美麗的　　plateau〔plæ'to〕*n.* 高地；高原

□□ A **pleas**ant time **pleas**ed us all. 愉快的時光讓我們大家都高興。

* pleasant〔'plɛzn̩t〕*adj.* 愉快的；高興的　　please〔pliz〕*v.* 使高興

□□ Plou**ghing** is a **rough** work. 犁田是件艱苦的工作。

* plough〔plaʊ〕*n.* 犁　　rough〔rʌf〕*adj.* 艱苦的

□□ A **plumber** has brought some **lumber**. 鉛管工人帶了一些木料來。

* plumber〔'plʌmɚ〕*n.* 鉛管的人　　lumber〔'lʌmbɚ〕*n.* 木料

□□ George **plung**ed into the swimming pool. Water got into his **lung**s. 喬治跳入游泳池，水進到他的肺裏。

　　* plunge〔plʌndʒ〕v. 投入；跳入　　lung〔lʌŋ〕n. 肺

□□ One **plus** one makes it a **plur**al. 一加一變成了複數。

　　* plus〔plʌs〕prep. 加　　plural〔'plʊrəl〕n. 複數；複數的

□□ There were **lice** in the **polic**e cells. 在警察局的囚房內有蝨子。

　　* lice〔laɪs〕n.pl. of louse 蝨　　police〔pə'lis〕n. 警察

□□ **Pollen poll**utes the air. 花粉污染了空氣。

　　* pollen〔'pɑlən〕n. 花粉　　pollute〔pə'lut〕v. 污染；弄髒

□□ The **boss** of the E S S **possess**es many **possess**ions. ESS 的老板擁有許多財產。

　　* boss〔bɔs〕n. 老板　　possess〔pə'zɛs〕v. 具有；擁有

□□ Anything is poss**ible** with God, says the B**ible**. 聖經上說，上帝是無所不能的。

　　* possible〔'pɑsəbḷ〕adj. 可能的；可能實行的　　Bible〔'baɪbḷ〕n. 聖經

□□ Our **preacher reach**es many people. 我們的牧師影響廣及眾人。

　　* preacher〔'pritʃɚ〕n. 牧師；傳道者　　reach〔ritʃ〕v. 影響

□□ The mouse **resist**ed becoming the **prey** of the cat. 老鼠反抗變成貓的食物。

　　* resist〔rɪ'zɪst〕v. 反抗；抵抗　　prey〔pre〕n. 被捕食的動物；犧牲者

□□ The **princi**pal is our **pal**. 校長是我們的朋友。

　　* principal〔'prɪnsəpḷ〕n. 校長；首長　　pal〔pæl〕n. 朋友

□□ His dis**ciple**s follow his prin**ciple**s. 他的門徒們遵守他的原則。

　　* disciple〔dɪ'saɪpḷ〕n. 門徒　　principle〔'prɪnsəpḷ〕n. 原則；真諦

□□ It is a pri**vilege** to meet you on the first **leg** of your world tour. 能在你環遊世界的第一段路程和你見面，那真是我的榮幸。

 * privilege〔'prɪvlɪdʒ〕*n.* 特權；榮幸　　leg〔lɛg〕*n.* 旅行中的一段路程

□□ You **need** to proceed. 你必須繼續下去。

 * need〔nid〕*v.* 必須　　proceed〔prə'sid〕*v.* 進行

□□ A pro**gressive** pro**cess** 一個提倡進步的計畫

 * progressive〔prə'grɛsɪv〕*adj.* 進步的　　process〔'prɑsɛs〕*n.* 方法；計畫

□□ Pro**nounce** the **pronouns.** 讀出這些代名詞的音。
The **nun**'s pro**nun**ciation is perfect. 這修女的發音真是完美。

 * pronounce〔prə'naʊns〕*v.* 讀……的音　　pronoun〔'pronaʊn〕*n.* 代名詞
 nun〔nʌn〕*n.* 修女　　pronunciation〔prə,nʌnsɪ'eʃən〕*n.* 發音方法

□□ The pro**prie**tor and the **prie**st are cousins. 主人和牧師是堂兄弟。

 * proprietor〔prə'praɪətɚ〕*n.* 所有者；主人　　priest〔prist〕*n.* 牧師

□□ Do not **try** to **pry** into others' affairs.
不要試圖去打聽人家的事情。

 * try〔traɪ〕*v.* 試圖　　pry〔praɪ〕*v.* 窺探；打聽

Q

□□ **Quakers** do not **quarrel.** 教友派的信徒不與人爭吵。
Some people **quarrel** over **barrels.** 有些人為了水桶而吵架。

 * Quaker〔'kwekɚ〕*n.* 教友派的信徒　　quarrel〔'kwɔrəl〕*v.* 爭吵；口角
 barrel〔'bærəl〕*n.* 水桶

□□ A **quart** is a **quarter** of a gallon. 一夸脫是一加侖的四分之一。

 * quart〔kwɔrt〕*n.* 一夸脫　　quarter〔'kwɔrtɚ〕*n.* 四分之一

□□ There was a long **queue** to see the **queen.** 要見女王的人大排長龍。

 * queue〔kju〕*n.* 一行；長龍　　queen〔kwin〕*n.* 女王

R

□□ This dog has **rabies**. Keep the **babies** in the house.
這隻狗有狂犬病，把嬰兒留在屋內。
* rabies〔'rebiz〕*n.* 狂犬病　　baby〔'bebɪ〕*n.* 嬰兒

□□ The **radiator radiates** heat. 暖氣機散發出熱。
* radiator〔'redɪ,etɚ〕*n.* 暖氣機；放熱器　　radiate〔'redɪ,et〕*v.* 發射

□□ The purpose of the **raffle baffled** me.
抽籤售賣的意圖困擾了我。(把我困惑住了)
* raffle〔'ræfḷ〕*n.* 抽籤售賣　　baffle〔'bæfḷ〕*v.* 使困惑

□□ The **allies rallied**. 同盟國振作起來了。
* ally〔ə'laɪ〕*n.* 同盟國　　rally〔'rælɪ〕*v.* 振作；鼓起

□□ The **ram ram**med the gate. 那隻公羊用頭撞大門。
The **lamb** felled the **lamp**. 那隻小羊撞倒了燈。
* ram〔ræm〕*n.* 公羊　　ram〔ræm〕*v.* 撞
lamb〔læm〕*n.* 小羊　　lamp〔læmp〕*n.* 燈

□□ **R**un down the **ramp**. 跑下斜坡。
* run〔rʌn〕*v.* 跑　　ramp〔ræmp〕*n.* 斜坡；坡道

□□ Don't **rave**. Be **brave**. 不要胡言亂語，勇敢些。
* rave〔rev〕*v.* 胡言亂語；怒吼　　brave〔brev〕*adj.* 勇敢的

□□ **Raven**s were **rav**ing all day. 大烏鴉鎮日狂叫。
* raven〔'revən〕*n.* 大烏鴉

□□ **Vine**s don't grow in **ravine**s. 蔓藤不長在峽谷。
* vine〔vaɪn〕*n.* 藤蔓　　ravine〔rə'vin〕*n.* 峽谷；山谷

□□ I have **paid**. Give me a **receipt**. 我付過錢了，請給我一張收據。
* pay〔pe〕*v.* 付 (款)　　receipt〔rɪ'sit〕*n.* 收據；收條

□□ The **committee** recommended **common commercial** ads.

委員會推薦常見的商業廣告。

　　* committee〔kə'mɪtɪ〕*n.*委員會　　recommend〔,rɛkə'mɛnd〕*v.*推薦；介紹

　　common〔'kɑmən〕*adj.*常見的　　commercial〔kə'mɜʃəl〕*adj.*商業的

□□ When in doubt, **refer** to the **referee**. 有疑問時請向裁判員查詢。

　　* refer〔rɪ'fɝ〕*v.*查詢　　referee〔,rɛfə'ri〕*n.*裁判員；仲裁者

□□ A **refrigerator** keeps food **frigid**. 電冰箱將食物保持於低溫狀態。

　　* refrigerator〔rɪ'frɪdʒə,retə〕*n.*電冰箱　　frigid〔'frɪdʒɪd〕*adj.*低溫的；寒冷的

□□ This **region** is **rich** in **rice**. 此地盛產稻米。

The **legion** lacks **religion**. 此軍隊缺乏宗教信仰。

　　* region〔'ridʒən〕*n.*地區　　rich〔rɪtʃ〕*adj.*富饒的　　rice〔raɪs〕*n.*米

　　legion〔'lidʒən〕*n.*軍隊；軍團　　lack〔læk〕*v.*缺乏

　　religion〔rɪ'lɪdʒən〕*n.*宗教信仰

□□ I will **hear** you **rehearse**. 我會去聽你的預演。

　　* hear〔hɪr〕*v.*聽　　rehearse〔rɪ'hɝs〕*v.*預演；演習

□□ **Believe**. It will **relieve** you. 相信我，那會讓你舒服些。

　　* believe〔bɪ'liv〕*v.*相信　　relieve〔rɪ'liv〕*v.*解救；緩和

□□ Many people find **religion reliable**. 許多人覺得宗教值得信賴。

Take your **pair** of shoes to be **repaired**. 拿你那雙鞋去修理。

　　* religion〔rɪ'lɪdʒən〕*n.*宗教　　reliable〔rɪ'laɪəbl〕*adj.*可信賴的

　　pair〔pɛr〕*n.*一雙　　repair〔rɪ'pɛr〕*v.*修理

□□ One **pea** is a **repeat** of another. 一顆豌豆是另一豌豆的翻版。

　　* pea〔pi〕*n.*豌豆　　repeat〔rɪ'pit〕*v.*重複；重說

□□ This **river** runs into a **reservoir**. 這條河流入水庫。

　　* river〔'rɪvə〕*n.*河　　reservoir〔'rɛzə,vɔr〕*n.*水庫；貯水池

□□ He **signed** his **resign**ation and **resign**ed.

他在他的辭呈上簽字，然後辭職了。

* sign〔saɪn〕*v.* 簽字　　resign〔rɪˈzaɪn〕*v.* 辭職；放棄

□□ **Sister resis**ted. 我妹妹反抗。

* resist〔rɪˈzɪst〕*v.* 抵抗；反抗

□□ You **rest** at a **rest**aurant. 你在餐館休息。

* rest〔rɛst〕*v.* 休息　　restaurant〔ˈrɛstərənt〕*n.* 餐館

□□ **Reverse** the **verse**s. 把這幾首詩句顛倒過來。

* reverse〔rɪˈvɝs〕*v.* 顛倒；反轉　　verse〔vɝs〕*n.* 詩句

□□ **He** has **rheumatism**. 他有風濕病。

* rheumatism〔ˈrumə,tɪzəm〕*n.* 風濕病

□□ **Rhyme** and **time** **rhyme**. Rhyme 和 time 二個字押韻。

* rhyme〔raɪm〕*n.,v.* 押韻　　time〔taɪm〕*n.* 時間

□□ **Rhine, rhyme, rhythm.**

* Rhine〔raɪn〕*n.* 萊茵河　　rhythm〔ˈrɪðəm〕*n.* 節奏；周期性

S

□□ Take a **bath** on the **Sabbath**. 安息日那天沐浴一番。

* bath〔bæθ〕*n.* 沐浴　　Sabbath〔ˈsæbəθ〕*n.* 安息日

□□ They **stage**d **sabotage**. 他們表演破壞行動。

* stage〔stedʒ〕*v.* 表演；上演　　sabotage〔ˈsæbə,taʒ〕*n.* 破壞行動

□□ **Sacra**ments are **sacre**d. 聖禮是神聖的。

* sacrament〔ˈsækrəmənt〕*n.* 聖禮；聖事　　sacred〔ˈsekrɪd〕*adj.* 神聖的

□□ A **sacred sacr**ifice 一件神聖的祭品

* sacrifice〔ˈsækrə,faɪs〕*n.* 獻祭；祭品

☐☐ We **dined** on **sar**dines. 我們以沙丁魚爲餐。

  * dine〔daɪn〕v. 用餐   sardine〔sɑr'din〕n. 沙丁魚

☐☐ Put some **sauce** on the **sau**sage. 加些醬油到香腸上。

  * sauce〔sɔs〕n. 醬油；調味汁   sausage〔'sɔsɪdʒ〕n. 香腸

☐☐ Poor **savior** 可憐的救濟者

  * poor〔pʊr〕adj. 可憐的   savior〔'sevjɚ〕n. 救濟者；拯救者

☐☐ Be **careful**. Don't be **scared**. 小心點，不要怕。

  * careful〔'kɛrfəl〕adj. 小心的   scare〔skɛr〕v. 驚嚇

☐☐ I've seen the **scene** of the accident. 我目睹車禍（意外）的現場。

  * scene〔sin〕n. 景色；現場   accident〔'æksədənt〕n. 意外之事

☐☐ Smell the **scent**. 聞聞這氣味。

  * smell〔smɛl〕v. 聞   scent〔sɛnt〕n. 氣味

☐☐ A **schedule** is a **sche**me. 時間表是一種計劃。

  * schedule〔'skɛdʒʊl〕n. 時間表；目錄   scheme〔skim〕n. 計劃

☐☐ I am in a **schooner school**. 我在一所帆船學校。

  * schooner〔'skunɚ〕n. 縱帆式帆船   school〔skul〕n. 學校

☐☐ **Scientists** use **scissors**. 科學家們用剪刀。

  * scientist〔'saɪəntɪst〕n. 科學家   scissors〔'sɪzɚz〕n. 剪刀

☐☐ Two rats **scratched** each other. 二隻野鼠互相抓來抓去。

  * rat〔ræt〕n. 鼠   scratch〔skrætʃ〕v. 搔；抓

☐☐ When you write, your letters **crawl**. 當你寫字時，你的字彎彎曲曲的。
You **scrawl**. 你在亂塗。

  * crawl〔krɔl〕v. 彎彎曲曲；爬行   scrawl〔skrɔl〕v. 亂塗；亂寫

□□ She **scree**ched through the **scree**n. 她的尖叫聲從簾子傳出來。

* screech〔skritʃ〕v. 尖叫；尖叫聲   screen〔skrin〕n. 簾

□□ The **screw** was **screw**ed. 螺絲已轉上了。

* screw〔skru〕v. 旋轉；扭曲；n. 螺絲

□□ His **ears** were **sear**ed in the fire. 他的雙耳在火災中被灼傷了。

* ear〔ɪr〕n. 耳朵   sear〔sɪr〕v. 灼燒

□□ He is **sear**ching for survivors in the **sea**. 他正在海中搜尋生還者。

* search〔sɝtʃ〕v. 搜尋；尋找   sea〔si〕n. 海

□□ The **senior sen**ator is becoming **sen**ile. 年長的參議員漸漸老邁。

* senior〔'sinjə〕adj. 年長的；資深的   senator〔'sɛnətə〕n. 參議員
   senile〔'sinaɪl〕adj. 衰老的

□□ The man in the blue **serge** uniform is a **serge**ant.
   那個身穿藏青嗶嘰制服的人是位中士。

* serge〔sɝdʒ〕n. 嗶嘰布   sergeant〔'sɑrdʒənt〕n. 中士；軍士

□□ The kids are **allow**ed to swim where the water is sh**allow**.
   小孩子只准在淺水區游泳。

* allow〔ə'laʊ〕v. 准許   shallow〔'ʃælo〕adj. 淺的

□□ Mrs. **Shaw** is wearing a **shaw**l. 蕭太太披著圍巾。

* shawl〔ʃɔl〕n. 披巾；圍巾

□□ Can you **hear** them s**hear**ing the sheep?
   你能聽到他們剪羊毛的聲音嗎？

* hear〔hɪr〕v. 聽   shear〔ʃɪr〕v. 修剪；剪羊毛

□□ A **herd** of sheep and a shep**herd**. 一群羊和一個牧羊人。

* herd〔hɝd〕n. 獸群   shepherd〔'ʃɛpəd〕n. 牧羊人

□□ You **sign** your name, and that's your **sign**ature.

　　簽下你的名字，那便是你的簽名了。

　　Your **sign**ature shows your **nature**. 由你的簽名可看出你的性情。

　　　＊ sign〔saɪn〕*v*. 簽名　　signature〔'sɪgnətʃɚ〕*n*. 簽名；簽字

　　　　nature〔'netʃɚ〕*n*. 性情

□□ She handles the **skillet** with **skill**. 她使用長柄淺鍋技巧純熟。

　　　＊ skillet〔'skɪlɪt〕*n*. 長柄淺鍋　　skill〔skɪl〕*n*. 熟練

□□ He wears a sh**irt**, and she wears a sk**irt**.

　　他穿件襯衫，而她穿件裙子。

　　　＊ skirt〔skɝt〕*n*. 裙子

□□ The villagers were **slaughter**ed amidst the bandits' **laughter**.

　　村民們在強盜的狂笑聲中被殺害了。

　　　＊ slaughter〔'slɔtɚ〕*v*. 屠殺；殺戮　　laughter〔'læftɚ〕*n*. 笑聲

□□ Sit tight at the **edge** of the sl**edge**. 緊坐在雪橇邊。

　　　＊ edge〔ɛdʒ〕*n*. 邊緣　　sledge〔slɛdʒ〕*n*. 雪橇；雪車

□□ Look at the sl**eigh** drawn by **eigh**t reindeers！

　　看那輛由八隻馴鹿拉的雪橇！

　　　＊ sleigh〔sle〕*n*. 馬拉的雪橇或雪車　　reindeer〔'rendɪr〕*n*. 馴鹿

□□ The **lumber** jack is sl**umber**ing. 那伐木工人正在睡覺。

　　　＊ lumber〔'lʌmbɚ〕*n*. 木材；木料　　slumber〔'slʌmbɚ〕*v*. 睡覺

□□ Sm**oulder** the sh**oulder** meat. 燻這塊肩膀肉。

　　　＊ smoulder〔'smoldɚ〕*v*. 悶燒；燻　　shoulder〔'ʃoldɚ〕*n*. 肩膀肉

□□ You have a **muddy** s**mudge** on your cheek. 你臉頰上有塊泥點。

　　　＊ muddy〔'mʌdɪ〕*adj*. 似泥的　　smudge〔smʌdʒ〕*n*. 汙點；汙斑

□□ The smugglers struggled. 走私者掙扎著。

　　* smuggle〔'smʌgl〕v. 走私；偷運　　struggle〔'strʌgl〕v. 掙扎

□□ It was freezing outside. That's why I sneezed.
　　外面酷寒，所以我才打噴嚏。

　　* freezing〔'frizɪŋ〕adj. 寒冷的　　sneeze〔sniz〕v. 打噴嚏

□□ The kittens struggled to snuggle up to their mother.
　　小貓們挨近母貓的身邊。

　　* snuggle〔'snʌgl〕v. 貼近；抱緊

□□ Soak up and soap up. 浸泡之後再抹上肥皂。

　　* soak〔sok〕v. 浸；泡　　soap〔sop〕n. 肥皂

□□ Soccer players wear socks. 足球選手穿著短襪。

　　* soccer〔'sakɚ〕n. 足球

□□ A girl wearing a bonnet is reciting a sonnet.
　　戴著軟帽的女孩正在朗誦一首十四行詩。

　　* bonnet〔'banɪt〕n. 軟帽　　sonnet〔'sanɪt〕n. 十四行詩

□□ Money borrowed leads to sorrow. 向人借錢終會悔憾的。

　　* borrow〔'baro〕v. 借　　sorrow〔'saro〕n. 悲哀；悔憾

□□ Sorry sorrow　別難過

　　* sorry〔'sarɪ〕adj. 抱歉的；後悔的　　sorrow〔'saro〕n. 憂愁

□□ Our soup is sour. 我們的湯酸酸的。

　　* soup〔sup〕n. 湯　　sour〔saur〕adj. 酸的；酸味的

□□ The reign of the sovereign. 君主統治時代。

　　* reign〔ren〕n. 統治時代　　sovereign〔'savrɪn〕n. 君主；最高統治者

□□ Have some spaghetti. 吃些義大利麵條吧！

　　* spaghetti〔spə'gɛtɪ〕n. 義大利麵條

□□ **Rows** of spar**rows** on telephone lines 一排排的麻雀停在電話綫上
Low flying sw**allows** 低飛的燕群

　　* row〔ro〕*n.*排　　sparrow〔'spæro〕*n.*麻雀　　swallow〔'swɑlo〕*n.*燕子

□□ He **crawled** and then **sprawled**. 匍匐之後仰天而臥。

　　* crawl〔krɔl〕*v.*匍匐　　sprawl〔sprɔl〕*v.*展開手足而臥；仰臥

□□ **Quarreling squirrels**　爭吵不休的松鼠
Esquires are feeding **squirrels**. 鄉紳正在餵松鼠。

　　* quarrel〔'kwɑrəl〕*v.*爭吵　　squirrel〔skwɜl〕*n.*松鼠
　　　Esquire〔ə'skwaɪə〕*n.*〔古〕鄉紳

□□ He went to a **stag** party, and came home **staggering**.
他去參加一個純男性舞會，然後步履蹣跚地回家。

　　* stag〔stæg〕*n.*只准男子參加之聚會　　stagger〔'stægə〕*v.*蹣跚；搖擺

□□ **Turtles** were **startled**. 海龜被嚇到了。

　　* turtle〔'tɜtl〕*n.*龜　　startle〔'stɑrtl〕*v.*使吃驚；驚嚇

□□ Don't write with a **pencil**. Use a st**encil**.
不要用鉛筆寫，用鏤空型版。

　　* pencil〔'pɛnsl〕*n.*鉛筆　　stencil〔'stɛnsl〕*n.*鏤空型版

□□ The **stewardess** served **stew**. 空中小姐端上燉菜。

　　* stewardess〔'stjuwədɪs〕*n.*空中小姐　　stew〔stju〕*n.*燉菜；燜菜

□□ Turn **right** and go st**raight**. 向右轉，然後一直走。

　　* right〔raɪt〕*adj.*, *adv.*右方的　　straight〔stret〕*adj.*, *adv.*直的；正直的

□□ He st**umbled** and f**umbled** the ball. 他跟蹌了一下而把球給漏掉。

　　* stumble〔'stʌmbl〕*v.*絆跌；跟蹌　　fumble〔'fʌmbl〕*v.*漏接（球）

□□ Nothing **succe**eds like **succe**ss. 沒有什麼比成功更讓人有成就感的了。

　　* succeed〔sək'sid〕*v.*成功；成就

□□ **Sue sued** me. 蘇控告我。

    * sue〔su〕v. 起訴；控告

□□ Women **suffered** long. Their **rage** won them **suffrage**.
女性長期受壓迫，她們的憤怒為她們贏得了投票權。

    * suffer〔'sʌfɚ〕v. 受苦   rage〔redʒ〕n. 憤怒

    suffrage〔'sʌfrIdʒ〕n. 投票；投票權

□□ **Sister's suitor** doesn't **suit** her. 向妹妹求婚的人並不適合她。

    * suitor〔'sutɚ〕n. 求婚者   suit〔sjut〕v. 適合

□□ **Mary's summary** was very good. 瑪麗做的摘要非常好。

    * summary〔'sʌmərI〕n. 摘要；提要

□□ I have some **dry sundry** matters to take care of.
我有一堆各式各樣的無聊事要照料。

    * dry〔draI〕adj. 枯燥無味的   sundry〔'sʌndrI〕adj. 各式各樣的；種種的

□□ The senior **superintendent** is **superior** to the new one.
這位年長的監督者職位高於新來的那位。

    * superintendent〔,suprIn'tɛndənt〕n. 監督者

    superior〔sə'pIrIɚ〕adj. 優良的；較高級的

□□ Sweat **surged** on the **surgeon's** forehead. 外科醫生的額頭汗水淋漓。

    * surge〔sɝdʒ〕v. 澎湃   surgeon〔'sɝdʒən〕n. 外科醫生

□□ The **suspect** is wearing **suspenders**. 嫌疑犯穿著吊帶褲。

    * suspect〔'sʌspɛkt〕n. 嫌疑犯   suspenders〔sə'spɛndɚz〕n.pl. 吊帶褲

□□ The **pension** house is across the sus**pension** bridge.
過了這座吊橋就是公寓。

    * pension〔'pɛnʃən〕n. 公寓   suspension〔sə'spɛnʃən〕n. 懸吊；未定

□□ **Suspicion** is **spicy**. 疑心別人是下流的。

* suspicion〔sə'spɪʃən〕n. 嫌疑；懷疑　spicy〔'spaɪsɪ〕adj. 下流的

□□ **Swarm** to keep **warm**. 擠在一塊好保暖。

* swarm〔swɔrm〕v.,n. 群；群集

□□ If you **swear** so much, you will **sweat**. 你若罵得這麼兇，你會流汗的。

* swear〔swɛr〕v. 咒罵　sweat〔swɛt〕v. 流汗

□□ A **word** is in " **sword**. " 在 sword 中有一個 word 字。

* word〔wɝd〕n. 字　sword〔sord〕n. 劍；刀

T

□□ A **tablet** is placed on a **table**. 桌上放著一塊寫字板。

* tablet〔'tæblɪt〕n. 寫字板；片　table〔'tebl〕n. 桌

□□ **Get** the tar**get**. 正中目標。

* get〔gɛt〕v. 打中　target〔'tɑrgɪt〕n. 標的；目標

□□ **Larry tarries**. 賴利滯留不歸。

* tarry〔'tærɪ〕v. 滯留；耽擱

□□ **Temperature** is the **temper** of nature. 溫度好比大自然的脾氣。

* temperature〔'tɛmprətʃɚ〕n. 溫度；熱度　temper〔'tɛmpɚ〕n. 脾氣

□□ **Victor** sings **tenor**. 維克多唱男高音。

* tenor〔'tɛnɚ〕n. 男高音

□□ Let's **race** to the **terrace**. 讓我們賽跑到那台地。

* race〔res〕n. 競賽；賽跑　terrace〔'tɛrəs〕n. 台地；高台

□□ **Terrible terrier** 可怕的㹴犬

* terrible〔'tɛrəbl〕adj. 可怕的　terrier〔'tɛrɪɚ〕n. 㹴（一種小獵狗）

□□ This is a **terrible territory**. 這是個可怕的地區。

    * territory〔'tɛrə,torɪ〕*n.* 地域；領土

□□ The **chief** was a **thief**. 這個首領曾經是個賊。

    * chief〔tʃif〕*n.* 首領   thief〔θif〕*n.* 賊；竊賊

□□ It was **rough**, but he did a tho**rough** job.
雖然艱苦，但他完成了這份工作。

    * rough〔rʌf〕*adj.* 艱苦的   thorough〔'θɝo〕*adj.* 完全的；徹底的

□□ You can't **threa**ten with a **thread**. 你用一根線威脅不了任何人的

    * threat〔θrɛt〕*n.* 恐嚇；威脅   thread〔θrɛd〕*n.* 線

□□ It was **rough** getting th**rough** that book.
能讀完那本書真是不簡單。

    * through〔θru〕*adv.* 穿過；經過

□□ My **thumb** feels **numb**. 我的拇指麻木了。

    * thumb〔θʌm〕*n.* 拇指   numb〔nʌm〕*adj.* 麻木的

□□ Your brain **issue**s orders to your **tissue**s.
你的腦發出命令到你的身體組織。

    * issue〔'ɪʃjʊ〕*v.* 發出   tissue〔'tɪʃʊ〕*n.* 組織

□□ The **cur**rent became a **tor**rent. 水流變湍急了。

    * current〔'kɝənt〕*n.* 水流   torrent〔'tɔrənt〕*n.* 急流；湍流

□□ **Our tour** 我們的旅行

    * tour〔'tʊr〕*n.* 旅行；周遊

□□ Wipe yourself **well** with a **towel**. 用毛巾把你自己擦乾淨一點。

    * well〔wɛl〕*adv.* 徹底地   towel〔'taʊəl〕*n.* 手巾；毛巾

□□ **Troublesome trous**seau for the father of the bride. Dresses bur**ea**us he must buy. 對新娘的父親而言是麻煩的嫁妝，他得買許多衣裳及梳妝台。。

  * troublesome〔'trʌblsəm〕*adj.* 麻煩的   trousseau〔'truso〕*n.* 嫁妝
    bureau〔'bjuro〕*n. pl.* 梳妝台；五斗櫃

□□ Taro, **tru**ant from school, roamed about like an **ant**. 泰洛從學校逃學，像一隻螞蟻一樣遊蕩。

  * truant〔'truənt〕*adj.* 逃學的；曠職的   ant〔ænt〕*n.* 蟻

□□ The two gir**l**s twir**l**ed in a circ**l**e. 那二個女孩繞著圈子轉。

  * twirl〔twɝl〕*v.* 旋轉；扭轉   circle〔'sɝkl〕*n.* 圓圈

□□ A **typ**hoid epidemic followed the **typ**hoon. 傷寒在颱風之後流行。

  * typhoid〔'taɪfɔɪd〕*n.* 傷寒   typhoon〔taɪ'fun〕*n.* 颱風

U

□□ **You**'re an **u**rchin. 你是個頑童。

  * urchin〔'ɝtʃɪn〕*n.* 頑童

□□ Are you an usher? 你是接待員嗎？

  * usher〔'ʌʃɚ〕*n.* 接待員；引座員

□□ The b**utter** is **utter**ly gone. 奶油全部用完了。

  * butter〔'bʌtɚ〕*n.* 奶油   utter〔'ʌtɚ〕*adj.* 完全的；全部的

V

□□ Let the valet do it. 讓僕人來做就好了。

  * valet〔'vælɪt〕*n.* 侍僕；僕人

□□ Our soldiers have **col**or and **val**or. 我軍旗幟鮮明英勇絕倫。

  * color〔'kʌlɚ〕*n.* 色彩；顏色   valor〔'vælɚ〕*n.* 勇氣；英勇

□□ **veter**an **veter**inary 老練的獸醫

　　* veteran〔'vɛtərən〕*adj.* 老練的　　veterinary〔'vɛtrə,nɛrɪ〕*n.* 獸醫

□□ **City's vicinity** 市郊

　　* city〔'sɪtɪ〕*adj.* 城市的　　vicinity〔və'sɪnətɪ〕*n.* 附近；鄰處

□□ A **vill**age **villain** has s**lain** his victim. 鄉村的惡棍殺人了。

　　* village〔'vɪlɪdʒ〕*adj.* 鄉村的　　villain〔'vɪlən〕*n.* 惡徒；惡棍
　　slain〔slen〕*v. pp. of slay* 殺

□□ **Violence** is **violent. Violent violence viol**ates.
　　暴力是兇暴的。暴力是犯法的。

　　* violence〔'vaɪələns〕*n.* 暴力；暴行　　violent〔'vaɪələnt〕*adj.* 兇暴的

□□ Our u**sual** vi**sual**-aids teacher is absent.
　　我們的視覺器材老師今天缺席。

　　* usual〔'juʒʊəl〕*adj.* 平素的　　visual〔'vɪʒʊəl〕*adj.* 視覺的；可見的

□□ I **wan**t to **wan**der in the woods. 我要在林間漫步。
　　Who **won**, I **won**der. 我想知道是誰贏了。

　　* want〔wɑnt〕*v.* 要　　wander〔'wɑndɚ〕*v.* 徘徊；漫步
　　win〔wɪn〕*v.* 贏　　wonder〔'wʌndɚ〕*v.* 想知道

□□ The **warden** inspected the **ward**s. 典獄官檢查囚房。

　　* warden〔'wɔrdn〕*n.* 看守人；典獄官　　ward〔wɔrd〕*n.* 囚房

□□ The truant officer has a **warrant** to arrest **truant**s.
　　訓導組長有權利要抓回逃學的學生。

　　* warrant〔'wɑrənt〕*n.* 權利；理由　　truant〔'truənt〕*n.* 逃學者

□□ **Warr**iors go to **war** and fight. 戰士們奔赴戰場作戰。

　　* warrior〔'wɑrɪɚ〕*n.* 戰士；勇士

□□ I've been **wear**ing this so long. I'm **weary** of it.
我穿這東西這麼久了，我受夠了。

 * wear〔wɛr〕*v.* 穿　　weary〔'wɪrɪ〕*adj.* 疲倦的；令人厭煩的

□□ **We** are al**w**ays thinking of the **w**eather. 我們總是想到天氣。

 * weather〔'wɛðə〕*n.* 天氣；氣象

□□ The **whistle**s of the **castle** are **whistl**ing. 那座城堡正在咻咻作聲。

 * whistle〔'hwɪsl〕*n.* 口笛；口哨　　castle〔'kæsl〕*n.* 城堡

□□ **Giggle** and **wiggle** 笑一笑，搖一搖。

 * giggle〔'gɪgl〕*n.* 傻笑　　wiggle〔'wɪgl〕*v.* 搖動；擺動

□□ **Woe** to the **wo**lf. 願天降禍於那隻狼。

 * woe〔wo〕*n.* 禍；災難　　wolf〔wʊlf〕*n.* 狼

□□ Men **woo** women. 男人向女人求婚。

 * woo〔wu〕*v.* 向～求婚；向～求愛　　woman〔'wʊmən〕*n. pl.* women 女人

□□ That's a **wr**ong kind of **wr**eath. 那個花圈不對。

 * wrong〔rɔŋ〕*adj.* 不正確的　　wreath〔riθ〕*n.* 花圈；花環

□□ You **yawn** when you are tired, bored or sleepy.
當你累了，煩了或睏了的時候，你就會打呵欠。

 * yawn〔jɔn〕*v.* 打呵欠

□□ For many **years** she **yearn**ed for a child.
她盼望有個小孩已經好幾年了。

 * year〔jɪr〕*n.* 年　　yearn〔jɝn〕*v.* 渴望；思念

□□ **Yes**, you must have **yeast**. 是的，你一定要有發酵粉才行。

 * yeast〔jist〕*n.* 酵母；發酵粉

□□ The yolk is yellow. 蛋黃是黃色的。

　　* yolk〔jok〕*n.* 蛋黃　　yellow〔'jεlo〕*adj.* 黃色的

Z

□□ We have zephyrs all year round. 此地整年到頭都有和風。

　　* zephyr〔'zεfɚ〕*n.* 和風；微風

PART 3

電腦統計
高中生最常拼錯的字

高頻率錯字

- □ **abridg(e)ment** 〔 ə'brɪdʒmənt 〕 *n.* 縮短
- □ **absence** 〔 'æbsns 〕 *n.* 缺席　　**absurd** 〔 əb'sɝd 〕 *adj.* 荒謬的
- □ **accede** 〔 æk'sid 〕 *v.* 同意　　**accelerate** 〔 æk'sɛlə,ret 〕 *v.* 加速
- □ **accessible** 〔 æk'sɛsəbl 〕 *adj.* 可進入的
- □ **accident** 〔 'æksədənt 〕 *n.* 意外之事

- □ **accidentally** 〔 ,æksə'dɛntlɪ 〕 *adv.* 意外地
- □ **accommodate** 〔 ə'kɑmə,det 〕 *v.* 容納；供給住宿
- □ **accompany** 〔 ə'kʌmpənɪ 〕 *v.* 陪伴
- □ **accumulate** 〔 ə'kjumjə,let 〕 *v.* 積聚
- □ **achievement** 〔 ə'tʃivmənt 〕 *n.* 完成

- □ **acquainted** 〔 ə'kwentɪd 〕 *adj.* 結識的
- □ **acknowledg(e)ment** 〔 ək'nɑlɪdʒmənt 〕 *n.* 承認
- □ **across** 〔 ə'krɔs 〕 *prep.,adv.* 橫過　　**address** 〔 ə'drɛs 〕 *n.* 講演
- □ **advantageous** 〔 ,ædvən'tedʒəs 〕 *adj.* 有利的
- □ **advertisement** 〔 ,ædvɚ'taɪzmənt, əd'vɝtɪzmənt 〕 *n.* 廣告
- □ **advice** 〔 əd'vaɪs 〕 *n.* 勸告

- □ **aggravate** 〔 'ægrə,vet 〕 *v.* 加重　　**aggressor** 〔 ə'grɛsɚ 〕 *n.* 侵略者
- □ **allege** 〔 ə'lɛdʒ 〕 *v.* 主張　　**already** 〔 ɔl'rɛdɪ 〕 *adv.* 早已
- □ **altogether** 〔 ,ɔltə'gɛðɚ 〕 *adv.* 完全地
- □ **amateur** 〔 'æmə,tʃur, -,tur 〕 *n.* 業餘技藝家

□ **ambassador**〔æm'bæsədə〕 *n*. 大使　**among**〔ə'mʌŋ〕 *prep*. 在…之中
□ **amount**〔ə'maʊnt〕 *n*. 總數　**analyze**〔'ænḷ,aɪz〕 *v*. 分析
□ **angel**〔'endʒəl〕 *n*. 天使　**annihilate**〔ə'naɪə,let〕 *v*. 消滅
□ **anoint**〔ə'nɔɪnt〕 *v*. 塗油
□ **apparent**〔ə'pærənt , ə'pɛrənt〕 *adj*. 顯然的
□ **appearance**〔ə'pɪrəns〕 *n*. 出現　**appetite**〔'æpə,taɪt〕 *n*. 食慾

□ **approaching**〔ə'protʃɪŋ〕 *adj*. 接近的
□ **appropriate**〔ə'propriɪt〕 *adj*. 適合的
□ **approximately**〔ə'prɑksəmɪtlɪ〕 *adv*. 大概
□ **arctic**〔'arktɪk〕 *adj*. 北極的　**argument**〔'argjəmənt〕 *n*. 辯論
□ **arithmetic**〔ə'rɪθmə,tɪk〕 *n*. 算術　**around**〔ə'raʊnd〕 *prep*. 環繞

□ **arrangement**〔ə'rendʒmənt〕 *n*. 布置　**article**〔'artɪkḷ〕 *n*. 文章
□ **artisan**〔'artəzṇ〕 *n*. 工匠　**asparagus**〔ə'spærəgəs〕 *n*. 蘆筍
□ **assassin**〔ə'sæsɪn〕 *n*. 刺客　**assistant**〔ə'sɪstənt〕 *n*. 助手
□ **athletic**〔æθ'lɛtɪk〕 *adj*. 運動的　**attendance**〔ə'tɛndəns〕 *n*. 出席
□ **auditor**〔'ɔdɪtə〕 *n*. 旁聽者　**auxiliary**〔ɔg'zɪljərɪ〕 *adj*. 輔助的
□ **avenue**〔'ævə,nju〕 *n*. 林蔭大道　**awful**〔'ɔfḷ〕 *adj*. 可怕的

□ **awkward**〔'ɔkwəd〕 *adj*. 笨拙的　**bagging**〔'bægɪŋ〕 *n*. 裝袋
□ **balance**〔'bæləns〕 *n*. 平衡　**balloon**〔bə'lun〕 *n*. 氣球
□ **bankruptcy**〔'bæŋkrʌptsɪ , -rəptsɪ〕 *n*. 破產
□ **barbarous**〔'barbərəs〕 *adj*. 野蠻的　**batter**〔'bætə〕 *n*. 打擊手
□ **before**〔bɪ'for , bɪ'fɔr〕 *prep*. 在…前面
□ **beggar**〔'bɛgə〕 *n*. 乞丐　**believe**〔bɪ'liv〕 *v*. 相信

□ **benefit**〔'bɛnəfɪt〕 *n.* 利益　**besiege**〔bɪ'sidʒ〕*v.* 圍攻

□ **bicycle**〔'baɪsɪkl〕 *n.* 脚踏車　**bloc**〔blɑk〕 *n.* 集團

□ **bookkeeper**〔'bʊk,kipɚ〕 *n.* 記帳員

□ **bounteous**〔'baʊntɪəs〕 *adj.* 慷慨的

□ **breathe**〔brið〕*v.* 呼吸　**brilliant**〔'brɪljənt〕*adj.* 燦爛的

□ **bruise**〔bruz〕 *v.* 瘀傷　**bulletin**〔'bʊlətɪn〕 *n.* 告示

□ **buoy**〔bɔɪ,'buɪ〕 *n.* 浮標　**burglar**〔'bɝglɚ〕 *n.* 竊賊

□ **buried**〔'bɛrɪd〕*adj.* 埋葬的　**business**〔'bɪznɪs〕 *n.* 職業

□ **calendar**〔'kæləndɚ〕 *n.* 日曆　**campaign**〔kæm'pen〕 *n.* 戰役

□ **cancel**〔'kænsl〕 *v.* 取消　**cancellation**〔,kænsə'leʃən〕 *n.* 取消

□ **career**〔kə'rɪr〕 *n.* 經歷　**catalogue**〔'kætl,ɔg〕 *n.* 目錄

□ **category**〔'kætə,gorɪ〕 *n.* 種類　**ceiling**〔'silɪŋ〕 *n.* 天花板

□ **cellar**〔'sɛlɚ〕 *n.* 地下室　**cemetery**〔'sɛmə,tɛrɪ〕 *n.* 墓地

□ **challenge**〔'tʃælɪndʒ〕*v.* 挑戰

□ **changeable**〔'tʃendʒəbl〕 *adj.* 善變的

□ **chargeable**〔'tʃardʒəbl〕 *adj.* 可被控告的

□ **chosen**〔'tʃozn〕*adj.* 精選的　**Christmas**〔'krɪsməs〕 *n.* 聖誕節

□ **clerical**〔'klɛrɪkl〕 *adj.* 書記的　**clothes**〔kloz,kloðz〕 *n.* 衣服

□ **collar**〔'kɑlɚ〕 *n.* 衣領　**column**〔'kɑləm〕 *n.* 專欄

□ **combatant**〔'kɑmbətənt〕 *n.* 戰鬥員

□ **committee**〔kə'mɪtɪ〕 *n.* 委員會

□ **competition**〔,kɑmpə'tɪʃən〕 *n.* 競爭

□ **compliance**〔kəm'plaɪəns〕 *n.* 順從　**conceive**〔kən'siv〕 *v.* 想像

- **condemn** 〔kən'dɛm〕 *v*. 反對　　**confusion** 〔kən'fjuʒən〕 *n*. 混亂
- **connoisseur** 〔,kɑnə'sɝ〕 *n*. 藝術品鑑定家
- **conquer** 〔'kɑŋkɚ〕 *v*. 攻取
- **conscientious** 〔,kɑnʃɪ'ɛnʃəs〕 *adj*. 有良心的
- **conscious** 〔'kɑnʃəs〕 *adj*. 自覺的　　**consider** 〔kən'sɪdɚ〕 *v*. 思考
- **continually** 〔kən'tɪnjʊəlɪ〕 *adv*. 不停地

- **controllable** 〔kən'troləbḷ〕 *adj*. 可控制的
- **convenience** 〔kən'vinjəns〕 *n*. 方便
- **conveyance** 〔kən'veəns〕 *n*. 運送　　**coolie** 〔'kulɪ〕 *n*. 苦力
- **coolly** 〔'kullɪ , 'kulɪ〕 *adv*. 冷漠地　　**copyist** 〔'kɑpɪɪst〕 *n*. 抄寫員
- **corner** 〔'kɔrnɚ〕 *n*. 角
- **correspondence** 〔,kɔrə'spɑndəns〕 *n*. 一致

- **council** 〔'kaʊnsḷ〕 *n*. 會議
- **county** 〔'kaʊntɪ〕 *n*. 僅次於州的行政區（易與 country 混淆）
- **course** 〔kors , kɔrs〕 *n*. 過程　　**courteous** 〔'kɝtɪəs〕 *adj*. 謙恭的
- **coyly** 〔'kɔɪlɪ〕 *adv*. 害羞地　　**craftiness** 〔'kræftɪnɪs〕 *n*. 巧妙
- **criticism** 〔'krɪtə,sɪzəm〕 *n*. 評論　　**crier** 〔'kraɪɚ〕 *n*. 叫賣者

- **criticize** 〔'krɪtə,saɪz〕 *v*. 批評
- **curiosity** 〔,kjʊrɪ'ɑsətɪ〕 *n*. 好奇　　**cruise** 〔kruz〕 *n*. 巡航
- **debtor** 〔'dɛtɚ〕 *n*. 債務人　　**deceive** 〔dɪ'siv〕 *v*. 欺騙
- **decided** 〔dɪ'saɪdɪd〕 *adj*. 確定的　　**decision** 〔dɪ'sɪʒən〕 *n*. 決定
- **definite** 〔'dɛfənɪt〕 *adj*. 明確的
- **definition** 〔,dɛfə'nɪʃən〕 *n*. 確定

□ **dependent**〔dɪ'pɛndənt〕 *adj.* 依賴的　　**descend**〔dɪ'sɛnd〕 *v.* 下降

□ **descendant**〔dɪ'sɛndənt〕 *adj.* 下降的

□ **description**〔dɪ'skrɪpʃən〕 *n.* 說明　　**despair**〔dɪ'spɛr〕 *n.* 失望

□ **desperate**〔'dɛspərɪt〕 *adj.* 失望的

□ **desirable**〔dɪ'zaɪrəbl̩〕 *adj.* 合意的　　**destroy**〔dɪ'strɔɪ〕 *v.* 毀壞

□ **develop**〔dɪ'vɛləp〕 *v.* 發展　　**diary**〔'daɪərɪ〕 *n.* 日記

□ **different**〔'dɪfərənt〕 *adj.* 不同的

□ **disappoint**〔,dɪsə'pɔɪnt〕 *v.* 使失望

□ **disastrous**〔dɪz'æstrəs, -'as-〕 *adj.* 悲慘的

□ **discipline**〔'dɪsəplɪn〕 *n.* 教訓

□ **discriminate**〔dɪ'skrɪmə,net〕 *v.* 歧視　　**disease**〔dɪ'ziz〕 *n.* 疾病

□ **dispensable**〔dɪ'spɛnsəbl̩〕 *adj.* 能分配的

□ **dissatisfy**〔dɪs'sætɪs,faɪ〕 *v.* 使不滿意

□ **dissipation**〔,dɪsə'peʃən〕 *n.* 分散

□ **distributor**〔dɪ'strɪbjətɚ〕 *n.* 分配者　　**divide**〔də'vaɪd〕 *v.* 分開

□ **division**〔də'vɪʒən〕 *n.* 分界　　**driest**〔'draɪɪst〕 *adj.* 最乾的

□ **drunkenness**〔'drʌŋkənnɪs〕 *n.* 醉酒　　**dryness**〔'draɪnɪs〕 *n.* 乾

□ **dyeing**〔'daɪɪŋ〕 *n.* 染色　　**ecstasy**〔'ɛkstəsɪ〕 *n.* 狂喜

□ **efficiency**〔ə'fɪʃənsɪ〕 *n.* 效率　　**eighth**〔etθ〕 *n.* 第八

□ **eliminate**〔ɪ'lɪmə,net〕 *v.* 除去

□ **embarrass**〔ɪm'bærəs〕 *v.* 使困窘

□ **eminent**〔'ɛmənənt〕 *adj.* 卓越的

□ **emphasize**〔'ɛmfə,saɪz〕 *v.* 強調　　**envelop**〔ɪn'vɛləp〕 *v.* 包圍

自我拼字練習 **Test 1**

下列每題有一個或兩個拼錯的字，請選出來。

1. (A) appearance　　(B) analyze　　(C) magnifisence
   (D) consequence　　(E) harassed

2. (A) stimulate　　(B) abanden　　(C) approachable
   (D) renounce　　(E) straight

3. (A) assignment　　(B) starch　　(C) proffesion
   (D) aggricultural　　(E) apparent

4. (A) official　　(B) amateur　　(C) scissers
   (D) stubbornness　　(E) laboratory

5. (A) bicycle　　(B) complaint　　(C) pleasantly
   (D) rememberance　　(E) interview

【解　答】

1. (　**C**　) (A) appearance〔əˋpɪrəns〕*n.* 出現；呈現
   (B) analyze〔ˋænḷ͵aɪz〕*v.* 分析
   (C) *magnifisence* → magnificence〔mægˋnɪfəsṇs〕*n.* 宏大；
   堂皇
   (D) consequence〔ˋkɑnsə͵kwɛns〕*n.* 結果；影響
   (E) harassed〔ˋhærəst͵həˋræst〕*adj.* 疲乏的；憂心忡
   忡的

2. (**B**) (A) stimulate 〔'stɪmjə,let〕 *v*. 刺激；激勵

(B) *abanden* → abandon 〔ə'bændən〕 *v*. 放棄；棄絕

(C) approachable 〔ə'protʃəbḷ〕 *adj*. 可接近的；可進入的

(D) renounce 〔rɪ'naʊns〕 *v*. 放棄；拋棄

(E) straight 〔stret〕 *adj*. 直的；平直的

3. (**C D**) (A) assignment 〔ə'saɪnmənt〕 *n*. 分派；分配

(B) starch 〔stɑrtʃ〕 *n*. 澱粉

(C) *proffesion* → profession 〔prə'fɛʃən〕 *n*. 職業

(D) *aggricultural* → agricultural 〔,ægrɪ'kʌltʃərəl〕
adj. 農業的

(E) apparent 〔ə'pærənt,ə'pɛrənt〕 *adj*. 顯然的；明白的

4. (**C**) (A) official 〔ə'fɪʃəl〕 *n*. 官吏

(B) amateur 〔'æmə,tʃʊr〕 *n*. 業餘技藝家

(C) *scissers* → scissors 〔'sɪzəz〕 *n*. 剪刀

(D) stubbornness 〔'stʌbənnɪs〕 *n*. 頑固

(E) laboratory 〔'læbrə,torɪ〕 *n*. 科學實驗室

5. (**D**) (A) bicycle 〔'baɪsɪkḷ〕 *n*. 脚踏車

(B) complaint 〔kəm'plent〕 *n*. 訴苦

(C) pleasantly 〔'plɛzṇtlɪ〕 *adv*. 快活地

(D) *rememberance* → remembrance 〔rɪ'mɛmbrəns〕
n. 記憶

(E) interview 〔'ɪntə,vju〕 *v*. 接見

□ **envelope**〔'ɛnvə,lop〕*n.* 信封

□ **environment**〔ɪn'vaɪrənmənt〕*n.* 環境　　**equip**〔ɪ'kwɪp〕*v.* 裝備

□ **escape**〔ə'skep , ɪ'skep , ɛ'skep〕*v.* 逃脫

□ **especially**〔ə'spɛʃəlɪ〕*adv.* 特別

□ **exaggerate**〔ɪg'zædʒə,ret〕*v.* 誇張

□ **exceed**〔ɪk'sid〕*v.* 超過　　**excellent**〔'ɛksḷənt〕*adj.* 優越的

□ **excitement**〔ɪk'saɪtmənt〕*n.* 興奮

□ **exercise**〔'ɛksɚ,saɪz〕*n.,v.* 運動

□ **exhaust**〔ɪg'zɔst , ɛg'zɔst〕*v.* 耗盡

□ **exhilaration**〔ɪg,zɪlə'reʃən〕*n.* 興奮

□ **existence**〔ɪg'zɪstəns〕*n.* 存在

□ **experience**〔ɪk'spɪrɪəns〕*n.,v.* 經驗

□ **explanation**〔,ɛksplə'neʃən〕*n.* 解釋

□ **familiar**〔fə'mɪljɚ〕*adj.* 熟悉的　　**fascinate**〔'fæsn̩,et〕*v.* 迷人

□ **February**〔'fɛbru,ɛrɪ〕*n.* 二月　　**federal**〔'fɛdərəl〕*adj.* 聯邦制的

□ **finally**〔'faɪn̩lɪ〕*adv.* 最後地　　**for(e)bear**〔'for,bɛr; 'fɔr-〕*n.* 祖

□ **foreign**〔'fɔrɪn , 'farɪn〕*adj.* 外國的　　　　　　　　先；祖宗

□ **formally**〔'fɔrməlɪ〕*adv.* 正式地

□ **formerly**〔'fɔrmɚlɪ〕*adv.* 從前

□ **fourth**〔forθ , fɔrθ〕*n.,adj.* 第四　　**friend**〔frɛnd〕*n.* 朋友

□ **fulfill**〔fʊl'fɪl〕*v.* 實踐　　　**gaiety**〔'geətɪ〕*n.* 愉快

□ **gardener**〔'gardnɚ〕*n.* 園丁　　**generally**〔'dʒɛnərəlɪ〕*adv.* 通常

□ **genius**〔'dʒinjəs〕*n.* 天才　　　**goddess**〔'gadɪs〕*n.* 女神

- **good night** 晚安　　**government**〔ˈgʌvənmənt〕*n.* 政府
- **grammar**〔ˈgræmə〕*n.* 文法　**grievance**〔ˈgrivəns〕*n.* 苦境
- **guard**〔gɑrd〕*n.,v.* 守衛　　**guarantee**〔ˌgærənˈti〕*v.* 保證
- **guidance**〔ˈgaidn̩s〕*n.* 指導　**guitar**〔giˈtɑr〕*n.* 吉他
- **Gypsy**〔ˈdʒɪpsɪ〕*n.* 吉普賽人　**handle**〔ˈhændl̩〕*n.,v.* 操縱
- **harangue**〔həˈræŋ〕*n.* 大聲疾呼的演說

- **harass**〔ˈhærəs〕*v.* 侵擾　**height**〔haɪt〕*n.* 高度
- **hindrance**〔ˈhɪndrəns〕*n.* 妨礙　**hitter**〔ˈhɪtə〕*n.* 打擊手
- **hopper**〔ˈhɑpə〕*n.* 蚱蜢　**humorous**〔ˈhjumərəs〕*adj.* 滑稽的
- **hurriedly**〔ˈhɜɪdlɪ〕*adv.* 匆忙地
- **hypocrisy**〔hɪˈpɑkrəsɪ〕*n.* 偽善

- **hypocritical**〔ˌhɪpəˈkrɪtɪkl̩〕*adj.* 偽善的
- **imagination**〔ɪˌmædʒəˈneʃən〕*n.* 想像
- **immediately**〔ɪˈmidɪɪtlɪ〕*adv.* 立刻
- **incidentally**〔ˌɪnsəˈdɛntl̩ɪ〕*adv.* 偶然地
- **independent**〔ˌɪndɪˈpɛndənt〕*adj.* 獨立的
- **indict**〔ɪnˈdaɪt〕*v.* 起訴

- **indispensable**〔ˌɪndɪsˈpɛnsəbl̩〕*adj.* 不可或缺的
- **insistent**〔ɪnˈsɪstənt〕*adj.* 堅持的
- **intelligence**〔ɪnˈtɛlədʒəns〕*n.* 智力
- **intercede**〔ˌɪntəˈsid〕*v.* 從中調停
- **interesting**〔ˈɪntərɪstɪŋ,ˈɪntrɪstɪŋ〕*adj.* 有趣的
- **interfere**〔ˌɪntəˈfɪr〕*v.* 干涉　**interpret**〔ɪnˈtɝprɪt〕*v.* 解釋

□ **irresistible** 〔 ͵ɪrɪ'zɪstəbḷ ͵ ͵ɪrrɪ'zɪstəbḷ 〕 *adj.* 不可抵抗的

□ **irritable** 〔 'ɪrətəbḷ 〕*adj.* 易怒的　　**jewelry** 〔 'dʒuəlrɪ 〕 *n.* 珠寶

□ **kindergarten** 〔 'kɪndɚ͵gɑrtṇ 〕 *n.* 幼稚園

□ **knowledge** 〔 'nɑlɪdʒ 〕 *n.* 知識　　**laboratory** 〔 'læbrə͵torɪ 〕*n.*科學實驗室

□ **lascivious** 〔 lə'sɪvɪəs 〕 *adj.* 好色的　　**legality** 〔 lɪ'gælətɪ 〕*n.* 合法性

□ **leisure** 〔 'liʒɚ ͵ lɛʒɚ 〕 *n.* 空閒　　**lenient** 〔 'linjənt 〕 *adj.* 寬大的

□ **license** 〔 'laɪsṇs 〕 *n.* 執照（ = licence ）

□ **lightning** 〔 'laɪtnɪŋ 〕 *n.* 閃電　　**livelihood** 〔 'laɪvlɪ͵hʊd 〕 *n.* 生計

□ **loneliness** 〔 'lonlɪnɪs 〕 *n.* 寂寞　　**losing** 〔 'luzɪŋ 〕 *adj.* 輸的

□ **lovely** 〔 'lʌvlɪ 〕 *adj.* 可愛的

□ **maintenance** 〔 'mentənəns ͵ 'mentɪnəns 〕 *n.* 維持

□ **marriage** 〔 'mærɪdʒ 〕 *n.* 婚姻

□ **marvel(l)ous** 〔 'mɑrvḷəs 〕 *adj.* 令人驚異的

□ **mathematics** 〔 ͵mæθə'mætɪks 〕 *n.* 數學

□ **mechanism** 〔 'mɛkə͵nɪzəm 〕 *n.* 機械　　**medicine** 〔 'mɛdṣṇ 〕 *n.* 藥

□ **merciful** 〔 'mɝsɪfəl 〕 *adj.* 仁慈的

□ **millionaire** 〔 ͵mɪljən'ɛr 〕 *n.* 百萬富翁

□ **miniature** 〔 'mɪnɪetʃɚ 〕 *n.* 縮圖　　**minute** 〔 'mɪnɪt 〕 *n.* 分

□ **miscellaneous** 〔 ͵mɪsḷ'enɪəs 〕 *adj.* 各種的

□ **mischievous** 〔 'mɪstʃɪvəs 〕 *adj.* 有害的　　**missile** 〔 'mɪsḷ 〕 *n.* 飛彈

□ **misshapen** 〔 mɪs'ʃepən 〕 *adj.* 畸形的

□ **misspelled** 〔 mɪs'spɛld 〕 *v.* 誤拼　　**modifier** 〔 'mɑdə͵faɪɚ 〕 *n.* 修飾語

□ **monetary** 〔 'mʌnə͵tɛrɪ 〕 *adj.* 貨幣的

□ **mortgage**〔ˈmɔrgɪdʒ〕*n.* 抵押

□ **municipal**〔mjuˈnɪsəpl̩〕*adj.* 市政的

□ **mysterious**〔mɪsˈtɪrɪəs〕*adj.* 神祕的

□ **naturally**〔ˈnætʃərəlɪ〕*adv.* 自然地

□ **necessary**〔ˈnɛsəˌsɛrɪ〕*adj.* 必須的　　**neighbor**〔ˈnebɚ〕*n.* 鄰居

□ **nevertheless**〔ˌnɛvɚðəˈlɛs〕*adv.* 依然

□ **newsstand**〔ˈnjuzˌstænd〕*n.* 報攤　　**nickel**〔ˈnɪkl̩〕*n.* 五分鎳幣

□ **niece**〔nis〕*n.* 姪女　　**ninety**〔ˈnaɪntɪ〕*n.* 九十

□ **ninth**〔naɪnθ〕*adj.,n.* 第九的　　**noisily**〔ˈnɔɪzɪlɪ〕*adv.* 喧鬧地

□ **noticeable**〔ˈnotɪsəbl〕*adj.* 顯著的

□ **nowadays**〔ˈnaʊəˌdez〕*adv.* 現今　　**obstacle**〔ˈɑbstəkl̩〕*n.* 障礙

□ **occasion**〔əˈkeʒən〕*n.* 特殊的時機

□ **occasionally**〔əˈkeʒənlɪ〕*adv.* 偶然地　　**occurred**〔əˈkɚd〕*v.* 發生

□ **occurrence**〔əˈkɚəns〕*n.* 發生　　**off**〔ɔf〕*prep.* 離開

□ **omission**〔oˈmɪʃən〕*n.* 遺漏　　**omitted**〔oˈmɪtɪd〕*adj.* 遺漏的

□ **operate**〔ˈɑpəˌret〕*v.* 操作　　**opinion**〔əˈpɪnjən〕*n.* 意見

□ **opportunity**〔ˌɑpɚˈtjunətɪ〕*n.* 機會

□ **optimistic**〔ˌɑptəˈmɪstɪk〕*adj.* 樂觀的

□ **original**〔əˈrɪdʒənl̩〕*adj.* 最初的

□ **outfitter**〔ˈaʊtˌfɪtɚ〕*n.* 旅行用品店主

□ **outrageous**〔aʊtˈredʒəs〕*adj.* 粗暴的　　**paid**〔ped〕*adj.* 僱用的

□ **parallel**〔ˈpærəˌlɛl〕*adj.* 平行的

□ **paralyzed**〔ˈpærəˌlaɪzd〕*adj.* 麻痺的

自我拼字練習 **Test 2**

下列每題有一個或兩個拼錯的，請選出來。

1. (A) pessimmistic　　(B) preference　　(C) bayonet
　(D) enviroment　　(E) available

2. (A) phenomena　　(B) canoes　　(C) chilvalry
　(D) virtuous　　(E) circular

3. (A) backon　　(B) exceedingly　　(C) dreadfully
　(D) accomplished　　(E) soliciting

4. (A) parasol　　(B) kindergarden　　(C) allergic
　(D) tragedy　　(E) tourist

5. (A) uttered　　(B) announce　　(C) immediately
　(D) determenation　　(E) toast

【解　答】

1. （**AD**）(A) *pessimmistic* → pessimistic〔͵pɛsə'mɪstɪk〕*adj.*
　　　　悲觀的
　　(B) preference〔'prɛfərəns〕*n.* 較愛；寧好
　　(C) bayonet〔'beənɪt〕*n.* 鎗尖；鎗上的刺刀
　　(D) *enviroment* → environment〔ɪn'vaɪrənmənt〕*n.*
　　　　環境；環繞
　　(E) available〔ə'veləbḷ〕*adj.* 可用的；可利用的

2. (**C**) (A) phenomena 〔fə'nɑmənə〕n.pl. 現象

(B) canoes 〔kə'nuz〕n.pl. 獨木舟

(C) *chilvalry* → chivalry 〔'ʃɪvl̩rɪ〕n. 武士氣概；俠氣

(D) virtuous 〔'vɝtʃʊəs〕adj. 有品德的

(E) circular 〔'sɝkjələ〕adj. 圓的；環行的

3. (**A**) (A) *backon* → bacon 〔'bekən〕n. 醃薰的豬肉

(B) exceedingly 〔ɪk'sidɪŋlɪ〕adv. 非常地；過度地

(C) dreadfully 〔'drɛdfəlɪ〕adv. 可怕地；非常地

(D) accomplished 〔ə'kɑmplɪʃt〕adj. 完成的；實現的

(E) soliciting 〔sə'lɪsɪtɪŋ〕v.ppr. 請求

4. (**B**) (A) parasol 〔'pærə,sɔl〕n. 陽傘

(B) *kindergarden* → kindergarten 〔'kɪndɚ,gɑrtn̩〕
n. 幼稚園

(C) allergic 〔ə'lɝdʒɪk〕adj. 過敏症的；患過敏症的

(D) tragedy 〔'trædʒədɪ〕n. 悲劇

(E) tourist 〔'tʊrɪst〕n. 觀光客

5. (**D**) (A) uttered 〔'ʌtɚd〕adj. 說出的

(B) announce 〔ə'naʊns〕v. 發表

(C) immediately 〔ɪ'midiɪtlɪ〕adv. 立刻地

(D) *determenation* → determination 〔dɪ,tɝmə'neʃən〕
n. 決心

(E) toast 〔tost〕n. 烤麵包片

□ **parliament**〔'pɑrləmənt〕*n.* 國會

□ **particularly**〔pə'tɪkjələlɪ〕*adv.* 特別地

□ **partner**〔'pɑrtnɚ〕*n.* 合夥人　**pastime**〔'pæs,taɪm〕*n.* 娛樂

□ **payee**〔pe'i〕*n.* 受款人　**perform**〔pɚ'fɔrm〕*v.* 表演

□ **perhaps**〔pɚ'hæps〕*adv.* 或許

□ **permanent**〔'pɝmənənt〕*adj.* 永久的

□ **permissible**〔pɚ'mɪsəbḷ〕*adj.* 可容許的

□ **perseverance**〔,pɝsə'vɪrəns〕*n.* 毅力

□ **persistent**〔pɚ'zɪstənt〕*adj.* 堅持的

□ **personnel**〔,pɝsṇ'ɛl〕*n.* 人員（易與 personal 混淆）

□ **persuade**〔pɚ'swed〕*v.* 說服　**phenomenon**〔fə'nɑmə,nɑn〕*n.* 現象

□ **physically**〔'fɪzɪkḷɪ〕*adv.* 身體地　**picnicking**〔'pɪknɪkɪŋ〕*n.* 野餐

□ **piece**〔pis〕*n.* 片　**pleasant**〔'plɛzṇt〕*adj.* 愉快的

□ **poison**〔'pɔɪzṇ〕*n.* 毒藥　**portentous**〔por'tɛntəs〕*adj.* 不吉祥的

□ **pertray**〔por'tre〕*v.* 描繪　**possess**〔pə'zɛs〕*v.* 具有

□ **practically**〔'præktɪkḷɪ〕*adv.* 實際地

□ **preceding**〔prɪ'sidɪŋ〕*adj.* 在前的

□ **preference**〔'prɛfərəns〕*n.* 偏愛　**preferred**〔prɪ'fɝd〕*v.* 較愛

□ **prejudice**〔'prɛdʒədɪs〕*n.* 偏見

□ **preparations**〔,prɛpə'reʃənz〕*n.* 準備

□ **prescription**〔prɪ'skrɪpʃən〕*n.* 命令

□ **principal**〔'prɪnsəpḷ〕*n.* 首長　**principles**〔'prɪnsəpḷz〕*n.* 原則

□ **privilege**〔'prɪvḷɪdʒ〕*n.* 特權　**probably**〔'prɑbəblɪ〕*adv.* 大概

- **procedure** 〔prə'sidʒɚ〕 *n.* 手續　　**proceed** 〔prə'sid〕 *v.* 繼續進行
- **professional** 〔prə'fɛʃənl̩〕 *adj.* 專門的
- **professor** 〔prə'fɛsɚ〕 *n.* 教授
- **prominent** 〔'pramənənt〕 *adj.* 著名的
- **pronunciation** 〔prə,nʌnsɪ'eʃən〕 *n.* 發音
- **propeller** 〔prə'pɛlɚ〕 *n.* 推動者　　**psychology** 〔saɪ'kalədʒɪ〕 *n.* 心理學

- **pursue** 〔pɚ'su〕 *v.* 追捕　　　**quantity** 〔'kwantətɪ〕 *n.* 量
- **quitting** 〔'kwɪtɪŋ〕 *n.* 停止　**realize** 〔'rɪə,laɪz〕 *v.* 瞭解
- **really** 〔'rɪəlɪ〕 *adv.* 真正地　**receive** 〔rɪ'siv〕 *v.* 收到
- **recognize** 〔'rɛkəg,naɪz〕 *v.* 承認
- **recommend** 〔,rɛkə'mɛnd〕 *v.* 推薦　　**referee** 〔,rɛfə'ri〕 *n.* 裁判
- **referred** 〔rɪ'fɝd〕 *v.* 提到　　　**reliance** 〔rɪ'laɪəns〕 *n.* 信賴

- **relieve** 〔rɪ'liv〕 *v.* 解除　　**religious** 〔rɪ'lɪdʒəs〕 *adj.* 宗教的
- **remembrance** 〔rɪ'mɛmbrəns〕 *n.* 記憶
- **repetition** 〔,rɛpɪ'tɪʃən〕 *n.* 重複　　**resource** 〔rɪ'sors〕 *n.* 來源
- **responsibility** 〔rɪ,spansə'bɪlətɪ〕 *n.* 責任
- **restaurant** 〔'rɛstərənt〕 *n.* 飯店　　**rhythm** 〔'rɪðəm〕 *n.* 節奏

- **ridiculous** 〔rɪ'dɪkjələs〕 *adj.* 可笑的　　**route** 〔rut〕 *n.* 路線
- **sacrifice** 〔'sækrə,faɪs〕 *n.* 犧牲
- **sacrilegious** 〔,sækrɪ'lidʒəs〕 *adj.* 褻瀆神明的
- **safety** 〔'seftɪ〕 *n.* 安全　　　**salary** 〔'sælərɪ〕 *n.* 薪水
- **satisfactorily** 〔,sætɪs'fæktərəlɪ〕 *adv.* 令人滿意地
- **scarcely** 〔'skɛrslɪ〕 *adv.* 幾乎不　　**schedule** 〔'skɛdʒul〕 *n.* 時間表

□ **secretary**〔ˈsɛkrəˌtɛrɪ〕*n.* 祕書　　**seize**〔siz〕*v.* 捉

□ **sense**〔sɛns〕*n.* 感官　　**separate**〔ˈsɛpəˌret〕*v.* 分開

□ **severely**〔səˈvɪrlɪ〕*adv.* 嚴酷地

□ **sergeant**〔ˈsɑrdʒənt〕*n.* 陸軍中士　　**shepherd**〔ˈʃɛpəd〕*n.* 牧羊人

□ **shining**〔ˈʃaɪnɪŋ〕*adj.* 光亮的　　**shipper**〔ˈʃɪpə〕*n.* 運貨者

□ **shyness**〔ˈʃaɪnɪs〕*n.* 羞怯　　**similar**〔ˈsɪmələ〕*adj.* 類似的

□ **simplified**〔ˈsɪmpļəˌfaɪd〕*v.* 使單純

□ **sincerely**〔sɪnˈsɪrlɪ〕*adv.* 誠實地

□ **singular**〔ˈsɪŋgjələ〕*adj.* 奇異的　　**slyness**〔ˈslaɪnɪs〕*n.* 狡猾

□ **society**〔səˈsaɪətɪ〕*n.* 社會

□ **sophomore**〔ˈsɑfmˌor〕*n.* 有兩年經驗者；大學二年級學生

□ **source**〔sors〕*n.* 來源　　**specimen**〔ˈspɛsəmən〕*n.* 標本

□ **speech**〔spitʃ〕*n.* 說話　　**spinach**〔ˈspɪnɪdʒ〕*n.* 菠菜

□ **stationary**〔ˈsteʃənˌɛrɪ〕*adj.* 固定不動的

□ **stationery**〔ˈsteʃənˌɛrɪ〕*n.* 文具　　**strength**〔strɛŋθ〕*n.* 力量

□ **strenuously**〔ˈstrɛnjʊəslɪ〕*adv.* 費力地

□ **studying**〔ˈstʌdɪŋ〕*n.* 讀書　　**succeed**〔səkˈsid〕*v.* 成功

□ **successful**〔səkˈsɛsfəl〕*adj.* 成功的

□ **superintendent**〔ˌsuprɪnˈtɛndənt〕*n.* 監督者

□ **supersede**〔ˌsupəˈsid〕*v.* 替代

□ **supervisor**〔ˌsjupəˈvaɪzə〕*n.* 監督者　　**suppress**〔səˈprɛs〕*v.* 鎮壓

□ **surely**〔ˈʃʊrlɪ〕*adv.* 必定地　　**surprise**〔səˈpraɪz〕*n.* 驚奇

□ **syllable**〔ˈsɪləbļ〕*n.* 音節　　**synonym**〔ˈsɪnəˌnɪm〕*n.* 同義字

- **technical**〔'tɛknɪkḷ〕*adj.* 技術上的
- **temperament**〔'tɛmprəmənt〕*n.* 氣質
- **tendency**〔'tɛndənsɪ〕*n.* 趨勢　　**their**〔ðɛr〕*adj.* 他們的
- **there**〔ðɛr〕*adv.* 在那裡　　**together**〔tə'gɛðɚ〕*adv.* 一起
- **tolerable**〔'tɑlərəbḷ〕*adj.* 可忍受的　　**toward**〔tord〕*prep.* 向
- **tragedy**〔'trædʒədɪ〕*n.* 悲劇　　**transference**〔træns'fɝəns〕*n.* 遷移

- **tremendous**〔trɪ'mɛndəs〕*adj.* 巨大的
- **truly**〔'trulɪ〕*adv.* 眞實地　　**twelfth**〔twɛlfθ〕*adj.* 第十二的
- **tyranny**〔'tɪrənɪ〕*n.* 暴行
- **undoubtedly**〔ʌn'daʊtɪdlɪ〕*adv.* 無疑地
- **unnecessary**〔ʌn'nɛsə‚sɛrɪ〕*adj.* 不需要的

- **until**〔ən'tɪl〕*prep.* 迄…之時　　**usually**〔'juʒʊəlɪ〕*adv.* 通常地
- **valleys**〔'vælɪz〕*n.* 山谷　　**valuable**〔'væljʊəbḷ〕*adj.* 貴重的
- **varieties**〔və'raɪətɪz〕*n.* 種類　　**vegetable**〔'vɛdʒətəbḷ〕*n.* 蔬菜
- **vengeance**〔'vɛndʒəns〕*n.* 復仇　　**victual**〔'vɪtḷ〕*n.* 食品
- **vie**〔vaɪ〕*v.* 競爭　　**vigorous**〔'vɪgərəs〕*adj.* 精力充沛的
- **villain**〔'vɪlən〕*n.* 惡徒　　**vying**〔'vaɪɪŋ〕*adj.* 競爭的

- **weather**〔'wɛðɚ〕*n.* 天氣　　**weird**〔wɪrd〕*adj.* 不可思議的
- **wholly**〔'holɪ〕*adv.* 完全地　　**withhold**〔wɪð'hold〕*v.* 拒絕
- **worrying**〔'wɝɪɪŋ〕*n.* 憂慮　　**writing**〔'raɪtɪŋ〕*n.* 書寫
- **written**〔'rɪtṇ〕*v.* 寫（*pp.* of write）
- **yield**〔jild〕*v.* 生產；讓與

自我拼字練習 **Test 3**

下列每題有一個或兩個拼錯的字，請選出來。

1. (A) pedler 　　　　(B) graphite 　　　　(C) gayly
   (D) tremendous 　　(E) grotesque

2. (A) fragile 　　　　(B) cashier 　　　　(C) inpovarish
   (D) charcoal 　　　 (E) salery

3. (A) marginal 　　　(B) phenomena 　　　(C) air-conditioner
   (D) viras 　　　　 (E) triumph

4. (A) consummation 　(B) provition 　　　(C) repel
   (D) vigorous 　　　(E) esential

5. (A) withdrawal 　　(B) endeavor 　　　(C) desparete
   (D) persistant 　　(E) energetic

【解　答】

1. (**AC**) (A) *pedler* → peddler〔 ˈpɛdlɚ 〕*n.* 小販
   (B) graphite〔 ˈgræfaɪt 〕*n.* 石墨
   (C) *gayly* → gaily〔 ˈgelɪ 〕*adv.* 快活地
   (D) tremendous〔 trɪˈmɛndəs 〕*adj.* 可怕的
   (E) grotesque〔 groˈtɛsk 〕*adj.* 古怪的

2.（**CE**）(A) fragile 〔ˈfrædʒəl〕 *adj.* 易碎的

(B) cashier 〔kæˈʃɪr〕 *n.* 出納員

(C) *inpovarish* → impoverish 〔ɪmˈpɑvərɪʃ〕 *v.* 耗盡

(D) charcoal 〔ˈtʃɑrˌkol〕 *n.* 木炭

(E) *salery* → salary 〔ˈsælərɪ〕 *n.* 薪水

3.（**D**）(A) marginal 〔ˈmɑrdʒɪn̩〕 *adj.* 邊緣的

(B) phenomena 〔fəˈnɑmənə〕 *n.pl.* 現象

(C) air-conditioner 〔ˈɛrkənˌdɪʃənə〕 *n.* 空氣調節機

(D) *viras* → vires 〔ˈvaɪriz〕 *n.pl.* 〔拉〕力（單數是 *vis*）

(E) triumph 〔ˈtraɪəmf, -mpf〕 *n.* 勝利

4.（**BE**）(A) consummation 〔ˌkɑnsəˈmeʃən〕 *n.* 成就

(B) *provition* → provision 〔prəˈvɪʒən〕 *n.* 規定

(C) repel 〔rɪˈpɛl〕 *v.* 驅逐

(D) vigorous 〔ˈvɪgərəs〕 *adj.* 精力充沛的

(E) *esential* → essential 〔əˈsɛnʃəl〕 *adj.* 必要的

5.（**CD**）(A) withdrawal 〔wɪðˈdrɔəl, wɪθ-, -ˈdrɔl〕 *n.* 撤銷

(B) endeavor 〔ɪnˈdɛvə〕 *v.* 努力

(C) *desparete* → desperate 〔ˈdɛspərɪt〕 *adj.* 絕望的

(D) *persistant* → persistent 〔pəˈsɪstənt, -ˈzɪs-〕 *adj.* 堅持的

(E) energetic 〔ˌɛnəˈdʒɛtɪk〕 *adj.* 精力充沛的

GROUP 1 我不再拼錯字尾是 -ant，-ance 的字

□ **abundant** 〔əˈbʌndənt〕 *adj.* 豐富的
□ **acceptance** 〔əkˈsɛptəns〕 *n.* 接受
□ **acquaintance** 〔əˈkwentəns〕 *n.* 相識的人
□ **admittance** 〔ədˈmɪtn̩s〕 *n.* 入場權
□ **appearance** 〔əˈpɪrəns〕 *n.* 出現　　**assistant** 〔əˈsɪstənt〕 *n.* 助手

□ **attendant** 〔əˈtɛndənt〕 *n.* 出席者　　**brilliant** 〔ˈbrɪljənt〕 *adj.* 燦爛的
□ **clearance** 〔ˈklɪrəns〕 *n.* 清除
□ **constancy** 〔ˈkɑnstənsɪ〕 *n.* 堅貞；不變
□ **constant** 〔ˈkɑnstənt〕 *adj.* 不變的
□ **defendant** 〔dɪˈfɛndənt〕 *n.* 被告

□ **dominant** 〔ˈdɑmənənt〕 *adj.* 卓越的　　**elegance** 〔ˈɛləgəns〕 *n.* 高雅
□ **endurance** 〔ɪnˈdjʊrəns〕 *n.* 忍耐　　**entrance** 〔ˈɛntrəns〕 *n.* 入口
□ **extravagant** 〔ɪkˈstrævəgənt〕 *adj.* 奢侈的
□ **grievance** 〔ˈgrivəns〕 *n.* 抱怨　　**guidance** 〔ˈgaidn̩s〕 *n.* 指導
□ **hindrance** 〔ˈhɪndrəns〕 *n.* 妨礙

□ **ignorant** 〔ˈɪgnərənt〕 *adj.* 無知識的
□ **important** 〔ɪmˈpɔrtn̩t〕 *adj.* 重要的
□ **inhabitance** 〔ɪnˈhæbətəns〕 *n.* 住所
□ **inhabitant** 〔ɪnˈhæbətənt〕 *n.* 居民
□ **inheritance** 〔ɪnˈhɛrətəns〕 *n.* 繼承

- **insurance**〔ɪn'ʃʊrəns〕*n.* 保險
- **lieutenant**〔lu'tɛnənt，lɪu-，lɛf-〕*n.* 中尉
- **maintenance**〔'mentənəns，-tɪn-〕*n.* 保持
- **observance**〔əb'zɝvəns〕*n.* 遵守
- **perseverance**〔ˌpɝsə'vɪrəns〕*n.* 堅持

- **petulant**〔'pɛtʃələnt〕*adj.* 暴躁的
- **pleasant**〔'plɛznt〕*adj.* 愉快的
- **predominant**〔prɪ'dɑmənənt〕*adj.* 卓越的
- **radiant**〔'redɪənt〕*adj.* 閃爍的
- **redundant**〔rɪ'dʌndənt〕*adj.* 多餘的
- **relevant**〔'rɛləvənt〕*adj.* 切題的

- **reluctant**〔rɪ'lʌktənt〕*adj.* 不情願的
- **repentant**〔rɪ'pɛntənt〕*adj.* 悔恨的
- **resemblance**〔rɪ'zɛmbləns〕*n.* 相似
- **resistant**〔rɪ'zɪstənt〕*adj.* 抵抗的
- **restaurant**〔'rɛstərənt，-ˌrɑnt〕*n.* 餐館
- **sergeant**〔'sɑrdʒənt〕*n.* 陸軍中士

- **significant**〔sɪg'nɪfəkənt〕*adj.* 重大的；有意義的
- **substance**〔'sʌbstəns〕*n.* 物質
- **sustenance**〔'sʌstənəns〕*n.* 維持
- **warrant**〔'wɔrənt，'wɑrənt〕*n.* 保證
- **tenant**〔'tɛnənt〕*n.* 租賃   **tolerant**〔'tɑlərənt〕*adj.* 寬容的

自我拼字練習 **Test 4**

下列每題有一個或兩個拼錯的字，請選出來。

1. (A) deliberate (B) instrument (C) resistont
   (D) injury (E) habitation

2. (A) arrogance (B) enterance (C) pursued
   (D) swiftly (E) sordid

3. (A) consistance (B) assistance (C) resistance
   (D) existence (E) beforehand

4. (A) insistance (B) dialogue (C) delicious
   (D) cheerfully (E) alphabetical

5. (A) scheme (B) mideval (C) nuzzle
   (D) fosil (E) significant

【解　答】

1. (**C**) (A) deliberate〔dɪˈlɪbərɪt〕*adj.* 深思熟慮的
   (B) instrument〔ˈɪnstrəmənt〕*n.* 工具
   (C) *resistont* → resistant〔rɪˈzɪstənt〕*adj.* 抵抗的
   (D) injury〔ˈɪndʒərɪ〕*n.* 傷害
   (E) habitation〔͵hæbəˈteʃən〕*n.* 居住

2.（ **B** ）(A) arrogance〔ˈærəgəns〕n. 傲慢

(B) *enterance* → entrance〔ˈɛntrəns〕n. 入口

(C) pursued〔pɚˈsud,-ˈsɪud〕v. pp. 追隨

(D) swiftly〔ˈswɪftlɪ〕adv. 疾速地

(E) sordid〔ˈsɔrdɪd〕adj. 污穢的

3.（ **A** ）(A) *consistance* → consistence〔kənˈsɪstəns〕n. 堅固

(B) assistance〔əˈsɪstəns〕n. 幫助

(C) resistance〔rɪˈzɪstəns〕n. 抵抗

(D) existence〔ɪgˈzɪstəns〕n. 存在

(E) beforehand〔bɪˈfor,hænd〕adv. 事前

4.（ **A** ）(A) *insistance* → insistence〔ɪnˈsɪstəns〕n. 堅持

(B) dialogue〔ˈdaɪə,lɔg〕n. 對話

(C) delicious〔dɪˈlɪʃəs〕adj. 美味的

(D) cheerfully〔ˈtʃɪrfəlɪ〕adv. 快樂地

(E) alphabetical〔,ælfəˈbɛtɪkl̩〕adj. 字母的

5.（**BD**）(A) scheme〔skim〕n. 方案

(B) *mideval* → medieval〔,midɪˈivl̩〕adj. 中世紀的

(C) nuzzle〔ˈnʌzl̩〕v. 以鼻掘

(D) *fosil* → fossil〔ˈfɑsl̩〕n. 化石

(E) significant〔sɪgˈnɪfəkənt〕adj. 有意義的

GROUP 2

我不再拼錯字尾是 -ent，-ence 的字

□ **abhorrent** 〔əbˋhɔrənt, æb-, -ˋhɑr-〕 *adj.* 嫌惡的

□ **absent** 〔ˋæbsn̩t〕 *adj.* 缺席的

□ **abstinent** 〔ˋæbstənənt〕 *adj.* 禁慾的

□ **adherent** 〔ədˋhɪrənt〕 *adj.* 附着的

□ **adolescent** 〔͵ædl̩ˋɛsn̩t〕 *adj.* 青春期的

□ **antecedent** 〔͵æntəˋsidn̩t〕 *adj.* 在先的

□ **apparent** 〔əˋpærənt, əˋpɛrənt〕 *adj.* 顯然的

□ **audience** 〔ˋɔdɪəns〕 *n.* 觀眾　**coherent** 〔koˋhɪrənt〕 *adj.* 連貫的

□ **coincidence** 〔koˋɪnsədəns〕 *n.* 巧合

□ **competent** 〔ˋkɑmpətənt〕 *adj.* 能幹的

□ **conference** 〔ˋkɑnfərəns〕 *n.* 會議

□ **confident** 〔ˋkɑnfədənt〕 *adj.* 自信的

□ **consistent** 〔kənˋsɪstənt〕 *adj.* 一致的

□ **convalescent** 〔͵kɑnvəˋlɛsn̩t〕 *adj.* 恢復健康中的

□ **convenient** 〔kənˋvinjənt〕 *adj.* 方便的

□ **correspondent** 〔͵kɔrəˋspɑndənt〕 *n.* 通信者

□ **dependent** 〔dɪˋpɛndənt〕 *adj.* 依賴的

□ **detergent** 〔dɪˋtɝdʒn̩t〕 *adj.* 清潔的

□ **different** 〔ˋdɪfərənt〕 *adj.* 不同的

□ **diffident** 〔ˋdɪfədənt〕 *adj.* 羞怯的　**diligence** 〔ˋdɪlədʒəns〕 *n.* 勤勉

- **dissident** 〔ˈdɪsədənt〕 *adj.* 不相合的
- **divergent** 〔dəˈvɝdʒnt, daɪ-〕 *adj.* 分歧的
- **efficient** 〔əˈfɪʃənt, ɪ-〕 *adj.* 有效率的
- **eminent** 〔ˈɛmənənt〕 *adj.* 顯赫的
- **equivalent** 〔ɪˈkwɪvələnt〕 *adj.* 相等的
- **excellent** 〔ˈɛkslənt〕 *adj.* 最優的　**existence** 〔ɪgˈzɪstəns〕 *n.* 存在

- **experience** 〔ɪkˈspɪrɪəns〕 *n.* 經驗
- **impertinent** 〔ɪmˈpɝtnənt〕 *adj.* 無禮的
- **indulgence** 〔ɪnˈdʌldʒəns〕 *n.* 放任　**inference** 〔ˈɪnfərəns〕 *n.* 推斷
- **ingredient** 〔ɪnˈgridɪənt〕 *n.* 成分
- **insistent** 〔ɪnˈsɪstənt〕 *adj.* 堅持的
- **insolent** 〔ˈɪnsələnt〕 *adj.* 粗野的

- **intelligent** 〔ɪnˈtɛlədʒnt〕 *adj.* 有才智的
- **magnificent** 〔mægˈnɪfəsnt〕 *adj.* 壯麗的
- **obedient** 〔əˈbidɪənt〕 *adj.* 服從的　**occurrence** 〔əˈkɝəns〕 *n.* 發生
- **opponent** 〔əˈponənt〕 *n.* 對手　**opulent** 〔ˈɑpjələnt〕 *adj.* 富有的
- **penitent** 〔ˈpɛnətənt〕 *adj.* 懺悔的

- **permanent** 〔ˈpɝmənənt〕 *adj.* 永久的
- **persistent** 〔pɚˈzɪstənt, -ˈsɪst-〕 *adj.* 堅持的
- **pertinent** 〔ˈpɝtnənt〕 *adj.* 中肯的
- **precedent** 〔prɪˈsidnt〕 *adj.* 在先的
- **preference** 〔ˈprɛfərəns〕 *n.* 偏愛　**present** 〔ˈprɛznt〕 *adj.* 出席的
- **proficient** 〔prəˈfɪʃnt〕 *adj.* 精通的

□ **prominent**〔′prɑmənənt〕*adj.* 著名的
□ **recurrent**〔rɪ′kɝnt〕*adj.* 再現的
□ **reference**〔′rɛfərəns〕*n.* 參考　**repellent**〔rɪ′pɛlənt〕*adj.* 逐回的
□ **resident**〔′rɛzədənt〕*n.* 居民　**reverent**〔′rɛvərənt〕*adj.* 恭敬的

□ **subsistence**〔səb′sɪstəns〕*n.* 生存
□ **sufficient**〔sə′fɪʃənt〕*adj.* 足夠的
□ **superintendent**〔,suprɪn′tɛndənt〕*n.* 監督者
□ **tendency**〔′tɛndənsɪ〕*n.* 趨勢　**violent**〔′vaɪələnt〕*adj.* 猛烈的

自我拼字練習 **Test 5**

下列每題各有一個拼錯的字，請選出來。

1. (A) suficient   (B) paragraph   (C) tumor
   (D) ration   (E) marvelous

2. (A) valley   (B) madical   (C) hemisphere
   (D) reference   (E) craven

3. (A) veriety   (B) awkward   (C) formula
   (D) extinguisher   (E) efficient

4. (A) division   (B) recognization   (C) recognizable
   (D) opportunity   (E) eminent

5. (A) messege   (B) impudence   (C) countenance
   (D) information   (E) prominent

【 解 答 】

1. (**A**) (A) *suficient* → sufficient 〔 səˈfɪʃənt 〕 *adj.* 足夠的
   (B) paragraph 〔 ˈpærəˌgræf 〕 *n.*（文章等）段
   (C) tumor 〔 ˈtjumɚ,ˈtu- 〕 *n.* 〔醫〕腫瘤
   (D) ration 〔 ˈræʃən,ˈreʃən 〕 *n.* 定食
   (E) marvelous 〔 ˈmɑrvḷəs 〕 *adj.* 奇異的

2.（ **B** ）(A) valley〔ˈvælɪ〕*n*. 谷

　　(B) *madical* →medical〔ˈmɛdɪkl̩〕*adj*. 醫學的

　　(C) hemisphere〔ˈhɛməsˌfɪr〕*n*. 半球

　　(D) reference〔ˈrɛfərəns〕*n*. 參考

　　(E) craven〔ˈkrevən〕*adj*. 膽小的

3.（ **A** ）(A) *veriety*→variety〔vəˈraɪətɪ〕*n*. 變化

　　(B) awkward〔ˈɔkwəd〕*adj*. 可怕的

　　(C) formula〔ˈfɔrmjələ〕*n*.〔數學〕公式

　　(D) extinguisher〔ɪkˈstɪŋgwɪʃə〕*n*. 滅火器

　　(E) efficient〔əˈfɪʃənt,ɪ-〕*adj*. 有效率的

4.（ **B** ）(A) division〔dəˈvɪʒən〕*n*. 分開

　　(B) *recognization*→recognition〔ˌrɛkəgˈnɪʃən〕*n*. 認出

　　(C) recognizable〔ˈrɛkəgˌnaɪzəbl̩〕*adj*. 可被認出的

　　(D) opportunity〔ˌɑpəˈtjunətɪ〕*n*. 機會

　　(E) eminent〔ˈɛmənənt〕*adj*. 聞名的

5.（ **A** ）(A) *messege*→message〔ˈmɛsɪdʒ〕*n*. 消息

　　(B) impudence〔ˈɪmpjədəns〕*n*. 鹵莽

　　(C) countenance〔ˈkaʊntənəns〕*n*. 面貌

　　(D) information〔ˌɪnfəˈmeʃən〕*n*. 情報

　　(E) prominent〔ˈprɑmənənt〕*adj*. 主要的

GROUP 3 // 我不再拼錯字尾是 -able 的字

- □ **adaptable** 〔ə'dæptəbḷ〕*adj.* 能適應的
- □ **admirable** 〔'ædmərəbḷ〕*adj.* 可欽佩的
- □ **adorable** 〔ə'dorəbḷ〕*adj.* 可崇拜的
- □ **agreeable** 〔ə'griəbḷ〕*adj.* 愉快的   **amiable** 〔'emɪəbḷ〕*adj.* 友善的
- □ **applicable** 〔'æplɪkəbḷ〕*adj.* 適合的   **capable** 〔'kepəbḷ〕*adj.* 能幹的

- □ **changeable** 〔'tʃendʒəbḷ〕*adj.* 善變的
- □ **commendable** 〔kə'mɛndəbḷ〕*adj.* 推薦的
- □ **comparable** 〔'kɑmpərəbḷ〕*adj.* 可比較的
- □ **considerable** 〔kən'sɪdərəbḷ〕*adj.* 值得考慮的
- □ **demonstrable** 〔'dɛmənstrəbḷ〕*adj.* 可證明的

- □ **dependable** 〔dɪ'pɛndəbḷ〕*adj.* 可信賴的
- □ **deplorable** 〔dɪ'plorəbḷ〕*adj.* 悲哀的
- □ **desirable** 〔dɪ'zaɪrəbḷ〕*adj.* 合意的
- □ **despicable** 〔'dɛspɪkəbḷ〕*adj.* 可鄙的
- □ **dispensable** 〔dɪ'spɛnsəbḷ〕*adj.* 可分配的

- □ **durable** 〔'djʊrəbḷ〕*adj.* 持久的   **dutiable** 〔'djutɪəbḷ〕*adj.* 應納稅的
- □ **enforceable** 〔ɪn'forsəbḷ〕*adj.* 可強迫的
- □ **enviable** 〔'ɛnvɪəbḷ〕*adj.* 可羨慕的
- □ **estimable** 〔'ɛstəməbḷ〕*adj.* 判斷的
- □ **excitable** 〔ɪk'saɪtəbḷ , ɛk-〕*adj.* 易激動的

□ **excusable** 〔ɪkˋskjuzəb!ˍ , ɛk-〕 *adj.* 可原諒的

□ **explicable** 〔ˋɛksplɪkəb!ˍ〕 *adj.* 可說明的

□ **formidable** 〔ˋfɔrmɪdəb!ˍ〕 *adj.* 可畏懼的

□ **imaginable** 〔ɪˋmædʒɪnəb!ˍ〕 *adj.* 可想像的

□ **imitable** 〔ˋɪmɪtəb!ˍ〕 *adj.* 可模仿的

□ **impregnable** 〔ɪmˋprɛgnəb!ˍ〕 *adj.* 鞏固的

□ **inflammable** 〔ɪnˋflæməb!ˍ〕 *adj.* 易怒的

□ **inimitable** 〔ɪnˋɪmətəb!ˍ〕 *adj.* 無法模仿的

□ **inviolable** 〔ɪnˋvaɪələb!ˍ〕 *adj.* 不可褻瀆的

□ **irritable** 〔ˋɪrətəb!ˍ〕 *adj.* 性急的

□ **justifiable** 〔ˋdʒʌstəˌfaɪəb!ˍ〕 *adj.* 有理由的

□ **lamentable** 〔ˋlæməntəb!ˍ〕 *adj.* 悲傷的

□ **livable** 〔ˋlɪvəb!ˍ〕 *adj.* 有生活價值的

□ **marriageable** 〔ˋmærɪdʒəb!ˍ〕 *adj.* 可結婚的

□ **memorable** 〔ˋmɛmərəb!ˍ〕 *adj.* 值得紀念的

□ **navigable** 〔ˋnævəgəb!ˍ〕 *adj.* 可航行的

□ **noticeable** 〔ˋnotɪsəb!ˍ〕 *adj.* 值得注意的

□ **peaceable** 〔ˋpisəb!ˍ〕 *adj.* 和平的

□ **penetrable** 〔ˋpɛnətrəb!ˍ〕 *adj.* 可穿透的

□ **pleasurable** 〔ˋplɛʒərəb!ˍ〕 *adj.* 愉快的

□ **profitable** 〔ˋprɑfɪtəb!ˍ〕 *adj.* 有利可圖的

□ **receivable** 〔rɪˋsivəb!ˍ〕 *adj.* 可收到的

□ **reliable** 〔rɪˋlaɪəb!ˍ〕 *adj.* 可靠的

- □ **reparable** 〔'rɛpərəbl̩〕 *adj.* 可補償的
- □ **replaceable** 〔rɪ'plesəbl̩〕 *adj.* 可替換的
- □ **revocable** 〔'rɛvəkəbl̩〕 *adj.* 可廢止的
- □ **separable** 〔'sɛpərəbl̩〕 *adj.* 能分開的
- □ **serviceable** 〔'sɝvɪsəbl̩〕 *adj.* 有用的

- □ **tolerable** 〔'tɑlərəbl̩〕 *adj.* 可容忍的
- □ **traceable** 〔'tresəbl̩〕 *adj.* 可追踪的
- □ **transportable** 〔træns'pɔrtəbl̩〕 *adj.* 可運輸的
- □ **valuable** 〔'væljuəbl̩〕 *adj.* 有價值的

自我拼字練習 **Test 6**

下列每題各有一個拼錯的字，請選出來。

1. (A) agreeable　　(B) studiousness　　(C) hospiteble
　 (D) inkiness　　(E) neutral

2. (A) norward　　(B) demonstrable　　(C) astronomer
　 (D) ceremoney　　(E) ascertain

3. (A) peddle　　(B) believable　　(C) telescope
　 (D) irritable　　(E) lensess

4. (A) soloes　　(B) fulfilment　　(C) crises
　 (D) enormous　　(E) penetrable

5. (A) sphere　　(B) acceptence　　(C) appropriate
　 (D) tolerable　　(E) millionaire

【 解 答 】

1. (**C**) (A) agreeable 〔 ə'griəb!〕 *adj.* 願意的
　　　　(B) studiousness 〔'stjudɪəsnɪs〕 *n.* 好學
　　　　(C) *hospiteble* → hospitable 〔'hɑspɪtəb!〕 *adj.* 招待殷勤的
　　　　(D) inkiness 〔'ɪŋkɪnɪs〕 *n.* 墨黑
　　　　(E) neutral 〔'njutrəl〕 *adj.* 中立的

2.（ **D** ）(A) norward〔ˋnɔrwəd〕*adv*. 向北方地（＝ *northward* ）

(B) demonstrable〔ˋdɛmənstrəbḷ, dıˋmɑnstrə-〕*adj*. 可證明的

(C) astronomer〔əˋstrɑnəmɚ〕*n*. 天文家

(D) *ceremoney* → ceremony〔ˋsɛrə͵monı〕*n*. 典禮

(E) ascertain〔͵æsɚˋten〕*v*. 確定

3.（ **E** ）(A) peddle〔ˋpɛdḷ〕*v*. 沿街叫賣

(B) believable〔bıˋlivəbḷ〕*adj*. 可相信的

(C) telescope〔ˋtɛlə͵skop〕*n*. 望遠鏡

(D) irritable〔ˋırətəbḷ〕*adj*. 易怒的

(E) *lensess* → lenses〔ˋlɛnzız〕*n*. 透鏡

4.（ **A** ）(A) *soloes* → solos〔ˋsoloz〕*n*. 獨唱

(B) fulfilment〔fʊlˋfılmənt〕*n*. 實行

(C) crises〔ˋkraısiz〕*n*. 危機（為 crisis 的複數）

(D) enormous〔ıˋnɔrməs〕*adj*. 巨大的

(E) penetrable〔ˋpɛnətrəbḷ〕*adj*. 可透入的

5.（ **B** ）(A) sphere〔sfır〕*n*. 球體

(B) *acceptence* → acceptance〔əkˋsɛptəns〕*n*. 接受

(C) appropriate〔əˋproprııt〕*adj*. 適合的

(D) tolerable〔ˋtɑlərəbḷ〕*adj*. 可忍受的

(E) millionaire〔͵mıljənˋɛr〕*n*. 百萬富翁

GROUP 4　我不再拼錯字尾是 -ible 的字

- □ **accessible** [æk'sɛsəbḷ] *adj.* 容易接近的
- □ **admissible** [əd'mɪsəbḷ] *adj.* 可接納的
- □ **apprehensible** [ˌæprɪ'hɛnsəbḷ] *adj.* 憂慮的
- □ **audible** ['ɔdəbḷ] *adj.* 聽得見的
- □ **coercible** [ko'ɝsəbḷ] *adj.* 可強迫的

- □ **collapsible** [kə'læpsəbḷ] *adj.* 倒塌的
- □ **combustible** [kəm'bʌstəbḷ] *adj.* 易燃的
- □ **compatible** [kəm'pætəbḷ] *adj.* 和諧的
- □ **comprehensible** [ˌkɑmprɪ'hɛnsəbḷ] *adj.* 能理解的
- □ **compressible** [kəm'prɛsəbḷ] *adj.* 壓榨的

- □ **contemptible** [kən'tɛmptəbḷ] *adj.* 可輕視的
- □ **controvertible** [ˌkɑntrə'vɝtəbḷ] *adj.* 可辯論的
- □ **convertible** [kən'vɝtəbḷ] *adj.* 可改變的
- □ **corruptible** [kə'rʌptəbḷ] *adj.* 可腐敗的
- □ **credible** ['krɛdəbḷ] *adj.* 可信的

- □ **crucible** ['krusəbḷ] *n.* 嚴酷的考驗
- □ **deductible** [dɪ'dʌktəbḷ] *adj.* 可推斷的
- □ **destructible** [dɪ'strʌktəbḷ] *adj.* 易毀壞的
- □ **digestible** [daɪ'dʒɛstəbḷ] *adj.* 可消化的
- □ **divisible** [də'vɪzəbḷ] *adj.* 可分的　　**edible** ['ɛdəbḷ] *adj.* 可食的

□ **eligible**〔'ɛlɪdʒəbḷ〕*adj.* 合格的

□ **exhaustible**〔ɪg'zɔstəbḷ〕*adj.* 可耗盡的

□ **expansible**〔ɪk'spænsəbḷ〕*adj.* 可擴展的

□ **fallible**〔'fæləbḷ〕*adj.* 易錯的 **feasible**〔'fizəbḷ〕*adj.* 易實現的

□ **horrible**〔'hɑrəbḷ〕*adj.* 可怕的

□ **indefensible**〔͵ɪndɪ'fɛnsəbḷ〕*adj.* 可防禦的

□ **indelible**〔ɪn'dɛləbḷ〕*adj.* 難擦掉的

□ **intelligible**〔ɪn'tɛlɪdʒəbḷ〕*adj.* 可理解的

□ **invincible**〔ɪn'tɛlɪdʒəbḷ〕*adj.* 可理解的

□ **irresistible**〔͵ɪrɪ'zɪstəbḷ〕*adj.* 不可抵抗的

□ **legible**〔'lɛdʒəbḷ〕*adj.* 清楚的

□ **negligible**〔'nɛglədʒəbḷ〕*adj.* 可忽略的

□ **ostensible**〔ɑs'tɛnsəbḷ〕*adj.* 表面的

□ **perceptible**〔pɚ'sɛptəbḷ〕*adj.* 可知覺的

□ **perfectible**〔pɚ'fɛktəbḷ〕*adj.* 可完成的

□ **permissible**〔pɚ'mɪsəbḷ〕*adj.* 可容許的

□ **plausible**〔'plɔzəbḷ〕*adj.* 似合理的

□ **reducible**〔rɪ'djusəbḷ〕*adj.* 可減縮的

□ **reprehensible**〔͵rɛprɪ'hɛnsəbḷ〕*adj.* 應受譴責的

□ **repressible**〔rɪ'prɛsəbḷ〕*adj.* 可鎮壓的

□ **reversible**〔rɪ'vɝsəbḷ〕*adj.* 可反轉的

□ **suppressible**〔sə'prɛsəbḷ〕*adj.* 可抑制的

□ **susceptible**〔sə'sɛptəbḷ〕*adj.* 易感的

□ **tangible**〔'tændʒəbḷ〕*adj.* 確實的 **terrible**〔'tɛrəbḷ〕*adj.* 可怕的

自我拼字練習 **Test 7**

下列每題各有一個拼錯的字，請選出來。

1. (A) accessible　　(B) upset　　　　(C) district
　 (D) assistent　　　(E) influenza

2. (A) ignore　　　　(B) credible　　　(C) inns
　 (D) occured　　　 (E) agent

3. (A) responsible　　(B) discourtous　 (C) excitement
　 (D) montonous　　(E) indecision

4. (A) delivery　　　(B) collonial　　　(C) heartily
　 (D) intelligible　　(E) miracle

5. (A) ratify　　　　(B) exhaustible　　(C) receed
　 (D) saddle　　　　(E) characteristic

【解　答】

1. (**D**) (A) accessible〔æk'sɛsəbḷ〕*adj.* 可進入的

　　　　(B) upset〔ʌp'sɛt〕*v.* 推翻

　　　　(C) district〔'dɪstrɪkt〕*n.* 行政區

　　　　(D) *assistent* → assistant〔ə'sɪstənt〕*n.* 助手

　　　　(E) influenza〔,ɪnflʊ'ɛnzə〕*n.* 流行性感冒

2. (**D**) (A) ignore〔ɪɡ'nɔr〕*v*. 忽視

(B) credible〔'krɛdəbḷ〕*adj*. 可信的

(C) inns〔ɪnz〕*n*. 客棧

(D) *occured* → occurred〔ə'kɝd〕*adj*. 發生的

(E) agent〔'edʒənt〕*n*. 代理人

3. (**B**) (A) responsible〔rɪ'spɑnsəbḷ〕*adj*. 負責任的

(B) *discourtous* → discourteous〔dɪs'kɝtɪəs〕*adj*. 粗魯的

(C) excitement〔ɪk'saɪtmənt〕*n*. 刺激

(D) monotonous〔mə'nɑtṇəs〕*adj*. 單調的

(E) indecision〔ˌɪndɪ'sɪʒən〕*n*. 猶豫不決

4. (**B**) (A) delivery〔dɪ'lɪvərɪ〕*n*. 遞送

(B) *collonial* → colonial〔kə'lonɪəl〕*adj*. 殖民地的

(C) heartily〔'hɑrtɪlɪ〕*adv*. 熱忱地

(D) intelligible〔ɪn'tɛlɪdʒəbḷ〕*adj*. 可理解的

(E) miracle〔'mɪrəkḷ〕*n*. 奇蹟

5. (**C**) (A) ratify〔'rætəˌfaɪ〕*v*. 批准

(B) exhaustible〔ɪɡ'zɔstəbḷ, ɛɡ-〕*adj*. 可用盡的

(C) *receed* → recede〔rɪ'sid〕*v*. 後退

(D) saddle〔'sædḷ〕*n*. 鞍

(E) characteristic〔ˌkærɪktə'rɪstɪk〕*n*. 特性

GROUP 5

我不再拼錯字尾是 -ar 的字

- **altar** [ˈɔltɚ] *n.* 祭壇　　**angular** [ˈæŋgjəlɚ] *adj.* 有角的
- **beggar** [ˈbɛgɚ] *n.* 乞丐
- **calendar** [ˈkæləndɚ, ˈkælɪn-] *n.* 日曆
- **cedar** [ˈsidɚ] *n.* 西洋杉　　**cellar** [ˈsɛlɚ] *n.* 地窖
- **circular** [ˈsɝkjəlɚ] *adj.* 圓的

- **collar** [ˈkɑlɚ] *n.* 衣領　　**dollar** [ˈdɑlɚ] *n.* 元
- **familiar** [fəˈmɪljɚ] *adj.* 熟悉的
- **grammar** [ˈgræmɚ] *n.* 文法
- **hangar** [ˈhæŋɚ] *n.* 飛機庫
- **insular** [ˈɪnsələ, ˈɪnsju-] *adj.* 島嶼的

- **jugular** [ˈdʒʌgjələ, ˈdʒu-] *adj.* 喉部的
- **liar** [ˈlaɪɚ] *n.* 說謊者　　**molar** [ˈmolɚ] *n.* 臼齒
- **peculiar** [pɪˈkjuljɚ] *adj.* 奇異的
- **registrar** [ˈrɛdʒɪ,strɑr] *n.* 登記員
- **regular** [ˈrɛgjəlɚ] *adj.* 有規則的

- **scholar** [ˈskɑlɚ] *n.* 學者
- **similar** [ˈsɪmələ] *adj.* 相似的
- **singular** [ˈsɪŋgjələ] *adj.* 單一的
- **solar** [ˈsolɚ] *adj.* 太陽的　　**sugar** [ˈʃʊgɚ] *n.* 糖
- **vicar** [ˈvɪkɚ] *n.* 教區牧師　　**vulgar** [ˈvʌlgɚ] *adj.* 粗俗的

自我拼字練習 **Test 8**

下列每題各有一個拼錯的字，請選出來。

1. (A) altar   (B) prominant   (C) institute
    (D) vain   (E) vein

2. (A) preminent   (B) singular   (C) deficient
    (D) calendar   (E) tube

3. (A) criminel   (B) commit   (C) crime
    (D) vulgar   (E) artery

4. (A) auditor   (B) controvertial   (C) periodical
    (D) familiar   (E) panel

5. (A) waistcoat   (B) chroniclor   (C) discharge
    (D) regular   (E) merciful

【解 答】

1. (**B**)   (A) altar〔ˈɔltɚ〕*n.* 祭壇
          (B) *prominant* → prominent〔ˈprɑmənənt〕*adj.* 著名的
          (C) institute〔ˈInstə,tjut〕*v.* 創立
          (D) vain〔ven〕*adj.* 徒然的
          (E) vein〔ven〕*n.* 靜脈

2.（ **A** ）(A) *preminent* → prominent〔ˈprɑmənənt〕*adj.* 著名的

　　　(B) singular〔ˈsɪŋgjələ〕*adj.* 非凡的

　　　(C) deficient〔dɪˈfɪʃənt〕*adj.* 有缺點的

　　　(D) calendar〔ˈkæləndə, ˈkælɪn-〕*n.* 日曆

　　　(E) tube〔tjub〕*n.* 管

3.（ **A** ）(A) *criminel* → criminal〔ˈkrɪmənḷ〕*n.* 罪犯

　　　(B) commit〔kəˈmɪt〕*v.* 委託

　　　(C) crime〔kraɪm〕*n.* 罪

　　　(D) vulgar〔ˈvʌlgə〕*adj.* 粗俗的

　　　(E) artery〔ˈɑrtərɪ〕*n.* 動脈

4.（ **B** ）(A) auditor〔ˈɔdɪtə〕*n.* 旁聽者

　　　(B) *controvertial* → controversial〔ˌkɑntrəˈvɝʃəl〕*adj.*
　　　　　爭論的

　　　(C) periodical〔ˌpɪrɪˈɑdɪkḷ〕*n.* 定期刊物

　　　(D) familiar〔fəˈmɪljə〕*adj.* 熟悉的

　　　(E) panel〔ˈpænḷ〕*n.* 畫板

5.（ **B** ）(A) waistcoat〔ˈwestˌkot〕*n.* 背心

　　　(B) *chroniclor* → chronicle〔ˈkrɑnɪkḷ〕*n.* 編年史

　　　(C) discharge〔dɪsˈtʃɑrdʒ〕*v.* 卸貨

　　　(D) regular〔ˈrɛgjələ〕*adj.* 正常的

　　　(E) merciful〔ˈmɝsɪfəl〕*adj.* 仁慈的

GROUP 6 — 我不再拼錯字尾是 -or 的字

□ **accelerator** [æk'sɛlə,retɚ] *n.* 加速者　　**actor** ['æktɚ] *n.* 演員

□ **administrator** [əd'mɪnə,stretɚ] *n.* 管理員

□ **advisor** [əd'vaɪzɚ] *n.* 顧問　　**ancestor** ['ænsɛstɚ] *n.* 祖先

□ **anchor** ['æŋkɚ] *n.* 錨　　**ardor** ['ɑrdɚ] *n.* 熱情

□ **auditor** ['ɔdɪtɚ] *n.* 旁聽者　　**author** ['ɔθɚ] *n.* 著作人

□ **aviator** ['evɪ,etɚ] *n.* 飛行員

□ **bachelor** ['bætʃələ] *n.* 未婚男子

□ **behavior** [bɪ'hevjɚ] *n.* 行為　　**bettor** ['bɛtɚ] *n.* 賭博者

□ **calculator** ['kælkjə,letɚ] *n.* 計算機

□ **captor** ['kæptɚ] *n.* 擄掠者

□ **collector** [kə'lɛktɚ] *n.* 收集者

□ **commentator** ['kɑmən,tetɚ] *n.* 註釋者

□ **competitor** [kəm'pɛtətɚ] *n.* 競爭者

□ **conductor** [kən'dʌktɚ] *n.* 指揮者

□ **confessor** [kən'fɛsɚ] *n.* 自白者

□ **conqueror** ['kɑŋkərɚ] *n.* 征服者

□ **conspirator** [kən'spɪrətɚ] *n.* 謀叛者

□ **contractor** ['kɑntræktɚ, kən'træktɚ] *n.* 承造者

□ **counselor** ['kaunslɚ] *n.* 參事　　**creditor** ['krɛdɪtɚ] *n.* 債權人

□ **debtor** ['dɛtɚ] *n.* 債務人

□ **depositor** 〔 dɪˈpɑzɪtɚ 〕 *n.* 存款者
□ **dictator** 〔 dɪkˈtetɚ 〕 *n.* 獨裁者
□ **director** 〔 dəˈrɛktɚ, daɪ- 〕 *n.* 主任
□ **distributor** 〔 dɪˈstrɪbjətɚ 〕 *n.* 分配者
□ **doctor** 〔 ˈdɑktɚ 〕 *n.* 醫生
□ **editor** 〔 ˈɛdɪtɚ 〕 *n.* 編者

□ **educator** 〔 ˈɛdʒəˌketɚ, -dʒʊ- 〕 *n.* 教師
□ **elector** 〔 ɪˈlɛktɚ, ə- 〕 *n.* 有選舉權者
□ **elevator** 〔 ˈɛləˌvetɚ 〕 *n.* 電梯
□ **emperor** 〔 ˈɛmpərɚ 〕 *n.* 君主
□ **escalator** 〔 ˈɛskəˌletɚ 〕 *n.* 自動梯
□ **executor** 〔 ˈɛksɪˌkjutɚ 〕 *n.* 執行者

□ **favor** 〔 ˈfevɚ 〕 *n.* 恩寵
□ **governor** 〔 ˈgʌvənɚ, ˈgʌvnɚ, ˈgʌvənɚ 〕 *n.* 統治者
□ **harbor** 〔 ˈhɑrbɚ 〕 *n.* 港口
□ **honor** 〔 ˈɑnɚ 〕 *n.* 榮譽
□ **humor** 〔 ˈhjumɚ, ˈju- 〕 *n.* 幽默
□ **impostor** 〔 ɪmˈpɑstɚ 〕 *n.* 騙子

□ **incinerator** 〔 ɪnˈsɪnərˌetɚ 〕 *n.* 焚化爐
□ **incubator** 〔 ˈɪnkjəˌbetɚ 〕 *n.* 孵卵器
□ **indicator** 〔 ˈɪndəˌketɚ 〕 *n.* 指示器
□ **inferior** 〔 ɪnˈfɪrɪɚ 〕 *adj.* 次等的
□ **inspector** 〔 ɪnˈspɛktɚ 〕 *n.* 檢查員
□ **inventor** 〔 ɪnˈvɛntɚ 〕 *n.* 發明者

- **investigator** 〔ɪn'vɛstə,getə〕 *n.* 調查者
- **investor** 〔ɪn'vɛstə〕 *n.* 投資者
- **legislator** 〔'lɛdʒɪs,letə〕 *n.* 制定法律者
- **major** 〔'medʒə〕 *adj.* 主要的
- **minor** 〔'maɪnə〕 *n.* 較小的
- **mortgagor.** 〔'mɔrgɪdʒə〕 *n.* 抵押者

- **motor** 〔'motə〕 *n.* 馬達
- **neighbor** 〔'nebə〕 *n.* 鄰居
- **operator** 〔'ɑpə,retə〕 *n.* 工作者
- **orator** 〔'ɔrətə, 'ɑrətə〕 *n.* 演說者
- **predecessor** 〔,prɛdɪ'sɛsə, 'prɛdɪ,sɛsə〕 *n.* 前輩
- **professor** 〔prə'fɛsə〕 *n.* 教授

- **proprietor** 〔prə'praɪətə〕 *n.* 所有者
- **protector** 〔prə'tɛktə〕 *n.* 庇護者
- **radiator** 〔'redɪ,etə〕 *n.* 暖氣爐
- **realtor** 〔'rɪəltə〕 *n.* 不動產經紀人
- **refrigerator** 〔rɪ'frɪdʒə,retə〕 *n.* 電氣冰箱
- **rumor** 〔'rumə〕 *n.* 謠言

- **sailor** 〔'selə〕 *n.* 水手
- **sculptor** 〔'skʌlptə〕 *n.* 雕刻師
- **senator** 〔'sɛnətə〕 *n.* 參議員
- **spectator** 〔'spɛktetə, spɛk'tetə〕 *n.* 旁觀者
- **speculator** 〔'spɛkjə,letə〕 *n.* 投機者
- **sponsor** 〔'spɑnsə〕 *n.* 負責人

□ **successor**〔səkˊsɛsə〕*n.* 繼承者
□ **superior**〔səˊpɪrɪə, su-〕*adj.* 優良的
□ **supervisor**〔ˌsjupəˊvaɪzə〕*n.* 監督者
□ **surveyor**〔səˊveə〕*n.* 土地測量者
□ **survivor**〔səˊvaɪvə〕*n.* 生存者
□ **tailor**〔ˊtelə〕*n.* 裁縫

□ **tractor**〔ˊtræktə〕*n.* 牽引機
□ **traitor**〔ˊtretə〕*n.* 賣國賊
□ **translator**〔trænsˊletə〕*n.* 翻譯者
□ **tremor**〔ˊtrɛmə〕*n.* 顫抖
□ **vendor**〔ˊvɛndə〕*n.* 賣主
□ **vigor**〔ˊvɪgə〕*n.* 精力
□ **visitor**〔ˊvɪzɪtə〕*n.* 訪問者

自我拼字練習 **Test 9**

下列每題至少有兩個拼錯的，請選出來。（多重選擇）

1. (A) advisor   (B) phrase   (C) stedily
   (D) facalty   (E) Christianity

2. (A) expection   (B) influential   (C) bachelor
   (D) oases   (E) filment

3. (A) onion   (B) behavior   (C) sause
   (D) puding   (E) consciousness

4. (A) conductor   (B) sceintist   (C) million
   (D) uraniun   (E) resonent

5. (A) berial   (B) garment   (C) vesel
   (D) debtor   (E) diversify

【解 答】

1. (**CD**) (A) advisor 〔 əd′vaɪzɚ 〕 *n.* 顧問
   (B) phrase 〔 frez 〕 *n.* 片語
   (C) *stedily* → steadily 〔 ′stɛdəlɪ 〕 *adv.* 穩定地
   (D) *facalty* → faculty 〔 ′fækḷtɪ 〕 *n.* 才能
   (E) Christianity 〔 krɪs′tʃænətɪ 〕 *n.* 基督教

2.（ **AE** ）(A) *expection* → expectation 〔 ˌɛkspɛkˈteʃən 〕 *n.*
期望

(B) influential 〔 ˌɪnfluˈɛnʃəl 〕 *adj.* 有影響力的

(C) bachelor 〔 ˈbætʃələ 〕 *n.* 未婚男子

(D) œses 〔 oˈesiz 〕 *n.pl.* 綠洲（單數是 *oasis* ）

(E) *filment* → filament 〔 ˈfɪləmənt 〕 *n.* 纖維

3.（ **CD** ）(A) onion 〔 ˈʌnjən 〕 *n.* 洋葱

(B) behavior 〔 bɪˈhevjə 〕 *n.* 行為

(C) *sause* → sauce 〔 sɔs 〕 *n.* 醬油

(D) *puding* → pudding 〔 ˈpudɪŋ 〕 *n.* 布丁

(E) consciousness 〔 ˈkɑnʃəsnɪs 〕 *n.* 知覺

4.（ **BDE** ）(A) conductor 〔 kənˈdʌktə 〕 *n.* 領導者

(B) *sceintist* → scientist 〔 ˈsaɪəntɪst 〕 *n.* 科學家

(C) million 〔 ˈmɪljən 〕 *n.* 百萬

(D) *uraniun* → uranium 〔 juˈreniəm 〕 *n.* 鈾

(E) *resonent* → resonant 〔 ˈrɛznənt 〕 *adj.* 回響的

5.（ **AC** ）(A) *berial* → burial 〔 ˈbɛrɪəl 〕 *n.* 埋葬

(B) garment 〔 ˈgɑrmənt 〕 *n.* 衣服

(C) *vesel* → vessel 〔 ˈvɛsl̩ 〕 *n.* 器皿

(D) debtor 〔 ˈdɛtə 〕 *n.* 債務人

(E) diversify 〔 daɪˈvɝsəˌfaɪ 〕 *v.* 使有變化

GROUP 7 　　我不再拼錯字尾是 **-er** 的字

- **adjuster** 〔ə'dʒʌstɚ〕 *n*. 調整者
- **advertiser** 〔'ædvɚ,taɪzɚ, ,ædvɚ'taɪzɚ〕 *n*. 登廣告者
- **amplifier** 〔'æmplə,faɪɚ〕 *n*. 擴大者
- **announcer** 〔ə'naʊnsɚ〕 *n*. 廣播員
- **appraiser** 〔ə'prezɚ〕 *n*. 鑑定者

- **baker** 〔'bekɚ〕 *n*. 製或賣麵包糕點等的人
- **batter** 〔'bætɚ〕 *n*. 打擊者
- **beginner** 〔bɪ'gɪnɚ〕 *n*. 初學者
- **believer** 〔bɪ'livɚ〕 *n*. 信者　　**brewer** 〔'bruɚ〕 *n*. 釀造者
- **butler** 〔'bʌtlɚ〕 *n*. 司膳的人　　**center** 〔'sɛntɚ〕 *n*. 中心

- **consumer** 〔kən'sumɚ, -'sjumɚ〕 *n*. 消費者
- **defender** 〔dɪ'fɛndɚ〕 *n*. 辯護者
- **designer** 〔dɪ'zaɪnɚ〕 *n*. 設計者
- **distiller** 〔dɪ'stɪlɚ〕 *n*. 蒸餾器
- **employer** 〔ɪm'plɔɪɚ〕 *n*. 雇主

- **eraser** 〔ɪ'resɚ〕 *n*. 黑板擦
- **examiner** 〔ɪg'zæmɪnɚ, ɛg-〕 *n*. 考試者
- **executioner** 〔,ɛksɪ'kjuʃənɚ〕 *n*. 劊子手
- **foreigner** 〔'fɔrɪnɚ, 'farɪnɚ〕 *n*. 外國人
- **grocer** 〔'grosɚ〕 *n*. 食品雜貨商

□ **hanger** 〔'hæŋɚ〕 *n.* 掛物之鉤
□ **invader** 〔ɪn'vedɚ〕 *n.* 侵入者
□ **jeweler** 〔'dʒuələ, 'dʒju-〕 *n.* 珠寶商
□ **laborer** 〔'lebərɚ〕 *n.* 勞工　　lawyer 〔'lɔjɚ〕 *n.* 律師
□ **lecturer** 〔'lɛktʃərɚ〕 *n.* 講演人
□ **ledger** 〔'lɛdʒɚ〕 *n.* 總帳　　**manager** 〔'mænɪdʒɚ〕 *n.* 經理

□ **manufacturer** 〔,mænjə'fæktʃərɚ〕 *n.* 製造者
□ **messenger** 〔'mɛsṇdʒɚ〕 *n.* 報信者
□ **miner** 〔'maɪnɚ〕 *n.* 礦工　　**minister** 〔'mɪnɪstɚ〕 *n.* 牧師
□ **mourner** 〔'mornɚ, 'mɔrnɚ〕 *n.* 哀悼者
□ **observer** 〔əb'zɝvɚ〕 *n.* 觀察者
□ **officer** 〔'ɔfəsɚ, 'ɑf-〕 *n.* 軍官

□ **partner** 〔'pɑrtnɚ〕 *n.* 合夥人
□ **passenger** 〔'pæsṇdʒɚ〕 *n.* 乘客
□ **peddler** 〔'pɛdlɚ〕 *n.* 沿街叫賣之小販
□ **producer** 〔prə'djusɚ〕 *n.* 生產者
□ **purchaser** 〔'pɝtʃəsɚ〕 *n.* 購買者
□ **stationer** 〔'steʃənɚ, 'steʃnɚ〕 *n.* 文具商

□ **stenographer** 〔stə'nɑgrəfɚ〕 *n.* 速記員
□ **subscriber** 〔səb'skraɪbɚ〕 *n.* 訂購戶
□ **teller** 〔'tɛlɚ〕 *n.* 講話者　　**theater** 〔'θiətɚ, 'θɪə-〕 *n.* 戲院
□ **traveler** 〔'trævlɚ〕 *n.* 旅行者
□ **treasurer** 〔'trɛʒərɚ〕 *n.* 會計　　**writer** 〔'raɪtɚ〕 *n.* 作者

自我拼字練習 Test 10

下列每題各有一個拼錯的字，請選出來。

1. (A) inaugural   (B) ambulence   (C) arrogant
   (D) brake   (E) announcer

2. (A) vindictive   (B) illustrate   (C) employer
   (D) correspondant   (E) absorption

3. (A) accomodate   (B) convulsive   (C) incident
   (D) persuade   (E) manufacturer

4. (A) stationer   (B) duplicate   (C) complasence
   (D) nuisance   (E) fertilized

5. (A) dacument   (B) lightning   (C) miserable
   (D) pioneer   (E) messenger

【解　答】

1. (**B**) (A) inaugural 〔 ɪnˋɔgjərəl 〕 *adj.* 就職的
   (B) *ambulence* → ambulance 〔 ˋæmbjələns 〕 *n.* 救護車
   (C) arrogant 〔 ˋærəgənt 〕 *adj.* 傲慢的
   (D) brake 〔 brek 〕 *n.* 刹車
   (E) announcer 〔 əˋnaʊnsɚ 〕 *n.* 廣播員

2. (**D**) (A) vindictive 〔 vɪn'dɪktɪv 〕 *adj.* 報復的

    (B) illustrate 〔 ɪ'lʌstret 〕 *v.* 插圖

    (C) employer 〔 ɪm'plɔɪɚ 〕 *n.* 雇主

    (D) *correspondant* → correspondent 〔 ˏkɔrə'spɑndənt 〕

        n. 通信者

    (E) absorption 〔 əb'sɔrpʃən 〕 *n.* 吸收

3. (**A**) (A) *accomodate* → accommodate 〔 ə'kɑməˏdet 〕 *v.* 幫助

    (B) convulsive 〔 kən'vʌlsɪv 〕 *adj.* 痙攣的

    (C) incident 〔 'ɪnsədənt 〕 *n.* 事件

    (D) persuade 〔 pɚ'swed 〕 *v.* 勸說

    (E) manufacturer 〔 ˏmænjə'fæktʃərɚ 〕 *n.* 製造者

4. (**C**) (A) stationer 〔 'steʃənɚ, 'steʃnɚ 〕 *n.* 文具商

    (B) duplicate 〔 'djupləkɪt 〕 *n.* 副本

    (C) *complasence* → complacence 〔 kəm'plesn̩s 〕 *n.* 自滿

    (D) nuisance 〔 'njusn̩s 〕 *n.* 令人討厭的人或物

    (E) fertilized 〔 'fɝtl̩ˏaɪzd 〕 *adj.* 施肥的

5. (**A**) (A) *dacument* → document 〔 'dɑkjəmənt 〕 *n.* 公文

    (B) lightning 〔 'laɪtnɪŋ 〕 *n.* 閃電

    (C) miserable 〔 'mɪzərəbl̩ 〕 *adj.* 不幸的

    (D) pioneer 〔 ˏpaɪə'nɪr 〕 *n.* 先驅者

    (E) messenger 〔 'mɛsn̩dʒɚ 〕 *n.* 報信者

GROUP 8 // 我不再拼錯字中是 -ie- 的字

- □ **achieve** 〔ə'tʃiv〕 *v*. 完成
- □ **ancient** 〔'enʃənt〕 *adj*. 古代的
- □ **apiece** 〔ə'pis〕 *adv*. 每個
- □ **believe** 〔bɪ'liv〕 *v*. 相信
- □ **brief** 〔brif〕 *adj*. 簡短的

- □ **chief** 〔tʃif〕 *n*. 首長
- □ **conscience** 〔'kɑnʃəns〕 *n*. 良心
- □ **deficient** 〔dɪ'fɪʃənt〕 *adj*. 有缺點的
- □ **efficient** 〔ə'fɪʃənt〕 *adj*. 有效率的
- □ **field** 〔fild〕 *n*. 田野

- □ **fiend** 〔find〕 *n*. 惡魔
- □ **fierce** 〔fɪrs〕 *adj*. 凶猛的
- □ **fiery** 〔'faɪrɪ〕 *adj*. 火的
- □ **financier** 〔,fɪnən'sɪr, ,faɪnən'sɪr〕 *n*. 資本家
- □ **friend** 〔frɛnd〕 *n*. 朋友

- □ **frieze** 〔friz〕 *n*. (牆的) 橫飾帶
- □ **frontier** 〔frʌn'tɪr〕 *n*. 邊區
- □ **glacier** 〔'gleʃɚ〕 *n*. 冰河
- □ **grieve** 〔griv〕 *v*. 悲傷
- □ **handkerchief** 〔'hæŋkɚtʃɪf, 'hæŋkɚˌtʃɪf〕 *n*. 手帕

□ **hierarchy**〔 'haɪəˏrɑrkɪ 〕 *n.* 階級組織
□ **hieroglyph** 〔 'haɪərəˏglɪf 〕 *n.* 象形文字
□ **hygiene** 〔 'haɪdʒ in, 'haɪdʒ ɪˏin 〕 *n.* 保健法
□ **mien** 〔 min 〕 *n.* 風采
□ **mischief** 〔 'mɪstʃ ɪf 〕 *n.* 傷害
□ **mischievous** 〔 'mɪstʃ ɪvəs 〕 *adj.* 有害的

□ **movie** 〔 'muvɪ 〕 *n.* 電影
□ **niece** 〔 nis 〕 *n.* 姪女
□ **omniscient** 〔 ɑm'nɪʃ ənt 〕 *adj.* 無所不知的
□ **piece** 〔 pis 〕 *n.* 斷片
□ **priest** 〔 prist 〕 *n.* 牧師
□ **proficient** 〔 prə'fɪʃ ənt 〕 *adj.* 精通的

□ **relieve** 〔 rɪ'liv 〕 *n.* 減輕
□ **reprieve** 〔 rɪ'priv 〕 *v.,n.* 緩刑
□ **retrieve** 〔 rɪ'triv 〕 *v.* 尋回
□ **shriek** 〔 ʃrik 〕 *n.* 尖銳的叫聲
□ **siege** 〔 sidʒ 〕 *n.,v.* 圍困
□ **sieve** 〔 sɪv 〕 *n.* 篩；漏杓

□ **species** 〔 'spiʃɪz, 'spiʃiz 〕 *n.* 種類
□ **sufficient** 〔 sə'fɪʃ ənt 〕 *adj.* 足夠的
□ **thief** 〔 θif 〕 *n.* 賊
□ **wield** 〔 wild 〕 *v.* 揮舞
□ **yield** 〔 jild 〕 *v.* 生產

自我拼字練習 Test 11

下列每題各有兩個拼錯的字，請選出來。（多重選擇）

1. (A) proposition   (B) preposition   (C) propos
   (D) propozal   (E) achieve

2. (A) concieve   (B) foundament   (C) ponder
   (D) pound   (E) efficient

3. (A) conscrate   (B) cematery   (C) perish
   (D) marine   (E) species

4. (A) hierarchy   (B) ensure   (C) enlarge
   (D) enstrength   (E) graon

5. (A) premier   (B) proficient   (C) primery
   (D) premise   (E) accross

【解 答】

1. （**CD**） (A) proposition 〔 ‚prɑpə'zɪʃən 〕 *n*. 提議
   (B) preposition 〔 ‚prɛpə'zɪʃən 〕 *n*. 介系詞
   (C) *propos* → propose 〔 prə'poz 〕 *v*. 建議
   (D) *propozal* → proposal 〔 prə'pozḷ 〕 *n*. 建議
   (E) achieve 〔 ə'tʃiv 〕 *v*. 完成

2. （**AB**）(A) *concieve* → conceive 〔 kən'siv 〕 *v*. 感覺

(B) *foundament* → foundation 〔 faʊn'deʃən 〕 *n*. 基礎

(C) ponder 〔 'pɑndɚ 〕 *v*. 沈思

(D) pound 〔 paʊnd 〕 *n*. 磅

(E) efficient 〔 ə'fɪʃənt 〕 *adj*. 有效率的

3. （**AB**）(A) *conscrate* → consecrate 〔 'kɑnsɪ,kret 〕 *v*. 奉爲神聖

(B) *cematery* → cemetery 〔 'sɛmə,tɛrɪ 〕 *n*. 墓地

(C) perish 〔 'pɛrɪʃ 〕 *v*. 毀滅

(D) marine 〔 mə'rin 〕 *adj*. 水中的

(E) species 〔 'spiʃɪz, 'spiʃiz 〕 *n*. 種類

4. （**DE**）(A) hierarchy 〔 'haɪə,rɑrkɪ 〕 *n*. 階級組織

(B) ensure 〔 ɪn'ʃʊr 〕 *v*. 保證

(C) enlarge 〔 ɪn'lɑrdʒ 〕 *v*. 擴大

(D) *enstrength* → strengthen 〔 'strɛŋθən 〕 *v*. 加強

(E) *graon* → groan 〔 gron 〕 *n*. 呻吟

5. （**CE**）(A) premier 〔 prɪ'mɪr 〕 *n*. 首相

(B) proficient 〔 prə'fɪʃənt 〕 *adj*. 精通的

(C) *primery* → primary 〔 'praɪ,mɛrɪ 〕 *adj*. 基本的

(D) premise 〔 'prɛmɪs 〕 *n*. 【邏】前提

(E) *accross* → across 〔 ə'krɔs 〕 *prep., adv*. 橫過

GROUP 9 / 我不再拼錯字中是 -ei- 的字

- □ **beige**〔beʒ〕*n.* 灰棕色
- □ **caffeine**〔'kæfiɪn,'kæfin〕*n.* 咖啡鹼
- □ **ceiling**〔'silɪŋ〕*n.* 天花板
- □ **conceit**〔kən'sit〕*n.* 自負
- □ **conceive**〔kən'siv〕*v.* 想像

- □ **counterfeit**〔'kauntɚfɪt〕*adj.* 假冒的
- □ **deceit**〔dɪ'sit〕*n.* 欺騙
- □ **deceive**〔dɪ'siv〕*v.* 欺騙
- □ **deign**〔den〕*v.* 恩賜
- □ **eight**〔et〕*n.,adj.* 八

- □ **either**〔'iðɚ,'aɪðɚ〕*adj.* 任一
- □ **Fahrenheit**〔'færən,haɪt,'fɑrən,haɪt〕*adj.* 華氏的
- □ **feign**〔fen〕*v.* 假裝
- □ **feint**〔fent〕*n.* 偽裝
- □ **foreign**〔'fɔrɪn,'fɑrɪn〕*adj.* 外國的

- □ **forfeit**〔'fɔrfɪt〕*n.* 喪失物
- □ **freight**〔fret〕*n.* 貨物
- □ **heifer**〔'hɛfɚ〕*n.* 小牝牛
- □ **height**〔haɪt〕*n.* 高度
- □ **heinous**〔'henəs〕*adj.* 可憎的

- **heir**〔εr〕*n.* 繼承人
- **heirloom**〔'εr,lum, 'εr'lum〕*n.* 傳家寶
- **leisure**〔'liʒɚ, 'lɛʒɚ〕*n.* 空閒
- **neigh**〔ne〕*n.* 馬嘶聲
- **neighbor**〔'nebɚ〕*n.* 鄰居
- **neither**〔'niðɚ, 'naɪðɚ〕*adj.* 皆不

- **obeisance**〔o'besn̩s, -'bisn̩s〕*n.* 順從
- **perceive**〔pɚ'siv〕*v.* 感覺
- **protein**〔'protiɪn〕*n.* 蛋白質
- **receipt**〔rɪ'sit〕*n.* 收據
- **receive**〔rɪ'siv〕*v.* 收到
- **reign**〔ren〕*n.* 朝代

- **rein**〔ren〕*n.* 韁繩
- **reindeer**〔'rendɪr〕*n.* 馴鹿
- **seize**〔siz〕*v.* 攫取
- **sheik**〔ʃik〕*n.* 族長
- **sleigh**〔sle〕*n.* 雪車
- **sleight**〔slaɪt〕*n.* 巧妙

- **surfeit**〔'sɝfɪt〕*n.* 過度
- **veil**〔vel〕*n.* 面紗
- **vein**〔ven〕*n.* 靜脈
- **weigh**〔we〕*v.* 斟酌
- **weird**〔wɪrd〕*adj.* 奇異的

自我拼字練習 Test 12

下列每題各有一個拼錯的字，請選出來。

1. (A) hilarious   (B) significant   (C) forfeit
   (D) strength   (E) propeganda

2. (A) reign   (B) theory   (C) dioxite
   (D) ancient   (E) statesman

3. (A) ceiling   (B) counterfeit   (C) electrify
   (D) liesure   (E) perceive

4. (A) reprieve   (B) shriek   (C) siege
   (D) retrieve   (E) decieve

5. (A) brilliant   (B) benefit   (C) sleigh
   (D) campaign   (E) nieghbor

【解 答】

1. (E) (A) hilarious〔hə'lɛrɪəs〕*adj.* 高興的
   (B) significant〔sɪg'nɪfəkənt〕*adj.* 有意義的
   (C) forfeit〔'fɔrfɪt〕*n.* 喪失物
   (D) strength〔strɛŋθ〕*n.* 力量
   (E) *propeganda* → propaganda〔ˌprɑpə'gændə〕*n.* 宣傳

2. (**C**) (A) reign〔ren〕*n.* 朝代

(B) theory〔'θiəri〕*n.* 學說

(C) *dioxite* → dioxide〔daɪ'ɑksaɪd〕*n.* 二氧化物

(D) ancient〔'enʃənt〕*adj.* 遠古的

(E) statesman〔'stetsmən〕*n.* 政治家

3. (**D**) (A) ceiling〔'silɪŋ〕*n.* 天花板

(B) counterfeit〔'kaʊntəfɪt〕*adj.* 假裝的

(C) electrify〔ɪ'lɛktrə,faɪ,ə-〕*v.* 充電

(D) *liesure* → leisure〔'liʒɚ,'lɛʒɚ〕*n.* 空閒

(E) perceive〔pɚ'siv〕*v.* 感覺

4. (**E**) (A) reprieve〔rɪ'priv〕*v.,n.* 緩刑

(B) shriek〔ʃrik〕*n.* 尖銳的叫聲

(C) siege〔sidʒ〕*n.,v.* 圍困

(D) retrieve〔rɪ'triv〕*v.* 尋回

(E) *decieve* → deceive〔dɪ'siv〕*v.* 欺騙

5. (**E**) (A) brilliant〔'brɪljənt〕*adj.* 燦爛的

(B) benefit〔'bɛnəfɪt〕*n.* 利益

(C) sleigh〔sle〕*n.* 雪車

(D) campaign〔kæm'pen〕*n.* 戰役

(E) *nieghbor* → neighbor〔'nebɚ〕*n.* 鄰居

73年日大精選單字

說明：下列 1～5 題，每題有五個英文單字，其中只有一個拼對的，請
　　　找出這個拼對的字。

1. (A) abundent　　　(B) discipline　　　(C) fearfull
　 (D) extreemly　　　(E) comend

2. (A) goldan　　　(B) tollerance　　　(C) curiousity
　 (D) peculiar　　　(E) particuler

3. (A) absorb　　　(B) acuse　　　(C) aproachable
　 (D) antisipate　　　(E) anxeity

4. (A) dicide　　　(B) dicrease　　　(C) dimminish
　 (D) directer　　　(E) drought

5. (A) assinement　　　(B) moderation　　　(C) assurance
　 (D) concideration　　　(E) comsumption

【解答】

1. （ B ） (A) *abundent* → abundant〔ə'bʌndənt〕*adj.* 豐富的
　　　　 (B) *discipline*〔'dɪsəplɪn〕*n.* 訓練；紀律
　　　　 (C) *fearfull* → fearful〔'fɪrfəl〕*adj.* 可怕的
　　　　 (D) *extreemly* → extremely〔ɪk'strimlɪ〕
　　　　　　 adv. 極端地
　　　　 (E) *comend* → commend〔kə'mɛnd〕
　　　　　　 v. 推薦

2.（ D ）(A) *goldan* → golden〔'goldn̩〕*adj*. 金製的

(B) *tollerance* → tolerance〔'tɑlərəns〕*n*. 寬容

(C) *curiousity* →.curiosity〔,kjʊrɪ'ɑsətɪ〕*n*. 好奇

(D) **peculiar**〔pɪ'kjuljɚ〕*adj*. 奇異的

(E) *particuler* → particular〔pɚ'tɪkjəlɚ, pə-, pɑr-〕*adj*. 特別的

3.（ A ）(A) **absorb**〔əb'sɔrb〕*v*. 吸收

(B) *acuse* → accuse〔ə'kjuz〕*v*. 控告

(C) *aproachable* → approachable〔ə'protʃəbl̩〕*adj*. 可接近的

(D) *antisipate* → anticipate〔æn'tɪsə,pet〕*v*. 預期

(E) *anxeity* → anxiety〔æŋ'zaɪətɪ〕*n*. 憂慮

4.（ E ）(A) *dicide* → decide〔dɪ'saɪd〕*v*. 決定

(B) *dicrease* → decrease〔dɪ'kris, ,di'kris〕*v*. 減少

(C) *dimminish* → diminish〔də'mɪnɪʃ〕*v*. 減少

(D) *directer* → director〔də'rɛktɚ, daɪ-〕*n*. 理事

(E) **drought**〔draʊt〕*n*. 久旱；乾燥

5.（ B ）(A) *assinement* → assignment〔ə'saɪnmənt〕*n*. 分派

(B) **moderation**〔,mɑdə'reʃən〕*n*. 適度

(C) *assurence* → assurance〔ə'ʃʊrəns〕*n*. 保證

(D) *concideration* → consideration〔kən,sɪdə'reʃən〕*n*. 考慮

(E) *comsumption* → consumption〔kən'sʌmpʃən〕*n*. 消耗

73年夜大精選單字

說明：下列 1～5 題，每題有五個英文單字，其中只有一個拼對的，請找出這個拼對的字。

1. (A) prevention   (B) presumtion   (C) prescriptian
   (D) preperation   (E) prepposition

2. (A) shink   (B) discent   (C) dowery
   (D) domminate   (E) sink

3. (A) desprate   (B) separate   (C) depreshiate
   (D) apropriate   (E) irratate

4. (A) courrage   (B) brige   (C) garbage
   (D) orenge   (E) packege

5. (A) entrust   (B) hypocrit   (C) complane
   (D) conciet   (E) addept

【解答】

1. （ A ）
   (A) ***prevention*** 〔prɪˋvɛnʃən〕 *n.* 防止；預防
   (B) *presumtion* → presumption 〔prɪˋzʌmpʃən〕 *n.* 臆測
   (C) *prescriptian* → prescription 〔prɪˋskrɪpʃən〕 *n.* 命令
   (D) *preperation* → preparation 〔͵prɛpəˋreʃən〕 *n.* 準備
   (E) *prepposition* → preposition 〔͵prɛpəˋzɪʃən〕 *n.* 介系詞

2.（ E ）(A) *shink* → shrink〔ʃrɪŋk〕*v.* 收縮；萎縮

(B) *discent* → dissent〔dɪˈsɛnt〕*v.* 不同意；持異議

(C) *dowery* → dowry〔daʊrɪ〕*n.* 妝奩；陪嫁物

(D) *domminate* → dominate〔ˈdɑməˌnet〕
v. 統治；支配

(E) **sink**〔sɪŋk〕*v.* 沉；沉下

3.（ B ）(A) *desprate* → desperate〔ˈdɛspərɪt〕
adj. 失望的；絕望的

(B) **separate**〔ˈsɛpəˌret〕*v.* 分離；分開

(C) *depreshiate* → depreciate〔dɪˈpriʃɪˌet〕
v. 減價；輕視

(D) *apropriate* → appropriate〔əˈproprɪɪt〕
adi. 適合的

(E) *irratate* → irritate〔ˈɪrəˌtet〕*v.* 激怒

4.（ C ）(A) *courrage* → courage〔ˈkɝɪdʒ〕*n.* 勇敢；勇氣

(B) *brige* → bridge〔brɪdʒ〕*n.* 橋；船橋

(C) **garbage**〔ˈgɑrbɪdʒ〕*n.* 無價值的東西；垃圾

(D) *orenge* → orange〔ˈɔrɪndʒ〕*n.* 橘柑；橙

(E) *packege* → package〔ˈpækɪdʒ〕*n.* 包裹；包裝

5.（ A ）(A) **entrust**〔ɪnˈtrʌst〕*v.* 信託；信賴

(B) *hypocrit* → hypocrite〔ˈhɪpəˌkrɪt〕*n.* 偽君子；偽善者

(C) *complane* → complain〔kəmˈplen〕*v.* 抱怨；不滿

(D) *conciet* → conceit〔kənˈsit〕*n.* 自誇；自負

(E) *addept* → adept〔əˈdɛpt, ˈædɛpt〕
adj. 熟練的；老練的

74年日大精選單字

說明：下列 1～5 題，每題有五個英文單字，其中只有一個拼對的，請找出這個拼對的字。

1. (A) associate   (B) exspire   (C) abbandon
    (D) siduce   (E) temprate

2. (A) terrer   (B) popular   (C) temporery
    (D) lanscape   (E) merchendise

3. (A) adaquate   (B) contribute   (C) admirible
    (D) grievence   (E) dredful

4. (A) adict   (B) aford   (C) afirmative
    (D) antecedant   (E) advise

5. (A) additionaly   (B) electricly   (C) especially
    (D) imediately   (E) idealy

【解答】

1. （ A ）(A) *associate* 〔ə'soʃɪ,et〕 v. 聯想；聯合
      (B) *exspire* → expire 〔ɪk'spaɪr〕 v. 滿期；終止
      (C) *abbandon* → abandon 〔ə'bændən〕 v. 放棄；棄絕
      (D) *siduce* → seduce 〔sɪ'djus〕
        v. 誘惑；引誘
      (E) *temprate* → temperate 〔'tɛmprɪt〕
        adj. 有節制的；適度的

2.（B）(A) *terrer* → terror〔'tɛrə〕*n.* 恐怖；駭懼

(B) ***popular***〔'pɑpjələ〕*adj.* 流行的；普遍的

(C) *temporery* → temporary〔'tɛmpə,rɛrɪ〕*adj.* 暫時的

(D) *lanscape* → landscape〔'lænskep,'lænd-〕*n.* 風景

(E) *merchendise* → merchandise〔'mɜtʃən,daɪz〕*n.* 商店

3.（B）(A) *adaquate* → adequate〔'ædəkwɪt〕*adj.* 足夠的；充分的

(B) ***contribute***〔kən'trɪbjut〕*v.* 捐助；貢獻

(C) *admirible* → admirable〔'ædmərəbl̩〕*adj.* 可欽佩的

(D) *grievence* → grievance〔'grivəns〕*n.* 苦狀；委屈

(E) *dredful* → dreadful〔'drɛdfəl〕*adj.* 可怕的

4.（E）(A) *adict* → addict〔ə'dɪkt〕*v.* 使耽溺；熱中

(B) *aford* → afford〔ə'ford, ə'fɔrd〕*v.* 能堪；力足以

(C) *afirmative* → affirmative〔ə'fɜmətɪv〕
　　　adj. 肯定的

(D) *antecedant* → antecedent〔,æntə'sidn̩t〕
　　　adj. 在先的

(E) ***advise***〔əd'vaɪz〕*v.* 勸告；忠告

5.（C）(A) *additionaly* → additionally〔ə'dɪʃənl̩ɪ〕
　　　adv. 同時；附加地

(B) *electricly* → electrically〔ɪ'lɛktrɪkl̩ɪ〕*adv.* 用電地

(C) ***especially***〔ə'spɛʃəlɪ〕*adv.* 特別地；主要地

(D) *imediately* → immediately〔ɪ'midɪɪtlɪ〕
　　　adv. 立即；即刻

(E) *idealy* → ideally〔aɪ'diəlɪ〕*adv.* 理想地；完美地

74年夜大精選單字

說明：下列1～5題，每題有五個英文單字，其中只有一個拼對的，請找出這個拼對的字。

1. (A) eddable   (B) divisable   (C) mizerable
    (D) miracel   (E) handle

2. (A) message   (B) mizer   (C) luggege
    (D) fancey   (E) jewlery

3. (A) hussle   (B) holster   (C) hysterria
    (D) fannatic   (E) familier

4. (A) domane   (B) ecstacy   (C) lantern
    (D) florish   (E) hesitasion

5. (A) pistol   (B) documentery   (C) dominent
    (D) drammatic   (E) percession

【解答】

1. (E) (A) *eddable* → edible〔ˈɛdəbḷ〕 *adj.* 可食的
    (B) *divisable* → divisible〔dəˈvɪzəbḷ〕 *adj.* 可分的
    (C) *mizerable* → miserable〔ˈmɪzərəbḷ，ˈmɪzrə-〕
       adj. 悲慘的
    (D) *miracel* → miracle〔ˈmɪrəkḷ〕
       n. 奇蹟；奇事
    (E) **handle**〔ˈhændḷ〕 *v.* 管理；指揮

2.（ A ）(A) *message* 〔ˈmɛsɪdʒ〕 *n.* 消息；音信

　　　　(B) *mizer* → miser 〔ˈmaɪzɚ〕 *n.* 守財奴；吝嗇鬼

　　　　(C) *luggege* → luggage 〔ˈlʌgɪdʒ〕 *n.* 行李

　　　　(D) *fancey* → fancy 〔ˈfænsɪ〕 *n.* 想像；幻想

　　　　(E) *jewlery* → jewelery 〔ˈdʒuəlrɪ〕 *n.* 珠寶之集合稱

3.（ B ）(A) *hussle* → hustle 〔ˈhʌsl̩〕 *v.* 催促；驅趕

　　　　(B) *holster* 〔ˈholstɚ〕 *n.* 手鎗皮套

　　　　(C) *hysterria* → hysteria 〔hɪsˈtɪrɪə〕 *n.* 歇斯的里症

　　　　(D) *fannatic* → fanatic 〔fəˈnætɪk〕
　　　　　　n. 盲信者；宗教狂熱者

　　　　(E) *familier* → familiar 〔fəˈmɪljɚ〕
　　　　　　adj. 見慣的；熟悉的

4.（ C ）(A) *domane* → domain 〔doˈmen〕 *n.* 領土；領地

　　　　(B) *ecstacy* → ecstasy 〔ˈɛkstəsɪ〕 *n.* 狂喜

　　　　(C) *lantern* 〔ˈlæntɚn〕 *n.* 燈籠；提燈

　　　　(D) florish → flourish 〔ˈflɝɪʃ〕 *v.* 茂盛；興隆

　　　　(E) *hesitasion* → hesitation 〔ˌhɛzəˈteʃən〕
　　　　　　n. 躊躇；遲疑

5.（ A ）(A) *pistol* 〔ˈpɪstl̩〕 *n.* 手鎗

　　　　(B) *documentery* → documentary 〔ˌdɑkjəˈmɛntərɪ〕
　　　　　　adj. 文件的

　　　　(C) *dominent* → dominant 〔ˈdɑmənənt〕 *adj.* 有統治權的

　　　　(D) *drammatic* → dramatic 〔drəˈmætɪk〕 *adj.* 戲劇的

　　　　(E) *percession* → procession 〔prəˈsɛʃən, pro-〕
　　　　　　n. 行列

75年日大精選單字

說明：下列1～5題，每題有五個英文單字，其中只有一個拼對的，請找出這個拼對的字。

1. (A) cashualty   (B) entrance   (C) indignety

    (D) innitiative   (E) elementery

2. (A) incedence   (B) distence   (C) confedence

    (D) continuence   (E) indifference

3. (A) nominee   (B) blatent   (C) afectionate

    (D) chalenge   (E) ceramony

4. (A) pyremid   (B) plateau   (C) pattent

    (D) parret   (E) purformance

5. (A) rythm   (B) revalation   (C) rezolution

    (D) tropical   (E) transferance

【解答】

1. （B）(A) *cashualty* → casualty〔ˈkæʒʊəltɪ〕*n.* 意外；不期的事

    (B) ***entrance***〔ˈɛntrəns〕*n.* 入口；大門

    (C) *indignety* → indignity〔ɪnˈdɪgnətɪ〕*n.* 輕蔑；侮辱

    (D) *innitiative* → initiative〔ɪˈnɪʃɪ,etɪv〕*n.* 初步；起首

    (E) *elementery* → elementary〔,ɛləˈmɛntərɪ〕*adj.* 基本的；基礎的

2.（E）(A) *incedence* → incidence〔'ɪnsədəns〕
 n. 影響的範圍；視力範圍

　　(B) *distence* → distance〔'dɪstəns〕*n.* 距離

　　(C) *confedence* → confidence〔'kɑnfədəns〕*n.* 信任；信賴

　　(D) *continuence* → continuance〔kən'tɪnjuəns〕
 n. 連續；繼續

　　(E) **indifference**〔ɪn'dɪfərəns〕*n.* 無興趣；漠不關心

3.（A）(A) **nominee**〔,nɑmə'ni〕*n.* 被任命者；被提名的候選人

　　(B) *blatent* → blatant〔'bletn̩t〕*adj.* 喧嘩的；炫耀的

　　(C) *afectionate* → affectionate〔ə'fɛkʃənɪt〕*adj.* 摯愛的

　　(D) *chalenge* → challenge〔'tʃælɪndʒ〕*n.* 挑戰

　　(E) *ceramony* → ceremony〔'sɛrə,monɪ〕*n.* 典禮；儀式

4.（B）(A) *pyremid* → pyramid〔'pɪrəmɪd〕*n.* 角錐；金字塔

　　(B) **plateau**〔plæ'to〕*n.* 高原；高地

　　(C) *pattent* → patent〔'petn̩t, 'pætn̩t〕*adj.* 專利的

　　(D) *parret* → parrot〔'pærət〕*n.* 鸚鵡

　　(E) *purformance* → performance〔pɚ'fɔrməns〕*n.* 表演

5.（D）(A) *rythm* → rhythm〔'rɪðəm〕*n.* 節奏；韻律

　　(B) *revalation* → revelation〔,rɛvl̩'eʃən〕*n.* 洩露；顯示

　　(C) *rezolution* → resolution〔,rɛzə'ljuʃən, -zl̩'juʃən〕
 n. 決心；決定

　　(D) **tropical**〔'trɑpɪkl̩〕*adj.* 熱帶的；熱帶地方的

　　(E) *transferance* → transference〔træns'fɝəns〕
 n. 轉移

75年夜大精選單字

說明：下列 1～5 題，每題有五個英文單字，其中只有一個拼對的，請
找出這個拼對的字。

1. (A) psychological   (B) batchelor   (C) abayance
     (D) ellusion   (E) continnuation

2. (A) conveneince   (B) correspondence   (C) consceince
     (D) conferrence   (E) conspirecy

3. (A) treazure   (B) tortuous   (C) typeriter
     (D) vacent   (E) turbulent

4. (A) vacency   (B) veriant   (C) preoccupation
     (D) refinment   (E) punnishment

5. (A) discovry   (B) inevitable   (C) individal
     (D) indignent   (E) independant

【解答】

1. （A）(A) ***psychological*** 〔 ,saɪkə'lɑdʒɪk!〕
       adj. 心理上的；心理學的
   (B) *batchelor* → bachelor 〔'bætʃələ〕*n*. 未婚男子
   (C) *abayance* → abeyance 〔ə'beəns〕*n*. 中止；暫擱
   (D) *ellusion* → elusion 〔ɪ'luʒən, ɪ'lju-〕*n*. 躲避；規避
   (E) *continnuation* → continuation 〔kən,tɪnju'eʃən〕
       n. 連續

2. （B） (A) *conveneince* → ***convenience*** 〔kən'vinjəns〕 *n*. 方便

　　　　 (B) ***correspondence*** 〔͵kɔrə'spɑndəns〕 *n*. 符合；一致

　　　　 (C) *consceince* → conscience 〔'kɑnʃəns〕 *n*. 良心

　　　　 (D) *conferrence* → conference 〔'kɑnfərəns〕 *n*. 會議；談判

　　　　 (E) *conspirecy* → conspiracy 〔kən'spɪrəsɪ〕 *n*. 陰謀；謀叛

3. （E） (A) *treazure* → treasure 〔'trɛʒɚ〕 *n*. 財寶；寶物

　　　　 (B) *tortuous* → torturous 〔'tɔrtʃərəs〕

　　　　　　 adj. 使痛苦的；使苦惱的

　　　　 (C) *typeriter* → typewriter 〔'taɪp͵raɪtɚ〕 *n*. 打字機

　　　　 (D) *vacent* → vacant 〔'vekənt〕 *adj*. 空的；空虛的

　　　　 (E) ***turbulent*** 〔'tɝbjələnt〕 *adj*. 狂烈的；動亂的

4. （C） (A) *vacency* → vacancy 〔'vekənsɪ〕 *n*. 空虛；空

　　　　 (B) *veriant* → variant 〔'vɛrɪənt, 'vær-〕 *adj*. 不同的

　　　　 (C) ***preoccupation*** 〔pri͵ɑkjə'peʃən, ͵priɑkjə-〕 *n*. 先得

　　　　 (D) *refinment* → refinement 〔rɪ'faɪnmənt〕 *n*. 文雅；高尚

　　　　 (E) *punnishment* → punishment 〔'pʌnɪʃmənt〕

　　　　　　 n. 懲罰；處罰

5. （B） (A) *discovry* → discovery 〔dɪ'skʌvərɪ〕 *n*. 發明；發現

　　　　 (B) ***inevitable*** 〔ɪn'ɛvətəb!〕 *adj*. 不可避免的；一定發生的

　　　　 (C) *individal* → individual 〔͵ɪndə'vɪdʒʊəl〕 *n*. 個人；個體

　　　　 (D) *indignent* → indignant 〔ɪn'dɪgnənt〕

　　　　　　 adj. 憤慨的；不平的

　　　　 (E) *independant* → independent 〔͵ɪndɪ'pɛndənt〕

　　　　　　 adj. 獨立的

夜大聯招精選單字

說明：下列 1～5 題，每題有五個英文單字，其中只有一個拼對的，請
找出這個拼對的字。

1. (A) restaurant   (B) presede   (C) rabellion
   (D) radience   (E) ransome

2. (A) Caeser   (B) cancelation   (C) capabel
   (D) casaly   (E) commercial

3. (A) awesum   (B) affect   (C) awfuly
   (D) awsome   (E) audiance

4. (A) effectualy   (B) ecconomic   (C) ecentric
   (D) elicit   (E) echos

5. (A) sallary   (B) salm   (C) secretary
   (D) salution   (E) ransome

【解答】

1. （A）(A) ***restaurant*** 〔'rɛstərənt, -,rɑnt〕 *n.* 飯店；餐館
   (B) *presede* → precede 〔pri'sid, prɪ-〕 *v.* 在前；先行
   (C) *rabellion* → rebellion 〔rɪ'bɛljən〕
       n. 反叛；謀反
   (D) *radience* → radiance 〔'redɪəns〕
       n. 幅射；發光
   (E) *ransome* → ransom 〔'rænsəm〕 *n.* 贖金；贖回

2. (E) (A) *Caeser* → Caesar 〔 'sizɚ 〕 *n.* 凱撒

　　　　(B) *cancelation* → cancellation 〔 ˌkænsə'leʃən 〕

　　　　　　n. 作廢；取消

　　　　(C) *capabel* → capable 〔 'kepəbḷ 〕 *adj.* 能幹的

　　　　(D) *casaly* → casually 〔 'kæʒʊəlɪ 〕 *adv.* 偶然地；無意地

　　　　(E) *commercial* 〔 kə'mɝʃəl 〕 *adj.* 商業的；商務的

3. (B) (A) *awesum* → awesome 〔 'ɔsəm 〕 *adj.* 引起敬畏的

　　　　(B) *affect* 〔 ə'fɛkt 〕 *v.* 影響；感動

　　　　(C) *awfuly* → awfully 〔 'ɔfʊlɪ, 'ɔfḷɪ 〕

　　　　　　adv. 可怕地；敬畏地

　　　　(D) *awsome* → awesome 〔 'ɔsəm 〕 *adj.* 引起敬畏的

　　　　(E) *audiance* → audience 〔 'ɔdɪəns 〕 *n.* 聽眾；觀眾

4. (D) (A) *effectualy* → effectually 〔 ə'fɛktʃʊəlɪ, ɪ- 〕

　　　　　　adv. 有效地

　　　　(B) *ecconomic* → economic 〔 ˌikə'nɑmɪk, ˌɛk- 〕

　　　　　　adj. 經濟的

　　　　(C) *ecentric* → eccentric 〔 ɪk'sɛntrɪk, ɛk- 〕 *adj.* 古怪的

　　　　(D) *elicit* 〔 ɪ'lɪsɪt 〕 *v.* 誘出；引出

　　　　(E) *echos* → echoes 〔 'ɛkoz 〕 *n.pl.* 回音

5. (C) (A) *sallary* → salary 〔 'sælərɪ 〕 *n.* 薪水；俸給

　　　　(B) *salm* → psalm 〔 sɑm 〕 *n.* 讚美歌；讚美詩

　　　　(C) *secretary* 〔 'sɛkrəˌtɛrɪ 〕 *n.* 書記；秘書

　　　　(D) *salution* → solution 〔 sə'luʃən, -'lju- 〕 *n.* 解決；解答

　　　　(E) *ransome* → ransom 〔 'rænsəm 〕 *n.* 贖金；贖回

日大聯招精選單字

說明：下列 1～5 題，每題有五個英文單字，其中只有一個拼對的，請找出這個拼對的字。

1. (A) patriat　　(B) particuler　　(C) hazerd
   (D) comission　　(E) institute

2. (A) athlete　　(B) comprable　　(C) comprehensable
   (D) bambu　　(E) astranomy

3. (A) surgery　　(B) ademeration　　(C) actualy
   (D) acsend　　(E) significanse

4. (A) wholy　　(B) vinereal　　(C) veratable
   (D) multiple　　(E) passege

5. (A) parradox　　(B) competence　　(C) milatary
   (D) presumtion　　(E) precense

【解答】

1. （E）(A) *patriat* → patriot〔ˈpetrɪət〕*n*. 愛國者
   (B) *particuler* → particular〔pəˈtɪkjələ, pə-, pɑr-〕
      adj. 特別的
   (C) *hazerd* → hazard〔ˈhæzəd〕*n*. 冒險；危險
   (D) *comission* → commission〔kəˈmɪʃən〕
      n. 佣金；酬勞金
   (E) *institute*〔ˈɪnstə,tjut〕*v*. 創立；設立

2.（A）(A) ***athlete*** 〔 'æθlit 〕 *n.* 運動家；運動員

(B) *comprable* → comparable 〔 'kɑmpərəbḷ 〕 *adj.* 可比的

(C) *comprehensable* → comprehensible 〔 ,kɑmprɪ'hɛnsəbḷ〕 *adj.* 能理解的

(D) *bambu* → bamboo 〔 bæm'bu 〕 *n.* 竹

(E) *astranomy* → astronomy 〔 ə'strɑnəmɪ 〕 *n.* 天文學

3.（A）(A) ***surgery*** 〔 'sɝdʒərɪ 〕 *n.* 外科；外科手術

(B) *ademeration* → admiration 〔 ,ædmə'reʃən 〕 *n.* 欽佩

(C) *actualy* → actually 〔 'æktʃʊəlɪ 〕 *adv.* 眞實地；實際地

(D) *acsend* → ascend 〔 ə'sɛnd 〕 *v.* 上升；攀登

(E) *significanse* → significance 〔 sɪg'nɪfəkəns 〕 *n.* 重要

4.（D）(A) *wholy* → wholly 〔 'holɪ, 'hollɪ 〕 *adv.* 完全地；全然地

(B) *vinereal* → venereal 〔 və'nɪrɪəl 〕 *adj.* 性慾的；性交的

(C) *veratable* → veritable 〔 'vɛrətəbḷ 〕 *adj.* 眞正的；確實的

(D) ***multiple*** 〔 'mʌltəpḷ 〕 *adj.* 多重的；複合的

(E) *passege* → passage 〔 'pæsɪdʒ 〕 *n.* 走廊；通道

5.（B）(A) *parradox* → paradox 〔 'pærə,dɑks 〕 *n.* 似非而是的雋語

(B) ***competence*** 〔 'kɑmpətəns 〕 *n.* 能力；資格

(C) *milatary* → military 〔 'mɪlə,tɛrɪ 〕 *adj.* 軍事的；軍隊的

(D) *presumtion* → presumption 〔 prɪ'zʌmpʃən 〕 *n.* 臆測；推定

(E) *precense* → presence 〔 'prɛzṇs 〕 *n.* 在場；出席

心得筆記欄

PART 4

電腦統計
大專生最常拼錯的字

高頻率錯字

♤ **absence** 〔'æbsns〕 *n.* 缺席　　　**absurd** 〔əb'sɜd〕 *adj.* 荒謬的

♤ **accidentally** 〔,æksə'dɛntlɪ〕 *adv.* 意外地

♤ **accommodate** 〔ə'kɑmə,det〕 *v.* 容納

♤ **acquaintance** 〔ə'kwentəns〕 *n.* 相識的人

♤ **across** 〔ə'krɔs〕 *adv.* 橫過

※　　　　　　※　　　　　　※

♤ **advertisement** 〔,ædvə'taɪzmənt,əd'vɝtɪzmənt〕 *n.* 廣告

♤ **agreeably** 〔ə'griəblɪ〕 *adv.* 愉快地

♤ **aisle** 〔aɪl〕 *n.* 教堂中縱直的通路　　　**all right** 〔ɔl raɪt〕 行；好

♤ **almond** 〔'æmənd,'ɑmənd〕 *n.* 杏仁

♤ **already** 〔ɔl'rɛdɪ〕 *adv.* 已經

※　　　　　　※　　　　　　※

♤ **amateur** 〔'æmə,tʃʊr,-,tʊr〕 *n.* 業餘者

♤ **apostle** 〔ə'pɑsl〕 *n.* 傳道者　　　**arctic** 〔'ɑrktɪk〕 *adj.* 北極的

♤ **arithmetic** 〔ə'rɪθmə,tɪk〕 *n.* 算術

♤ **asparagus** 〔ə'spærəgəs〕 *n.* 蘆筍　　　**athlete** 〔'æθlit〕 *n.* 運動員

♤ **athletics** 〔æθ'lɛtɪks〕 *n.pl.* 運動

※　　　　　　※　　　　　　※

♤ **attendance** 〔ə'tɛndəns〕 *n.* 出席　　　**balloon** 〔bə'lun〕 *n.* 氣球

♤ **beginning** 〔bɪ'gɪnɪŋ〕 *n.* 開始　　　**believe** 〔bɪ'liv〕 *v.* 相信

♤ **besiege** 〔bɪ'sidʒ〕 *v.* 圍攻　　　**bicycle** 〔'baɪsɪkl〕 *n.* 脚踏車

♤ **business** 〔'bɪznɪs〕 *n.* 生意

♤ **ceiling** 〔'silɪŋ〕 *n.* 天花板　　　**challenge** 〔'tʃælɪndʒ〕 *v.* 挑戰

♤ **chestnut** ['tʃɛsnət, -,nʌt] *n.* 栗子
♤ **Christmas** ['krɪsməs] *n.* 耶誕節　　**column** ['kɑləm] *n.* 欄
♤ **comfortable** ['kʌmfətəbl̩] *adj.* 舒適的
♤ **comfortably** ['kʌmfətəblɪ] *adv.* 舒適地
♤ **coming** ['kʌmɪŋ] *n.* 來　　**committee** [kə'mɪtɪ] *n.* 委員會
♤ **condemn** [kən'dɛm] *v.* 譴責　　**conscious** ['kɑnʃəs] *adj.* 自覺的

※　　　　　※　　　　　※

♤ **convenient** [kən'vinjənt] *adj.* 方便的
♤ **corps** [kor] *n.* 軍團
♤ **correspondence** [,kɔrə'spɑndəns] *n.* 通信
♤ **criticize** ['krɪtə,saɪz] *v.* 批評　　**deceive** [dɪ'siv] *v.* 欺騙
♤ **definite** ['dɛfənɪt] *adj.* 明確的
♤ **dependent** [dɪ'pɛndənt] *adj.* 依靠的

※　　　　　※　　　　　※

♤ **descend** [dɪ'sɛnd] *v.* 下降　　**describe** [dɪ'skraɪb] *v.* 描寫
♤ **description** [dɪ'skrɪpʃən] *n.* 描寫
♤ **desperate** ['dɛspərɪt] *adj.* 絕望的
♤ **develop** [dɪ'vɛləp] *v.* 發展
♤ **development** [dɪ'vɛləpmənt] *n.* 發展
♤ **difference** ['dɪfərəns] *n.* 不同

※　　　　　※　　　　　※

♤ **disappoint** [,dɪsə'pɔɪnt] *v.* 使失望
♤ **dispensable** [dɪ'spɛnsəbl̩] *adj.* 不必要的
♤ **embarrass** [ɪm'bærəs] *v.* 使困窘
♤ **envelope** ['ɛnvə,lop] *n.* 信封
♤ **environment** [ɪn'vaɪrənmənt] *n.* 環境

♤ **equipped**〔ɪ'kwɪpt〕*v.* equip（裝備）之過去式，過去分詞

♤ **escape**〔ə'skep〕*v.* 逃走

♤ **exaggerate**〔ɪg'zædʒə,ret〕*v.* 誇大；誇張

♤ **excellent**〔'ɛkslənt〕*adj.* 最優的

♤ **exhibition**〔,ɛksə'bɪʃən〕*n.* 博覽會

♤ **existence**〔ɪg'zɪstəns〕*n.* 存在

※　　　※　　　※

♤ **experience**〔ɪk'spɪrɪəns〕*n.* 經驗

♤ **familiar**〔fə'mɪljə〕*adj.* 熟悉的

♤ **fascinate**〔'fæsṇ,et〕*v.* 使迷惑

♤ **February**〔'fɛbru,ɛrɪ〕*n.* 二月

♤ **foreign**〔'fɔrɪn, 'farɪn〕*adj.* 外國的

♤ **forty**〔'fɔrtɪ〕*n.* 四十　　**fourth**〔forθ, fɔrθ〕*adj.* 第四的

※　　　※　　　※

♤ **ghost**〔gost〕*n.* 鬼；靈魂

♤ **good night**〔gʊd 'naɪt〕*int.* 晚安

♤ **government**〔'gʌvənmənt〕*n.* 政府

♤ **grammar**〔'græmə〕*n.* 文法　　**gristle**〔'grɪsḷ〕*n.* 軟骨

♤ **guidance**〔'gaidṇs〕*n.* 指導

♤ **gunwale**〔'gʌnḷ〕*n.* 船舷的上緣

※　　　※　　　※

♤ **Halloween**〔,hælo'in, ,hɑl-〕*n.* 萬聖節

♤ **handkerchief**〔'hæŋkətʃɪf, -,tʃif〕*n.* 手帕

♤ **handsome**〔'hænsəm〕*adj.* 美觀的

♤ **horrible**〔'hɑrəbḷ〕*adj.* 可怕的

♤ **hour**〔aʊr〕*n.* 小時　　**humorous**〔'hjumərəs〕*adj.* 幽默的

♤ **imaginary** [ɪ'mædʒə,nɛrɪ] *adj.* 想像的

♤ **immediately** [ɪ'midɪɪtlɪ] *adv.* 即刻

♤ **independent** [,ɪndɪ'pɛndənt] *adj.* 獨立的

♤ **irresistible** [,ɪrɪ'zɪstəbḷ] *adj.* 不可抵抗的

♤ **island** ['aɪlənd] *n.* 島嶼

♤ **laboratory** ['læbrə,torɪ] *n.* 科學實驗室

※　　　　※　　　　※

♤ **library** ['laɪ,brɛrɪ] *n.* 圖書館　　**lightning** ['laɪtnɪŋ] *n.* 閃電

♤ **lisle** [laɪl] *n.* 里耳線（一種堅靭的棉線）

♤ **listen** ['lɪsṇ] *v.* 傾聽　　**losing** ['luzɪŋ] *adj.* 輸的

♤ **lovely** ['lʌvlɪ] *adj.* 可愛的　　**minute** ['mɪnɪt] *n.* 分

♤ **missile** ['mɪsḷ] *n.* 飛彈

♤ **misspelled** [mɪs'spɛld] *v.* misspell（誤拼）之過去式、過去分詞

※　　　　※　　　　※

♤ **mortgage** ['mɔrgɪdʒ] *n.,v.* 抵押

♤ **necessary** ['nɛsə,sɛrɪ] *adj.* 必需的

♤ **neighbor** ['nebɚ] *n.* 鄰居　　**niece** [nis] *n.* 姪女；甥女

♤ **ninety** ['naɪntɪ] *n.* 九十

♤ **occasion** [ə'keʒən] *n.* 場合；時機

♤ **occurred** [ə'kɝd] *v.* occur（發生）之過去式、過去分詞

※　　　　※　　　　※

♤ **occurrence** [ə'kɝəns] *n.* 發生；事件

♤ **omitted** [o'mɪtɪd, ə'mɪtɪd] *v.* omit（遺漏）之過去式、過去分詞

♤ **opportunity** [,ɑpɚ'tjunətɪ] *n.* 機會

♤ **parallel** ['pærə,lɛl] *adj.* 平行的

♤ **parliament** ['pɑrləmənt] *n.* 國會

♠ **performance** 〔pəˈfɔrməns〕 *n.* 表演
♠ **permanent** 〔ˈpɜmənənt〕 *adj.* 永久的
♠ **perspiration** 〔ˌpɜspəˈreʃən〕 *n.* 流汗
♠ **pleasant** 〔ˈplɛznt〕 *adj.* 愉快的
♠ **poignant** 〔ˈpɔɪnənt〕 *adj.* 痛切的
♠ **possess** 〔pəˈzɛs〕 *v.* 有；具有

❋   ❋   ❋

♠ **prejudice** 〔ˈprɛdʒədɪs〕 *n.* 偏見
♠ **prescription** 〔prɪˈskrɪpʃən〕 *n.* 命令；規定
♠ **privilege** 〔ˈprɪvl̩ɪdʒ〕 *n.* 特權
♠ **professor** 〔prəˈfɛsɚ〕 *n.* 教授
♠ **ptomaine** 〔ˈtomen, toˈmen〕 *n.* 屍毒鹼；腐敗鹼
♠ **really** 〔ˈriəlɪ, ˈrɪlɪ〕 *adv.* 實際地

❋   ❋   ❋

♠ **receipt** 〔rɪˈsit〕 *n.* 收據   **receive** 〔rɪˈsiv〕 *v.* 收到
♠ **recommend** 〔ˌrɛkəˈmɛnd〕 *v.* 推薦；介紹
♠ **reign** 〔ren〕 *n.* （帝王的）統治時代；王朝
♠ **repetition** 〔ˌrɛpɪˈtɪʃən〕 *n.* 重複
♠ **restaurant** 〔ˈrɛstərənt, -ˌrɑnt〕 *n.* 飯店；餐館
♠ **rhapsody** 〔ˈræpsədɪ〕 *n.* 【音樂】狂想曲

❋   ❋   ❋

♠ **rheumatism** 〔ˈruməˌtɪzəm〕 *n.* 風溼症
♠ **rhinestone** 〔ˈraɪnˌston〕 *n.* 萊因石；假金鋼鑽
♠ **rhinoceros** 〔raɪˈnɑsərəs〕 *n.* 犀牛
♠ **rhubarb** 〔ˈrubɑrb〕 *n.* 【植物】大黃
♠ **rhyme** 〔raɪm〕 *v.* 押韻 *n.* 韻   **rhythm** 〔ˈrɪðəm〕 *n.* 節奏；韻律

♠ **schedule** ['skɛdʒʊl] *n.* 時間表

♠ **separate** ['sɛpə,ret] *v.* 分開

♠ **similar** ['sɪmələ] *adj.* 類似的

♠ **sincerely** [sɪn'sɪrlɪ] *adv.* 真誠地

♠ **sophomore** ['safm,or, -,ɔr] *n.* 大學二年級學生

♠ **speech** [spitʃ] *n.* 演說　　**spinach** ['spɪnɪdʒ] *n.* 菠菜

※　　　　　　※　　　　　　※

♠ **studying** ['stʌdɪɪŋ] *v.* study（研究）之現在分詞

♠ **success** [sək'sɛs] *n.* 成功　　**surprise** [sə'praɪz] *n.* 驚奇

♠ **temperament** ['tɛmprəmənt] *n.* 氣質

♠ **temperature** ['tɛmprətʃə] *n.* 溫度

♠ **tragedy** ['trædʒədɪ] *n.* 悲劇　　**truly** ['trulɪ] *adv.* 真實地

♠ **until** [ən'tɪl] *prep.,conj.* 迄～之時；直到～時

※　　　　　　※　　　　　　※

♠ **villain** ['vɪlən] *n.* 歹徒；惡棍

♠ **viscount** ['vaɪkaʊnt] *n.* 子爵

♠ **visible** ['vɪzəbl̩] *adj.* 可見的；明顯的

♠ **visibly** ['vɪzəblɪ] *adv.* 明顯地

♠ **Wednesday** ['wɛnzdɪ] *n.* 星期三

※　　　　　　※　　　　　　※

♠ **weird** [wɪrd] *adj.* 不可思議的；奇異的

♠ **wretch** [rɛtʃ] *n.* 不幸的人

♠ **writing** ['raɪtɪŋ] *n.* 書寫

♠ **written** ['rɪtn̩] *v.* write（書寫）之過去分詞

♠ **wrong** [rɔŋ] *adj.* 不正當的；錯誤的

自我拼字練習 **Test 13**

下列每題有一個或兩個拼錯的字，請選出來。

1. (A) beginning   (B) agreably   (C) coming
   (D) accross   (E) aisle

2. (A) beseige   (B) desperate   (C) criticize
   (D) absurd   (E) ceiling

3. (A) asparagus   (B) amature   (C) discribe
   (D) development   (E) comfortable

4. (A) attendence   (B) disappoint   (C) challenge
   (D) arithmatic   (E) advertisement

5. (A) definite   (B) conscious   (C) acquiantance
   (D) chestnut   (E) despensible

【解 答】

1. （BD）
   (A) beginning〔bɪ'gɪnɪŋ〕*n.* 開始
   (B) *agreably* → agreeably〔ə'griəblɪ〕*adv.* 愉快地
   (C) coming〔'kʌmɪŋ〕*n.* 來
   (D) *accross* → across〔ə'krɔs〕*adv.* 橫過
   (E) aisle〔aɪl〕*n.* 教堂中縱直的通路

2. （ A ）　(A) *be seige* → besiege〔bɪˋsidʒ〕*v.* 圍攻

　　　　　(B) desperate〔ˋdɛspərɪt〕*adj.* 絕望的

　　　　　(C) criticize〔ˋkrɪtə͵saɪz〕*v.* 批評

　　　　　(D) absurd〔əbˋsɝd〕*adj.* 荒謬的

　　　　　(E) ceiling〔ˋsilɪŋ〕*n.* 天花板

3. （ B C ）　(A) asparagus〔əˋspærəgəs〕*n.* 蘆筍

　　　　　(B) *amature* → amateur〔ˋæmə͵tʃur，-͵tur〕
　　　　　　　n. 業餘者

　　　　　(C) *discribe* → describe〔dɪˋskraɪb〕*v.* 描寫

　　　　　(D) development〔dɪˋvɛləpmənt〕*n.* 發展

　　　　　(E) comfortable〔ˋkʌmfətəbḷ〕*adj.* 舒適的

4. （ A D ）　(A) *attendence* → attendance〔əˋtɛndəns〕*n.* 出席

　　　　　(B) disappoint〔͵dɪsəˋpɔɪnt〕*v.* 使失望

　　　　　(C) challenge〔ˋtʃælɪndʒ〕*v.* 挑戰

　　　　　(D) *arithmatic* → arithmetic〔əˋrɪθmə͵tɪk〕
　　　　　　　n. 算術

　　　　　(E) advertisement〔͵ædvəˋtaɪzmənt〕*n.* 廣告

5. （ C E ）　(A) definite〔ˋdɛfənɪt〕*adj.* 明確的

　　　　　(B) conscious〔ˋkɑnʃəs〕*adj.* 自覺的

　　　　　(C) *acquiantance* → acquaintance〔əˋkwentəns〕
　　　　　　　n. 相識的人

　　　　　(D) chestnut〔ˋtʃɛsnət，-͵nʌt〕*n.* 栗子

　　　　　(E) *despensible* → dispensable〔dɪˋspɛnsəbḷ〕
　　　　　　　adj. 不必要的

自我拼字練習 Test 14

下列每題有一個或兩個拼對的字，請選出來。

1. (A) posess   (B) government   (C) facinate
   (D) lightning   (E) grisle

2. (A) existance   (B) independent   (C) occurance
   (D) guidence   (E) grammer

3. (A) excellent   (B) iresistible   (C) misspeled
   (D) paralell   (E) privillege

4. (A) poignant   (B) forth   (C) ninty
   (D) gunale   (E) imaginary

5. (A) labratory   (B) library   (C) morgage
   (D) parlament   (E) missile

【解　答】

1. （ BD ）　(A) *posess* → possess〔pəˈzɛs〕
   　　　　　　　　　v. 有；具有
   　　　　　(B) ***government***〔ˈgʌvɚnmənt〕*n.* 政府
   　　　　　(C) *facinate* → fascinate〔ˈfæsn̩ˌet〕
   　　　　　　　　　v. 使迷惑
   　　　　　(D) ***lightning***〔ˈlaɪtnɪŋ〕*n.* 閃電
   　　　　　(E) *grisle* → gristle〔ˈgrɪsl̩〕*n.* 軟骨

2. （　B　）　(A) *existance* → existence〔ɪg'zɪstəns〕 *n.* 存在

　　　　　　(B) *independent*〔,ɪndɪ'pɛndənt〕 *adj.* 獨立的

　　　　　　(C) *occurance* → occurrence〔ə'kɜəns〕 *n.* 發生；事件

　　　　　　(D) *guidence* → guidance〔'gaɪdn̩s〕 *n.* 指導

　　　　　　(E) *grammer* → grammar〔'græmɚ〕 *n.* 文法

3. （　A　）　(A) *excellent*〔'ɛkslə̩nt〕 *adj.* 最優的

　　　　　　(B) *iresistible* → irresistible〔,ɪrɪ'zɪstəbl̩〕
　　　　　　　　adj. 不可抵抗的

　　　　　　(C) *misspeled* → misspelled〔mɪs'spɛld〕 *v.* misspell
　　　　　　　　（誤拼）之過去式、過去分詞

　　　　　　(D) *paralell* → parallel〔'pærə,lɛl〕 *adj.* 平行的

　　　　　　(E) *privillege* → privilege〔'prɪvl̩ɪdʒ〕 *n.* 特權

4. （　A E　）　(A) *poignant*〔'pɔɪnənt〕 *adj.* 痛切的

　　　　　　(B) *forth* → fourth〔forθ, fɔrθ〕 *adj.* 第四的

　　　　　　(C) *ninty* → ninety〔'naɪntɪ〕 *n.* 九十

　　　　　　(D) *gunale* → gunwale〔'gʌnl̩〕 *n.* 船舷的上緣

　　　　　　(E) *imaginary*〔ɪ'mædʒə,nɛrɪ〕 *adj.* 想像的

5. （　B E　）　(A) *labratory* → laboratory〔'læbrə,torɪ〕
　　　　　　　　n. 科學實驗室

　　　　　　(B) *library*〔'laɪ,brɛrɪ〕 *n.* 圖書館

　　　　　　(C) *morgage* → mortgage〔'mɔrgɪdʒ〕 *n.* ; *v.* 抵押

　　　　　　(D) *parlament* → parliament〔'pɑrləmənt〕
　　　　　　　　n. 國會

　　　　　　(E) *missile*〔'mɪsl̩〕 *n.* 飛彈

自我拼字練習 Test 15

下列每題有一個或兩個是拼對的，請選出來。

1. (A) repetation　　(B) sophamore　　(C) temparement
　 (D) visable　　　 (E) temperature

2. (A) receit　　　　(B) rapsody　　　 (C) surprise
　 (D) rythm　　　　(E) vicount

3. (A) schedule　　　(B) villian　　　 (C) wierd
　 (D) tradgedy　　　(E) similiar

4. (A) writen　　　　(B) until　　　　(C) really
　 (D) sucess　　　　(E) recomend

5. (A) sincerely　　　(B) posess　　　 (C) seperate
　 (D) reighn　　　　(E) spinach

【解　答】

1. (**E**)　(A) *repetation* → repetition〔,rɛpɪ'tɪʃən〕*n.* 重複

　　　　　　(B) *sophamore* → sophomore〔'sɑfm̩,or, -,ɔr〕
　　　　　　　　 n. 大學二年級學生

　　　　　　(C) *temparement* → temperament〔'tɛmprəmənt〕
　　　　　　　　 n. 氣質

　　　　　　(D) *visable* → visible〔'vɪzəbl̩〕*adj.* 可見的；明顯的

　　　　　　(E) *temperature*〔'tɛmprətʃɚ〕*n.* 溫度

2.（　C　）(A) *receit* → receipt〔rɪˋsit〕*n.* 收據

(B) *rapsody* → rhapsody〔ˋræpsədɪ〕

n. 【音樂】狂想曲

(C) *surprise*〔səˋpraɪz〕*n.* 驚奇

(D) *rythm* → rhythm〔ˋrɪðəm〕*n.* 節奏；韻律

(E) *vicount* → viscount〔ˋvaɪkaʊnt〕*n.* 子爵

3.（　A　）(A) *schedule*〔ˋskɛdʒʊl〕*n.* 時間表

(B) *villian* → villain〔ˋvɪlən〕*n.* 歹徒；惡棍

(C) *wierd* → weird〔wɪrd〕*adj.* 不可思議的；奇異的

(D) *tradgedy* → tragedy〔ˋtrædʒədɪ〕*n.* 悲劇

(E) *similiar* → similar〔ˋsɪmələ〕*adj.* 類似的

4.（　BC　）(A) *writen* → written〔ˋrɪtn̩〕*v.* write

（書寫）之過去分詞

(B) *until*〔ənˋtɪl〕*prep., conj.* 迄～之時；直到～時

(C) *really*〔ˋrɪəlɪ, ˋrɪlɪ〕*adv.* 實際地

(D) *sucess* → success〔səkˋsɛs〕*n.* 成功

(E) *recomend* → recommend〔͵rɛkəˋmɛnd〕

v. 推薦；介紹

5.（　AE　）(A) *sincerely*〔sɪnˋsɪrlɪ〕*adv.* 真誠地

(B) *posess* → possess〔pəˋzɛs〕*v.* 有；具有

(C) *seperate* → separate〔ˋsɛpə͵ret〕*v.* 分開

(D) *reighn* → reign〔ren〕

n.（帝王的）統治時代

(E) *spinach*〔ˋspɪnɪdʒ〕*n.* 菠菜

GROUP 1 SUFFIX : ant , -ance

♤ **aberrant** 〔æb'ɛrənt〕 *adj*. 越乎常軌的

♤ **abeyance** 〔ə'beəns〕 *n*. 暫擱

♤ **abundant** 〔ə'bʌndənt〕 *adj*. 豐富的

♤ **acquaintance** 〔ə'kwentəns〕 *n*. 相識的人

♤ **annoyance** 〔ə'nɔɪəns〕 *n*. 煩惱

♤ **appearance** 〔ə'pɪrəns〕 *n*. 出現

♤ **appurtenance** 〔ə'pɜtṇəns〕 *n*. 附屬物

※   ※   ※

♤ **arrogance** 〔'ærəgəns〕 *n*. 傲慢

♤ **assistant** 〔ə'sɪstənt〕 *n*. 助手

♤ **benignant** 〔bɪ'nɪgnənt〕 *adj*. 仁慈的

♤ **blatant** 〔'bletṇt〕 *adj*. 喧嘩的

♤ **clairvoyance** 〔klɛr'vɔɪəns〕 *n*. 機敏

♤ **clearance** 〔'klɪrəns〕 *n*. 清除

♤ **cognizant** 〔'kɑgnɪzənt , 'kɑnɪ-〕 *adj*. 認識的

※   ※   ※

♤ **consonant** 〔'kɑnsənənt〕 *adj*. 一致的

♤ **conversant** 〔'kɑnvəsṇt , kən'vɜsṇt〕 *adj*. 精通的

♤ **covenant** 〔'kʌvənənt , 'kʌvnənt〕 *n*. 契約

♤ **defendant** 〔dɪ'fɛndənt〕 *n*. 被告

♤ **descendant** 〔dɪ'sɛndənt〕 *n*. 後裔

♤ **dissonance** 〔'dɪsənəns〕 *n*. 不調和

♤ **dominance** 〔'dɑmənəns〕 *n*. 優勢

♤ **dominant** 〔'dɑmənənt〕 *adj*. 佔優勢的

♤ **dormant** 〔'dɔrmənt〕 *adj*. 蟄伏的

♠ **elegant** 〔'ɛləgənt〕 *adj*: 高雅的

♤ **endurance** 〔 ɪn'djʊrəns〕 *n*. 耐力

♤ **entrance** 〔'ɛntrəns〕 *n*. 入口

♤ **entrant** 〔'ɛntrənt〕 *n*. 進入者

♤ **errant** 〔'ɛrənt〕 *adj*. 錯誤的

♤ **extant** 〔 ɪk'stænt , 'ɛkstənt〕 *adj*. 現存的

※   ※   ※

♤ **extravagance** 〔 ɪk'strævəgəns〕 *n*. 奢侈

♤ **extravagant** 〔 ɪk'strævəgənt〕 *adj*. 奢侈的

♤ **exuberant** 〔 ɪg'zjubərənt , -'zu- , ɛg-〕 *adj*. 茂盛的

♤ **flamboyant** 〔 flæm'bɔɪənt〕 *adj*. 燦爛的

♤ **flippant** 〔'flɪpənt〕 *adj*. 不客氣的

♤ **grievance** 〔'grivəns〕 *n*. 不滿

♤ **guidance** 〔'gaɪdn̩s〕 *n*. 指導

♤ **hindrance** 〔'hɪndrəns〕 *n*. 妨礙

※   ※   ※

♤ **ignorant** 〔'ɪgnərənt〕 *adj*. 無知的

♤ **inheritance** 〔 ɪn'hɛrətəns〕 *n*. 繼承

♤ **insurance** 〔 ɪn'ʃʊrəns〕 *n*. 保險

♤ **irrelevance** 〔 ɪ'rɛləvəns , ɪr'rɛl-〕 *n*. 不相干

♤ **irrelevant** 〔 ɪ'rɛləvənt〕 *adj*. 不相關的

♤ **lieutenant** 〔 lu'tɛnənt , lɪu- , lɛf-〕 *n*. 陸軍中尉

♤ **maintenance** 〔'mentənəns , -tɪn-〕 *n*. 保持

♤ **nonchalance** 〔'nɑnʃələns〕 *n*. 無動於衷

♤ **observance** 〔 əb'zɜvəns 〕 *n*. 遵守

♤ **observant** 〔 əb'zɜvənt 〕 *adj*. 遵守的

♤ **ordinance** 〔'ɔrdn̩əns, 'ɔrdnəns 〕 *n*. 法令

♤ **perseverance** 〔,pɜsə'vɪrəns 〕 *n*. 堅持

♤ **perseverant** 〔,pɜsə'vɪrənt 〕 *adj*. 堅持的

♤ **pittance** 〔'pɪtn̩s 〕 *n*. 少量

♤ **preponderance** 〔 prɪ'pɑndrəns, -dərəns 〕 *n*. 優勢

✳　　　　　✳　　　　　✳

♤ **radiance** 〔'redɪəns, -djəns 〕 *n*。光輝

♤ **radiant** 〔'redɪənt 〕 *adj*. 光芒四射的

♤ **rampant** 〔'ræmpənt 〕 *adj*. 蔓延的

♤ **repentance** 〔 rɪ'pɛntəns 〕 *n*. 悔悟

♤ **repentant** 〔 rɪ'pɛntənt 〕 *adj*. 悔悟的

♤ **resemblance** 〔 rɪ'zɛmbləns 〕 *n*. 相似

♤ **restaurant** 〔'rɛstərənt, -,rɑnt 〕 *n*. 飯館

♤ **sergeant** 〔'sɑrdʒənt 〕 *n*. （陸軍）中士

♤ **severance** 〔'sɛvərəns 〕 *n*. 斷絕

✳　　　　　✳　　　　　✳

♤ **significance** 〔 sɪg'nɪfəkəns 〕 *n*. 重大

♤ **significant** 〔 sɪg'nɪfəkənt 〕 *adj*. 重大的

♤ **substance** 〔'sʌbstəns 〕 *n*. 物質

♤ **surveillance** 〔 sɚ'veləns, -'veljəns 〕 *n*. 監視

♤ **sustenance** 〔'sʌstənəns 〕 *n*. 食物

♤ **tenant** 〔'tɛnənt 〕 *n*. 承租人

♤ **termagant** 〔'tɜməgənt 〕 *n*. 悍婦

♤ **tolerant** 〔'tɑlərənt 〕 *adj*. 容忍的

自我拼字練習 Test 16

下列每題有一個或兩個拼錯的字，請選出來。

1. (A) intermitent　　(B) competent　　(C) blatent
   (D) extant　　(E) repentant

2. (A) dissident　　(B) precedent　　(C) obedent
   (D) dependent　　(E) defendent

3. (A) aberrent　　(B) adherent　　(C) abhorrent
   (D) coherent　　(E) ignorent

4. (A) permanent　　(B) impertnent　　(C) convenent
   (D) lieutenant　　(E) tenant

5. (A) magnificient　　(B) efficient　　(C) sufficient
   (D) senescent　　(E) proficient

【解　答】

1. （ A C ）(A) *intermitent* → intermittent〔͵ɪntɚˈmɪtn̩t〕
   adj. 間歇的
   (B) competent〔ˈkɑmpətənt〕*adj.* 能幹的
   (C) *blatent* → blatant〔ˈbletn̩t〕*adj.* 喧嘩的
   (D) extant〔ɪkˈstænt，ˈɛkstənt〕*adj.* 現存的
   (E) repentant〔rɪˈpɛntənt〕*adj.* 悔悟的

2. (**C E**) (A) dissident〔ˈdɪsədənt〕*adj.* 不同意的

(B) precedent〔prɪˈsidn̩t〕*adj.* 在先的

(C) *obedent* → obedient〔əˈbidɪənt〕*adj.* 服從的

(D) dependent〔dɪˈpɛndənt〕*adj.* 依賴的

(E) *defendent* → defendant〔dɪˈfɛndənt〕*n.* 被告

3. (**A E**) (A) *aberrent* → aberrant〔æbˈɛrənt〕*adj.* 越乎常軌的

(B) adherent〔ədˈhɪrənt〕*adj.* 附著的

(C) abhorrent〔əbˈhɔrənt, æb-, -ˈhɑr-〕*adj.* 可憎的

(D) coherent〔koˈhɪrənt〕*adj.* 連貫的

(E) *ignorent* → ignorant〔ˈɪgnərənt〕*adj.* 無知的

4. (**B C**) (A) permanent〔ˈpɝmənənt〕*adj.* 永久的

(B) *impertnent* → impertinent〔ɪmˈpɝtn̩ənt〕
adj. 無禮的

(C) *convenent* → convenient〔kənˈvinjənt〕*adj.* 方便的

(D) lieutenant〔luˈtɛnənt, lɪu-, lɛf-〕*n.* 陸軍中尉

(E) tenant〔ˈtɛnənt〕*n.* 承租人

5. (**A**) (A) *magnificient* → magnificent〔mægˈnɪfəsn̩t〕
adj. 壯麗的

(B) efficient〔əˈfɪʃənt, ɪ-〕*adj.* 有效率的

(C) sufficient〔səˈfɪʃənt〕*adj.* 足夠的

(D) senescent〔səˈnɛsn̩t〕*adj.* 衰老的

(F) proficient〔prəˈfɪʃənt〕*adj.* 精通的

GROUP 2　SUFFIX：-ent，-ence

♠ **abhorrence** 〔 əb'hɔrəns, æb-, -'hɑr- 〕 *n.* 嫌惡

♠ **abhorrent** 〔 əb'hɔrənt, æb-, -'hɑr- 〕 *adj.* 可憎的

♠ **absence** 〔'æbsn̩s 〕 *n.* 缺席　　**absent** 〔'æbsn̩t 〕 *adj.* 缺席的

♠ **abstinent** 〔'æbstənənt 〕 *adj.* 有節制的

♠ **adherent** 〔 əd'hɪrənt 〕 *adj.* 附著的

♠ **adolescence** 〔,ædl̩'ɛsn̩s 〕 *n.* 青春期

♠ **adolescent** 〔,ædl̩'ɛsn̩t 〕 *adj.* 青春期的

✳✳────────────────────────

♠ **antecedent** 〔,æntə'sidn̩t 〕 *adj.* 在先的

♠ **apparent** 〔 ə'pærənt, ə'pɛrənt 〕 *adj.* 明顯的

♠ **audience** 〔'ɔdɪəns 〕 *n.* 觀衆

♠ **coherence** 〔 ko'hɪrəns 〕 *n.* 連貫

♠ **coherent** 〔 ko'hɪrənt 〕 *adj.* 連貫的

♠ **coincidence** 〔 ko'ɪnsədəns 〕 *n.* 巧合

♠ **coincident** 〔 ko'ɪnsədənt 〕 *adj.* 巧合的

✳✳────────────────────────

♠ **competence** 〔'kɑmpətəns 〕 *n.* 能力

♠ **competent** 〔'kɑmpətənt 〕 *adj.* 能幹的

♠ **conference** 〔'kɑnfərəns 〕 *n.* 會議

♠ **confidence** 〔'kɑnfədəns 〕 *n.* 自信

♠ **confident** 〔'kɑnfədənt 〕 *adj.* 自信的

♠ **consistence** 〔 kən'sɪstəns 〕 *n.* 一致

♠ **consistent** 〔 kən'sɪstənt 〕 *n.* 一致的

♤ **contingent** 〔 kən'tɪndʒənt 〕 *adj*. 意外的

♤ **convalescence** 〔,kɑnvə'lɛsns 〕 *n*. 恢復健康

♤ **convalescent** 〔,kɑnvə'lɛsn̩t 〕 *adj*. 恢復健康的

♤ **convenient** 〔 kən'vinjənt 〕 *adj*. 方便的

♤ **correspondence** 〔,kɔrə'spɑndəns 〕 *n*. 通信

♤ **correspondent** 〔,kɔrə'spɑndənt 〕 *n*. 通信者

♤ **decadent** 〔 dɪ'kednt , 'dɛkə- 〕 *adj*. 衰落的

♤ **dependence** 〔 dɪ'pɛndəns 〕 *n*. 依賴

♤ **dependent** 〔 dɪ'pɛndənt 〕 *adj*. 依賴的

✳✳────────────────────

♤ **difference** 〔'dɪfərəns 〕 *n*. 不同

♤ **different** 〔'dɪfərənt 〕 *adj*. 不同的

♤ **diffidence** 〔'dɪfədəns 〕 *n*. 羞怯

♤ **diffident** 〔'dɪfədənt 〕 *adj*. 羞怯的

♤ **diligence** 〔'dɪlədʒəns 〕 *n*. 勤勉

♤ **diligent** 〔'dɪlədʒənt 〕 *adj*. 勤勉的

♤ **dissidence** 〔'dɪsədəns 〕 *n*. 不同意

♤ **dissident** 〔'dɪsədənt 〕 *adj*. 不同意的

✳✳────────────────────

♤ **divergent** 〔 də'vɝdʒənt , daɪ- 〕 *adj*. 分歧的

♤ **effervescent** 〔,ɛfɚ'vɛsn̩t 〕 *adj*. 冒泡的

♤ **efficient** 〔 ə'fɪʃnt , ɪ- 〕 *adj*. 有效率的

♤ **eminence** 〔'ɛmənəns 〕 *n*. 顯赫

♤ **eminent** 〔'ɛmənənt 〕 *adj*. 顯赫的

♤ **equivalent** 〔 ɪ'kwɪvələnt 〕 *adj*. 相等的

♤ **evidence** 〔'ɛvədəns 〕 *n*. 證據

♤ **excellence** 〔ˈɛkslən̩s〕 *n.* 優秀

♤ **excellent** 〔ˈɛkslənt〕 *adj.* 優秀的

♤ **existence** 〔ɪgˈzɪstəns〕 *n.* 存在

♤ **expedient** 〔ɪkˈspidɪənt〕 *adj.* 權宜的

♤ **impertinence** 〔ɪmˈpɝtnəns̩〕 *n.* 無禮

♤ **impertinent** 〔ɪmˈpɝtnənt〕 *adj.* 無禮的

♤ **incidence** 〔ˈɪnsədəns〕 *n.* 影響

♤ **indulgence** 〔ɪnˈdʌldʒəns〕 *n.* 沈溺

♤ **indulgent** 〔ɪnˈdʌldʒənt〕 *adj.* 放縱的

＊＊──────────────────────

♤ **inference** 〔ˈɪnfərəns〕 *n.* 推斷

♤ **insistence** 〔ɪnˈsɪstəns〕 *n.* 堅持

♤ **insistent** 〔ɪnˈsɪstənt〕 *adj.* 堅持的

♤ **insolence** 〔ˈɪnsələns〕 *n.* 傲慢

♤ **insolent** 〔ˈɪnsələnt〕 *adj.* 傲慢的

♤ **intelligent** 〔ɪnˈtɛlədʒənt〕 *adj.* 聰明的

♤ **intermittent** 〔ˌɪntɚˈmɪtn̩t〕 *adj.* 間歇的

♤ **iridescent** 〔ˌɪrəˈdɛsn̩t〕 *adj.* 呈紅色的

＊＊──────────────────────

♤ **magnificent** 〔mægˈnɪfəsn̩t〕 *adj.* 壯麗的

♤ **negligence** 〔ˈnɛglədʒəns〕 *n.* 疏忽

♤ **obedience** 〔əˈbidɪəns〕 *n.* 服從

♤ **obedient** 〔əˈbidɪənt〕 *adj.* 服從的

♤ **occurrence** 〔əˈkɝəns〕 *n.* 發生

♤ **opponent** 〔əˈponənt〕 *n.* 對手

♤ **opulence** 〔ˈɑpjələns〕 *n.* 富裕　　**opulent** 〔ˈɑpjələnt〕 *adj.* 富裕的

♤ **penitence**〔'pɛnətəns〕*n*. 悔罪

♤ **penitent**〔'pɛnətənt〕*adj*. 悔罪的

♤ **permanence**〔'pɝmənəns〕*n*. 永久

♤ **permanent**〔'pɝmənənt〕*adj*. 永久的

♤ **persistence**〔pɚ'sɪstəns, -'zɪst-〕*n*. 堅持

♤ **persistent**〔pɚ'zɪstənt, -'sɪst-〕*adj*. 堅持的

♤ **pertinent**〔'pɝtṇənt〕*adj*. 中肯的

♤ **precedence**〔prɪ'sidṇs, 'prɛsədəns〕*n*. 超出

♤ **precedent**〔prɪ'sidṇt〕*adj*. 在先的

＊＊─────────────────────

♤ **preference**〔'prɛfərəns〕*n*. 偏愛

♤ **proficiency**〔prə'fɪʃənsɪ〕*n*. 精通

♤ **proficient**〔prə'fɪʃənt〕*adj*. 精通的

♤ **prominence**〔'pramənəns〕*n*. 傑出

♤ **prominent**〔'pramənənt〕*adj*. 傑出的

♤ **recurrent**〔rɪ'kɝənt〕*adj*. 再發生的

♤ **reference**〔'rɛfərəns〕*n*. 參考

♤ **repellent**〔rɪ'pɛlənt〕*adj*. 令人討厭的

＊＊─────────────────────

♤ **residence**〔'rɛzədəns〕*n*. 住處

♤ **resident**〔'rɛzədənt〕*adj*. 居住的

♤ **resilience**〔rɪ'zɪlɪəns〕*n*. 彈力

♤ **resplendent**〔rɪ'splɛndənt〕*adj*. 華麗的

♤ **reverence**〔'rɛvərəns〕*n*. 崇敬

♤ **reverent**〔'rɛvərənt〕*adj*. 恭敬的

♤ **senescent**〔sə'nɛsṇt〕*adj*. 衰老的

♤ **strident**〔ˈstraɪdn̩t〕*adj.* 發尖銳聲的
♤ **subsistence**〔səbˈsɪstəns〕*n.* 生存
♤ **subsistent**〔səbˈsɪstənt〕*adj.* 現存的
♤ **sufficient**〔səˈfɪʃənt〕*adj.* 足夠的
♤ **superintendent**〔ˌsuprɪnˈtɛndənt〕*n.* 監督者
♤ **turbulence**〔ˈtɜbjələns〕*n.* 暴亂
♤ **violence**〔ˈvaɪələns〕*n.* 猛烈
♤ **violent**〔ˈvaɪələnt〕*adj.* 猛烈的

自我拼字練習 **Test 17**

下列每題有一個或兩個拼錯的字，請選出來。

1. (A) eminence   (B) permanence   (C) dominence

    (D) impertinence   (E) sustenence

2. (A) perserverance   (B) endurance   (C) entrance

    (D) insurance   (E) conferance

3. (A) insistance   (B) penitance   (C) repentance

    (D) appurtenance   (E) inheritance

4. (A) hindance   (B) guidance   (C) obedience

    (D) coincidence   (E) dependence

5. (A) nonchalence   (B) insolence   (C) resilience

    (D) convalescence   (E) adolescence

【解　答】

1. (**CE**) (A) eminence〔ˊɛmənəns〕 *n.* 顯赫

       (B) permanence〔ˊpɝmənəns〕 *n.* 永久

       (C) *dominence* → dominance〔ˊdɑmənəns〕 *n.* 優勢

       (D) impertinence〔ɪmˊpɝtn̩əns〕 *n.* 無禮

       (E) *sustenence* → sustenance〔ˊsʌstənəns〕 *n.* 食物

2. (**E**) (A) perserverance 〔͵pɝsə'vɪrəns〕 *n.* 堅持

   (B) endurance 〔ɪn'djʊrəns〕 *n.* 耐力

   (C) entrance 〔'ɛntrəns〕 *n.* 入口

   (D) insurance 〔ɪn'ʃʊrəns〕 *n.* 保險

   (E) *conferance* → conference 〔'kɑnfərəns〕 *n.* 會議

3. (**AB**) (A) *insistance* → insistence 〔ɪn'sɪstəns〕 *n.* 堅持

   (B) *penitance* → penitence 〔'pɛnətəns〕 *n.* 悔罪

   (C) repentance 〔rɪ'pɛntəns〕 *n.* 悔悟

   (D) appurtenance 〔ə'pɝtṇəns〕 *n.* 附屬物

   (E) inheritance 〔ɪn'hɛrətəns〕 *n.* 繼承

4. (**A**) (A) *hindance* → hindrance 〔'hɪndrəns〕 *n.* 妨礙

   (B) guidance 〔'gaidṇs〕 *n.* 指導

   (C) obedience 〔ə'bidɪəns〕 *n.* 服從

   (D) coincidence 〔ko'ɪnsədəns〕 *n.* 巧合

   (E) dependence 〔dɪ'pɛndəns〕 *n.* 依賴

5. (**A**) (A) *nonchalence* → nonchalance 〔'nɑnʃələns〕

   n. 無動於衷

   (B) insolence 〔'ɪnsələns〕 *n.* 傲慢

   (C) resilience 〔rɪ'zɪlɪəns〕 *n.* 彈力

   (D) convalescence 〔͵kɑnvə'lɛsns〕 *n.* 恢復健康

   (E) adolescence 〔͵ædḷ'ɛsṇs〕 *n.* 青春期

GROUP 3　SUFFIX：-ancy，-ency

❶ 我不再拼錯字尾是 -ancy 的字

♤ **radiancy**〔'redɪənsɪ〕*n.* 光輝

♤ **relevancy**〔'rɛləvənsɪ〕*n.* 切題

♤ **tenancy**〔'tɛnənsɪ〕*n.* 租賃

❷ 我不再拼錯字尾是 -ency 的字

♤ **competency**〔'kɑmpətənsɪ〕*n.* 能力

♤ **consistency**〔kən'sɪstənsɪ〕*n.* 一致

♤ **dependency**〔dɪ'pɛndənsɪ〕*n.* 依賴

♤ **efficiency**〔ə'fɪʃənsɪ, ɪ-〕*n.* 效率

♤ **excellency**〔'ɛkslənsɪ〕*n.* 閣下（常作 E-）

♤ **proficiency**〔prə'fɪʃənsɪ〕*n.* 精通

♤ **residency**〔'rɛzədənsɪ〕*n.* 住處

♤ **tendency**〔'tɛndənsɪ〕*n.* 趨勢

GROUP 4　SUFFIX：-able，-ible

❶ 我不再拼錯字尾是 -able 的字

♤ **adaptable**〔ə'dæptəbl̩〕*adj.* 能適應的

♤ **admirable**〔'ædmərəbl̩〕*adj.* 令人欽佩的

♤ **adorable**〔ə'dorəbl̩〕*adj.* 可崇拜的

♤ **advisable**〔əd'vaɪzəbl̩〕*adj.* 可取的

♤ **agreeable**〔ə'griəbl̩〕*adj.* 愜意的

♤ **amiable** 〔 'emɪəbḷ 〕 *adj.* 友善的

♤ **applicable** 〔 'æplɪkəbḷ 〕 *adj.* 適用的

♤ **arable** 〔 'ærəbḷ 〕 *adj.* 適於耕種的

♤ **believable** 〔 bɪ'livəbḷ 〕 *adj.* 可信的

♤ **blamable** 〔 'bleməbḷ 〕 *adj.* 該受責備的

　　　　　　※　　　　　　※　　　　　　※

♤ **capable** 〔 'kepəbḷ 〕 *adj.* 能幹的

♤ **changeable** 〔 'tʃendʒəbḷ 〕 *adj.* 可改變的

♤ **chargeable** 〔 'tʃardʒəbḷ 〕 *adj.* 可被控告的

♤ **commendable** 〔 kə'mɛndəbḷ 〕 *adj.* 值得稱讚的

♤ **comparable** 〔 'kampərəbḷ 〕 *adj.* 可供比較的

♤ **conceivable** 〔 kən'sivəbḷ 〕 *adj.* 可想像的

♤ **considerable** 〔 kən'sɪdərəbḷ 〕 *adj.* 值得考慮的

♤ **debatable** 〔 dɪ'betəbḷ 〕 *adj.* 可爭辯的

　　　　　　※　　　　　　※　　　　　　※

♤ **demonstrable** 〔 'dɛmənstrəbḷ, dɪ'manstrə- 〕 *adj.* 可證明的

♤ **dependable** 〔 dɪ'pɛndəbḷ 〕 *adj.* 可信賴的

♤ **deplorable** 〔 dɪ'plorəbḷ, -'plɔr- 〕 *adj.* 悲哀的

♤ **desirable** 〔 dɪ'zaɪrəbḷ 〕 *adj.* 值得要的

♤ **despicable** 〔 'dɛspɪkəbḷ 〕 *adj.* 可鄙的

♤ **dispensable** 〔 dɪ'spɛnsəbḷ 〕 *adj.* 不必要的

♤ **durable** 〔 'djurəbḷ 〕 *adj.* 持久的

♤ **embraceable** 〔 ɪm'bresəbḷ 〕 *adj.* 可擁抱的

♤ **enforceable** 〔 ɪn'forsəbḷ, ɛn-, -'fɔrs- 〕 *adj.* 可實施的

♤ **enviable** 〔 'ɛnvɪəbḷ 〕 *adj.* 可羨慕的

♤ **estimable** 〔 'ɛstəməbḷ 〕 *adj.* 可估計的

♤ **excusable** [ɪkˈskjuzəbḷ , ɛk-] *adj.* 可原諒的

♤ **explicable** [ˈɛksplɪkəbḷ] *adj.* 可說明的

♤ **formidable** [ˈfɔrmɪdəbḷ] *adj.* 令人畏懼的

♤ **imitable** [ˈɪmɪtəbḷ] *adj.* 可模仿的

♤ **implacable** [ɪmˈplekəbḷ , -ˈplækəbḷ] *adj.* 難平息的

♤ **impregnable** [ɪmˈprɛgnəbḷ] *adj.* 可以受孕的

♤ **inalienable** [ɪnˈeljənəbḷ , -ˈelɪən-] *adj.* 不可剝奪的

❋　　　　　❋　　　　　❋

♤ **indispensable** [ˌɪndɪsˈpɛnsəbḷ] *adj.* 不可缺少的

♤ **inestimable** [ɪnˈɛstəməbḷ] *adj.* 不能估計的

♤ **inflammable** [ɪnˈflæməbḷ] *adj.* 易燃的

♤ **insatiable** [ɪnˈseʃɪəbḷ] *adj.* 不知足的

♤ **inscrutable** [ɪnˈskrutəbḷ] *adj.* 不可思議的

♤ **irrefutable** [ɪˈrɛfjʊtəbḷ , ˌɪrrɪˈfjutəbḷ] *adj.* 無法反駁的

♤ **irrevocable** [ɪˈrɛvəkəbḷ , ɪrˈrɛv-] *adj.* 不能撤回的

♤ **irritable** [ˈɪrətəbḷ] *adj.* 易怒的

❋　　　　　❋　　　　　❋

♤ **justifiable** [ˈdʒʌstəˌfaɪəbḷ] *adj.* 有理由的

♤ **knowledgeable** [ˈnɑlɪdʒəbḷ , ˈnɑlɛdʒ-] *adj.* 知識淵博的

♤ **lamentable** [ˈlæməntəbḷ] *adj.* 可悲的

♤ **likable** [ˈlaɪkəbḷ] *adj.* 令人喜愛的

♤ **livable** [ˈlɪvəbḷ] *adj.* 適於居住的

♤ **lovable** [ˈlʌvəbḷ] *adj.* 可愛的

♤ **malleable** [ˈmælɪəbḷ] *adj.* （金屬之）可展的

♤ **manageable** [ˈmænɪdʒəbḷ] *adj.* 可處理的

♠ **marriageable** 〔'mærɪdʒəbḷ〕*adj*. 適合結婚的

♠ **memorable** 〔'mɛmərəbḷ〕*adj*. 值得紀念的

♠ **movable** 〔'muvəbḷ〕*adj*. 可移動的

♠ **navigable** 〔'nævəgəbḷ〕*adj*. 可航行的

♠ **noticeable** 〔'notɪsəbḷ〕*adj*. 顯著的

♠ **peaceable** 〔'pisəbḷ〕*adj*. 和平的

♠ **penetrable** 〔'pɛnɪtrəbḷ〕*adj*. 可穿透的

♠ **personable** 〔'pɝsṇəbḷ,'pɝsnə-〕*adj*. 貌美的

* * *

♠ **pleasurable** 〔'plɛʒərəbḷ,'plɛʒərəbḷ〕*adj*. 令人愉快的

♠ **potable** 〔'potəbḷ〕*adj*. 適於飲用的

♠ **pronounceable** 〔prə'naʊnsəbḷ〕*adj*. 可發音的

♠ **receivable** 〔rɪ'sivəbḷ〕*adj*. 可收到的

♠ **reliable** 〔rɪ'laɪəbḷ〕*adj*. 可靠的

♠ **remediable** 〔rɪ'midɪəbḷ〕*adj*. 可補救的

♠ **reparable** 〔'rɛpərəbḷ〕*adj*. 能修補的

* * *

♠ **replaceable** 〔rɪ'plesəbḷ〕*adj*. 可替換的

♠ **revocable** 〔'rɛvəkəbḷ〕*adj*. 可廢止的

♠ **salvageable** 〔'sælvɪdʒəbḷ〕*adj*. 可營救的

♠ **separable** 〔'sɛpərəbḷ,'sɛprə-〕*adj*. 能分開的

♠ **serviceable** 〔'sɝvɪsəbḷ〕*adj*. 有用的

♠ **sizable** 〔'saɪzəbḷ〕*adj*. 頗大的

♠ **tolerable** 〔'tɑlərəbḷ〕*adj*. 可容忍的

♠ **traceable** 〔'tresəbḷ〕*adj*. 可追蹤的

♧ **tractable** 〔′træktəbl̩〕 *adj.* 溫順的

♧ **transportable** 〔træns′pɔrtəbl̩,-′pɔr-〕 *adj.* 可運輸的

♧ **untenable** 〔ʌn′tɛnəbl̩,-′tinə-〕 *adj.* 難防守的

♧ **valuable** 〔′væljʊəbl̩〕 *adj.* 有價值的

♧ **veritable** 〔′vɜrətəbl̩〕 *adj.* 眞正的

♧ **viable** 〔′vaɪəbl̩〕 *adj.* 能生存的

❷ 我不再拼錯字尾是 -ible 的字

♧ **accessible** 〔æk′sɛsəbl̩〕 *adj.* 可到達的

♧ **admissible** 〔əd′mɪsəbl̩〕 *adj.* 可接納的

♧ **apprehensible** 〔,æprɪ′hɛnsəbl̩〕 *adj.* 可理解的

♧ **audible** 〔′ɔdəbl̩〕 *adj.* 聽得見的

♧ **coercible** 〔ko′ɜsəbl̩〕 *adj.* 可強迫的

♧ **collapsible** 〔kə′læpsəbl̩〕 *adj.* 可摺疊的

♧ **combustible** 〔kəm′bʌstəbl̩〕 *adj.* 易燃的

♧ **compatible** 〔kəm′pætəbl̩〕 *adj.* 能共存的

※　　　　　　※　　　　　　※

♧ **comprehensible** 〔,kɑmprɪ′hɛnsəbl̩〕 *adj.* 能理解的

♧ **compressible** 〔kəm′prɛsəbl̩〕 *adj.* 可壓縮的

♧ **contemptible** 〔kən′tɛmptəbl̩〕 *adj.* 可輕視的

♧ **convertible** 〔kən′vɜtəbl̩〕 *adj.* 可改變的

♧ **corruptible** 〔kə′rʌptəbl̩〕 *adj.* 易腐壞的

♧ **credible** 〔′krɛdəbl̩〕 *adj.* 可信的

♧ **deductible** 〔dɪ′dʌktəbl̩〕 *adj.* 可扣除的

♧ **destructible** 〔dɪ′strʌktəbl̩〕 *adj.* 易毀壞的

♧ **digestible** 〔də′dʒɛstəbl̩,daɪ-〕 *adj.* 可消化的

♧ **divisible** 〔dəˈvɪzəbl̩〕 *adj*. 可分開的

♧ **edible** 〔ˈɛdəbl̩〕 *adj*. 可食的

♧ **eligible** 〔ˈɛlɪdʒəbl̩〕 *adj*. 合格的

♧ **exhaustible** 〔ɪgˈzɔstəbl̩, ɛg-〕 *adj*. 可耗盡的

♧ **expansible** 〔ɪkˈspænsəbl̩〕 *adj*. 可擴展的

♧ **extensible** 〔ɪkˈstɛnsəbl̩, ɛk-〕 *adj*. 可伸展的

※   ※   ※

♧ **fallible** 〔ˈfæləbl̩〕 *adj*. 易犯錯誤的

♧ **feasible** 〔ˈfizəbl̩〕 *adj*. 可實行的

♧ **flexible** 〔ˈflɛksəbl̩〕 *adj*. 易彎曲的

♧ **horrible** 〔ˈhɑrəbl̩〕 *adj*. 可怕的

♧ **indefensible** 〔ˌɪndɪˈfɛnsəbl̩〕 *adj*. 無法防禦的

♧ **indelible** 〔ɪnˈdɛləbl̩〕 *adj*. 難擦掉的

♧ **intelligible** 〔ɪnˈtɛlɪdʒəbl̩〕 *adj*. 可理解的

♧ **invincible** 〔ɪnˈvɪnsəbl̩〕 *adj*. 無敵的

♧ **irresistible** 〔ˌɪrɪˈzɪstəbl̩, ˌɪrrɪ-〕 *adj*. 不可抵抗的

※   ※   ※

♧ **legible** 〔ˈlɛdʒəbl̩〕 *adj*. 易讀的

♧ **negligible** 〔ˈnɛglədʒəbl̩〕 *adj*. 可忽略的

♧ **ostensible** 〔ɑsˈtɛnsəbl̩〕 *adj*. 表面的

♧ **perceptible** 〔pɚˈsɛptəbl̩〕 *adj*. 感覺得到的

♧ **perfectible** 〔pɚˈfɛktəbl̩〕 *adj*. 可臻完善的

♧ **permissible** 〔pɚˈmɪsəbl̩〕 *adj*. 可容許的

♧ **plausible** 〔ˈplɔzəbl̩〕 *adj*. 似乎合理的

♧ **reducible** 〔rɪˈdjusəbl̩, -ˈdus-〕 *adj*. 可減縮的

♤ **remissible**〔rɪˈmɪsəbḷ〕*adj.* 可寬恕的

♤ **reprehensible**〔ˌrɛprɪˈhɛnsəbḷ〕*adj.* 應受譴責的

♤ **repressible**〔rɪˈprɛsəbḷ〕*adj.* 可鎮壓的

♤ **responsible**〔rɪˈspɑnsəbḷ〕*adj.* 負責任的

♤ **reversible**〔rɪˈvɝsəbḷ〕*adj.* 可反轉的

♤ **suggestible**〔səgˈdʒɛstəbḷ, səˈdʒɛst-〕*adj.* 可建議的

※　　　　　　※　　　　　　※

♤ **suppressible**〔səˈprɛsəbḷ〕*adj.* 可壓制的

♤ **susceptible**〔səˈsɛptəbḷ〕*adj.* 易受感動的

♤ **tangible**〔ˈtændʒəbḷ〕*adj.* 可觸知的

♤ **terrible**〔ˈtɛrəbḷ〕*adj.* 可怖的

♤ **transmissible**〔trænsˈmɪsəbḷ〕*adj.* 可傳送的

♤ **visible**〔ˈvɪzəbḷ〕*adj.* 可見的

自我拼字練習 Test 18

下列每題有一個或兩個拼錯的字，請選出來。

1. (A) admirable   (B) managable   (C) talerable
   (D) edible   (E) coercible

2. (A) compatable   (B) legiable   (C) navigable
   (D) justifiable   (E) arable

3. (A) contemptible   (B) comparable   (C) lovable
   (D) invincible   (E) intellgible

4. (A) blamable   (B) advisable   (C) believable
   (D) changable   (E) conceivable

5. (A) excusable   (B) inalienable   (C) desirable
   (D) embracable   (E) despiceable

【解　答】

1. (**BC**) (A) admirable〔'ædmərəbl̩〕*adj.* 令人欽佩的
   (B) *managable* →manageable〔'mænɪdʒəbl̩〕*adj.* 可處理的
   (C) *talerable* →tolerable〔'talərəbl̩〕*adj.* 可容忍的
   (D) edible〔'ɛdəbl̩〕*adj.* 可食的
   (E) coercible〔ko'ɝsəbl̩〕*adj.* 可強迫的

2. （**AB**）(A) *compatable* → compatible〔kəm'pætəbḷ〕*adj.* 能共
存的

(B) *legiable* → legible〔'lɛdʒəbḷ〕*adj.* 易讀的

(C) navigable〔'nævəgəbḷ〕*adj.* 可航行的

(D) justifiable〔'dʒʌstə,faɪəbḷ〕*adj.* 有理由的

(E) arable〔'ærəbḷ〕*adj.* 適於耕種的

3. （**E**）(A) contemptible〔kən'tɛmptəbḷ〕*adj.* 可輕視的

(B) comparable〔'kɑmpərəbḷ〕*adj.* 可供比較的

(C) lovable〔'lʌvəbḷ〕*adj.* 可愛的

(D) invincible〔ɪn'vɪnsəbḷ〕*adj.* 無敵的

(E) *intellgible* → intelligible〔ɪn'tɛlɪdʒəbḷ〕*adj.*
可理解的

4. （**D**）(A) blamable〔'bleməbḷ〕*adj.* 該受責備的

(B) advisable〔əd'vaɪzəbḷ〕*adj.* 可取的

(C) believable〔bɪ'livəbḷ〕*adj.* 可信的

(D) *changable* → changeable〔'tʃendʒəbḷ〕*adj.*
可改變的

(E) conceivable〔kən'sivəbḷ〕*adj.* 可想像的

5. （**DE**）(A) excusable〔ɪk'skjuzəbḷ, ɛk-〕*adj.* 可原諒的

(B) inalienable〔ɪn'eljənəbḷ, -'elɪən-〕*adj.* 不可剝奪的

(C) desirable〔dɪ'zaɪrəbḷ〕*adj.* 值得要的

(D) *embracable* → embraceable〔ɪm'bresəbḷ〕*adj.*
可擁抱的

(E) *despiceable* → despicable〔'dɛspɪkəbḷ〕*adj.* 可鄙的

GROUP 5　SUFFIX：-ary，-ery

❶ 我不再拼錯字尾是 -ary 的字

　♤ **adversary**〔'ædvɚ,sɛrɪ〕*n.* 對手

　♤ **arbitrary**〔'ɑrbə,trɛrɪ〕*adj.* 憑私意的

　♤ **auxiliary**〔ɔg'zɪljərɪ〕*adj.* 輔助的

　♤ **boundary**〔'baʊndərɪ,'baʊndrɪ〕*n.* 邊界

　♤ **commentary**〔'kɑmən,tɛrɪ〕*n.* 註解

　♤ **contemporary**〔kən'tɛmpə,rɛrɪ〕*adj.* 同時代的

　♤ **corollary**〔'kɔrə,lɛrɪ,'kɑr-〕*n.* 推論

※　　　　　※　　　　　※

　♤ **dictionary**〔'dɪkʃən,ɛrɪ〕*n.* 字典

　♤ **dromedary**〔'drɑmə,dɛrɪ,'drʌm-〕*n.* 單峯駝

　♤ **elementary**〔,ɛlə'mɛntərɪ〕*adj.* 基本的

　♤ **estuary**〔'ɛstʃʊ,ɛrɪ〕*n.* 海灣

　♤ **exemplary**〔ɪg'zɛmplərɪ,ɛg-〕*adj.* 可爲模範的

　♤ **February**〔'fɛbrʊ,ɛrɪ〕*n.* 二月

※　　　　　※　　　　　※

　♤ **honorary**〔'ɑnə,rɛrɪ〕*adj.* 榮譽的

　♤ **imaginary**〔ɪ'mædʒə,nɛrɪ〕*adj.* 想像的

　♤ **incendiary**〔ɪn'sɛndɪ,ɛrɪ〕*adj.* 縱火的

　♤ **infirmary**〔ɪn'fɝmərɪ〕*n.* 醫務室

　♤ **lapidary**〔'læpə,dɛrɪ〕*n.* 寶石匠

　♤ **library**〔'laɪ,brɛrɪ,-brərɪ〕*n.* 圖書館

　♤ **mercenary**〔'mɝsn̩,ɛrɪ〕*adj.* 爲金錢而工作的

♤ **monetary** 〔ˈmʌnəˌtɛrɪ , ˈmʌnə- 〕 *adj.* 貨幣的

♤ **necessary** 〔ˈnɛsəˌsɛrɪ , ˈsəsn 〕 *adj.* 必需的

♤ **penitentiary** 〔 ˌpɛnəˈtɛnʃərɪ , -ˈtɛntʃərɪ 〕 *n.* 感化院

♤ **proprietary** 〔 prəˈpraɪəˌtɛrɪ 〕 *adj.* 有財產的

♤ **revolutionary** 〔 ˌrɛvəˈluʃənˌɛrɪ 〕 *adj.* 革命的

♤ **rudimentary** 〔 ˌrudəˈmɛntərɪ 〕 *adj.* 初期的

♤ **secondary** 〔ˈsɛkənˌdɛrɪ 〕 *adj.* 次要的

♤ **secretary** 〔ˈsɛkrəˌtɛrɪ 〕 *n.* 祕書

※　　　　　※　　　　　※

♤ **sedentary** 〔ˈsɛdn̩ˌtɛrɪ 〕 *adj.* 慣坐的

♤ **stationary** 〔ˈsteʃənˌɛrɪ 〕 *adj.* 固定的

♤ **supernumerary** 〔 ˌsupəˈnjuməˌrɛrɪ , -ˈnu- , ˌsju- 〕 *adj.* 多餘的

♤ **tributary** 〔ˈtrɪbjəˌtɛrɪ 〕 *n.* 支流

♤ **vagary** 〔 vəˈgɛrɪ , ve- , -ˈgerɪ 〕 *n.* 妄想

♤ **vocabulary** 〔 vəˈkæbjəˌlɛrɪ , vo- 〕 *n.* 字彙

♤ **voluntary** 〔ˈvɑlənˌtɛrɪ 〕 *adj.* 志願的

♤ **votary** 〔ˈvotərɪ 〕 *n.* 出家人

❷ 我不的拼錯字尾是 -ery 的字

♤ **artillery** 〔 ɑrˈtɪlərɪ 〕 *n.* 大砲

♤ **bakery** 〔ˈbekərɪ 〕 *n.* 麵包店

♤ **brewery** 〔ˈbruərɪ 〕 *n.* 釀造所

♤ **bribery** 〔ˈbraɪbərɪ 〕 *n.* 行賄或受賄之行為

♤ **celery** 〔ˈsɛlərɪ 〕 *n.* 芹菜　　　**cemetery** 〔ˈsɛməˌtɛrɪ 〕 *n.* 墓地

♤ **confectionery** 〔 kənˈfɛkʃənˌɛrɪ 〕 *n.* 糖果店

♤ **cutlery** 〔ˈkʌtlərɪ 〕 *n.* 餐具 (如刀、叉、匙等)

♤ **distillery** 〔 dɪˈstɪlərɪ 〕 *n.* 蒸餾所

♤ **dysentery** 〔 'dɪsn̩,tɛrɪ 〕 *n.* 痢疾

♤ **effrontery** 〔 ə'frʌntərɪ,ɪ- 〕 *n.* 厚顏無恥

♤ **finery** 〔 'faɪnərɪ 〕 *n.* 華麗的服飾

♤ **flattery** 〔 'flætərɪ 〕 *n.* 諂媚

♤ **lamasery** 〔 'lɑmə,sɛrɪ 〕 *n.* 喇嘛寺院

♤ **machinery** 〔 mə'ʃinərɪ 〕 *n.* （集合稱）機器

♤ **millinery** 〔 'mɪlɪn,nɛrɪ,-nərɪ 〕 *n.* 女帽（集合稱）

　　　　　　※　　　　　　　※　　　　　　　※

♤ **monastery** 〔 'mɑnəs,tɛrɪ 〕 *n.* 修道院

♤ **nunnery** 〔 'nʌnərɪ 〕 *n.* 女修道院

♤ **raillery** 〔 'relərɪ,'ræl- 〕 *n.* 玩笑

♤ **refinery** 〔 rɪ'faɪnərɪ 〕 *n.* 精煉廠

♤ **stationery** 〔 'steʃən,ɛrɪ 〕 *n.* 文具

♤ **thievery** 〔 'θivərɪ 〕 *n.* 偷竊

♤ **trumpery** 〔 'trʌmpərɪ 〕 *n.* 廢物

自我拼字練習 Test 19

下列每題有一個或兩個拼錯的字，請選出來。

1. (A) lapidery   (B) lamasery   (C) effrontary
   (D) votary   (E) monetary

2. (A) penitentary   (B) proprietary   (C) sedentary
   (D) secretary   (E) rudimentary

3. (A) dysentery   (B) tributary   (C) monastery
   (D) arbitary   (E) cemetary

4. (A) examplery   (B) nunnary   (C) finery
   (D) machinery   (D) estuary

5. (A) millinery   (B) refinery   (C) stationary
   (D) imaginery   (E) confectionery

【解 答】

1. (**AC**)   (A) *lapidery* → lapidary〔'læpə,dɛrɪ〕*n*. 寶石匠
   (B) lamasery〔'lɑmə,sɛrɪ〕*n*. 喇嘛寺院
   (C) *effrontary* → effrontery〔ə'frʌntərɪ, ɪ-〕
      n. 厚顏無恥
   (D) votary〔'votərɪ〕*n*. 出家人
   (E) monetary〔'mʌnə,tɛrɪ, 'mɑnə-〕*adj*. 貨幣的

2. (**A**)   (A) *penitentary* → penitentiary〔,pɛnə'tɛnʃərɪ,
      -'tɛntʃərɪ〕*n*. 感化院

(B) proprietary〔prə'praɪə,tɛrɪ〕*adj.* 有財產的

(C) sedentary〔'sɛdn̩,tɛrɪ〕*adj.* 慣坐的

(D) secretary〔'sɛkrə,tɛrɪ〕*n.* 祕書

(E) rudimentary〔,rudə'mɛntərɪ〕*adj.* 初期的

3.（ **DE** ）(A) dysentery〔'dɪsn̩,tɛrɪ〕*n.* 痢疾

(B) tributary〔'trɪbjə,tɛrɪ〕*n.* 支流

(C) monastery〔'mɑnəs,tɛrɪ〕*n.* 修道院

(D) *arbitary* → arbitrary〔'ɑrbə,trɛrɪ〕*adj.* 憑私意的

(E) *cemetary* → cemetery〔'sɛmə,tɛrɪ〕*n.* 墓地

4.（ **AB** ）(A) *examplery* → exemplary〔ɪg'zɛmplərɪ,ɛg-〕
adj. 可爲模範的

(B) *nunnary* → nunnery〔'nʌnərɪ〕*n.* 女修道院

(C) finery〔'faɪnərɪ〕*n.* 華麗的服飾

(D) machinery〔mə'ʃinərɪ〕*n.*（集合稱）機器

(E) estuary〔'ɛstʃu,ɛrɪ〕*n.* 海灣

5.（ **D** ）(A) millinery〔'mɪlə,nɛrɪ,-nərɪ〕*n.* 女帽（集合稱）

(B) refinery〔rɪ'faɪnərɪ〕*n.* 精煉廠

(C) stationary〔'steʃən,ɛrɪ〕*adj.* 固定的

(D) *imaginery* → imaginary〔ɪ'mædʒə,nɛrɪ〕
adj. 想像的

(E) confectionery〔kən'fɛkʃən,ɛrɪ〕*n.* 糖果店

GROUP 6. SUFFIX : -al , -el , -le

❶ 我不再拼錯字尾是 -al 的字

- ♤ **accidental** 〔,æksə'dɛntḷ〕*adj.* 無意中的
- ♤ **acquittal** 〔ə'kwɪtḷ〕*n.* 盡責
- ♤ **aerial** 〔e'ɪrɪəl , 'ɛrɪə〕*adj.* 在空中的
- ♤ **arrival** 〔ə'raɪvḷ〕*n.* 到達
- ♤ **chemical** 〔'kɛmɪkḷ〕*adj.* 化學的
- ♤ **colonial** 〔kə'lonɪəl〕*adj.* 殖民地的
- ♤ **essential** 〔ə'sɛnʃəl〕*adj.* 基本的

✳   ✳   ✳

- ♤ **farcical** 〔'fɑrsɪkḷ〕*adj.* 引人發笑的
- ♤ **feral** 〔'fɪrəl〕*adj.* 野生的
- ♤ **funeral** 〔'fjunərəl〕*n.* 葬禮
- ♤ **lethal** 〔'liθəl〕*adj.* 致命的
- ♤ **mercurial** 〔mɚ'kjʊrɪəl〕*adj.* 含水銀的
- ♤ **natural** 〔'nætʃərəl〕*adj.* 自然的

✳   ✳   ✳

- ♤ **official** 〔ə'fɪʃəl〕*n.* 官員
- ♤ **parochial** 〔pə'rokɪəl , -kjəl〕*adj.* 教區的
- ♤ **pivotal** 〔'pɪvətḷ〕*adj.* 樞紐的
- ♤ **portrayal** 〔por'treəl , pɔr-〕*n.* 描繪
- ♤ **rational** 〔'ræʃənḷ〕*adj.* 合理的
- ♤ **refusal** 〔rɪ'fjuzḷ〕*n.* 拒絕
- ♤ **temporal** 〔'tɛmpərəl〕*adj.* 暫時的

♤ **trivial** 〔 ˊtrɪvɪəl 〕 *adj*. 不重要的

♤ **vernal** 〔 ˊvɝnḷ 〕 *adj*. 春天的

❷ 我不再拼錯字尾是 **-el** 的字

♤ **angel** 〔 ˊendʒəl 〕 *n*. 天使　　**barrel** 〔 ˊbærəl 〕 *n*. 大桶

♤ **colonel** 〔 ˊkɝnḷ 〕 *n*. 陸軍上校　　**label** 〔 ˊlebḷ 〕 *n*. 標籤

♤ **nickel** 〔 ˊnɪkḷ 〕 *n*. 鎳　　　　　**sequel** 〔 ˊsikwəl 〕 *n*. 結局

♤ **squirrel** 〔 ˊskwɝl,skwɝl 〕 *n*. 松鼠

❸ 我不再拼錯字尾是 **-le** 的字

♤ **addle** 〔 ˊædḷ 〕 *v*. 使混亂　　　**angle** 〔 ˊæŋgḷ 〕 *n*. 角

♤ **assemble** 〔 əˊsɛmbḷ 〕 *v*. 集合　　**bangle** 〔 ˊbæŋgḷ 〕 *n*. 手鐲

♤ **bauble** 〔 ˊbɔbḷ 〕 *n*. 小玩意　　　**candle** 〔 ˊkændḷ 〕 *n*. 蠟燭

♤ **cradle** 〔 ˊkredḷ 〕 *n*. 搖籃　　　　**dabble** 〔 ˊdæbḷ 〕 *v*. 濺濕

♤ **double** 〔 ˊdʌbḷ 〕 *adj*. 加倍的　　　**example** 〔 ɪgˊzæmpḷ 〕 *n*. 例子

♤ **fettle** 〔 ˊfɛtḷ 〕 *n*. (身心之) 狀態

♤ **fiddle** 〔 ˊfɪdḷ 〕 *n*. 小提琴　　　**hurtle** 〔 ˊhɝtḷ 〕 *v*. 衝擊

♤ **insoluble** 〔 ɪnˊsɑljəbḷ 〕 *adj*. 不能溶解的

※　　　　　　※　　　　　　※

♤ **kindle** 〔 ˊkɪndḷ 〕 *v*. 燃起　　　**marble** 〔 ˊmɑrbḷ 〕 *n*. 大理石

♤ **mettle** 〔 ˊmɛtḷ 〕 *n*. 勇氣　　　**principle** 〔 ˊprɪnsəpḷ 〕 *n*. 原則

♤ **rankle** 〔 ˊræŋkḷ 〕 *v*. 使人心痛

♤ **resemble** 〔 rɪˊzɛmbḷ 〕 *v*. 相似　　**sample** 〔 ˊsæmpḷ 〕 *n*. 樣品

♤ **sidle** 〔 ˊsaɪdḷ 〕 *v*. 側身而行　　**staple** 〔 ˊstepḷ 〕 *n*. 名產

♤ **trouble** 〔 ˊtrʌbḷ 〕 *n*. 煩惱　　　**whistle** 〔 ˊhwɪsḷ 〕 *v*. 吹哨

♤ **wrestle** 〔 ˊrɛsḷ 〕 *v*. 角力

自我拼字練習 Test 20

下列每題有一個或兩個拼對的字，請選出來

1. (A) aerial　　　(B) temporial　　　(C) pivotal
   (D) essental　　　(E) colonal

2. (A) barrel　　　(B) squirel　　　(C) fiddle
   (D) kinddle　　　(E) dable

3. (A) refusel　　　(B) principel　　　(C) nikle
   (D) rankel　　　(E) staple

4. (A) resembel　　　(B) marbel　　　(C) baubel
   (D) label　　　(E) assembel

5. (A) sampel　　　(B) angel　　　(C) bangel
   (D) colonal　　　(E) vernal

【解　答】

1. （ **AC** ）　(A) ***aerial*** 〔 eˋɪrɪəl , ˋɛrɪəl 〕 *adj.* 在空中的
   (B) *temporial* → temporal 〔 ˋtɛmpərəl 〕
   　　adj. 暫時的
   (C) ***pivotal*** 〔 ˋpɪvətḷ 〕 *adj.* 樞紐的
   (D) *essental* → essential 〔 əˋsɛnʃəl 〕 *adj.* 基本的
   (E) *colonal* → colonial 〔 kəˋlonɪəl 〕 *adj.* 殖民地的

2.（**AC**）　(A) ***barrel*** 〔 'bærəl 〕 *n.* 大桶

　　　　　(B) *squirel* → squirrel 〔 'skwɜəl , skwɜl 〕 *n.* 松鼠

　　　　　(C) ***fiddle*** 〔 'fɪdl̩ 〕 *n.* 小提琴

　　　　　(D) *kinddle* → kindle 〔 'kɪndl̩ 〕 *v.* 燃起

　　　　　(E) *dable* → dabble 〔 'dæbl̩ 〕 *v.* 濺濕

3.（ **E** ）　(A) *refusel* → refusal 〔 rɪ'fjuzl̩ 〕 *n.* 拒絕

　　　　　(B) *principel* → principle 〔 'prɪnsəpl̩ 〕 *n.* 原則

　　　　　(C) *nikle* → nickle 〔 'nɪkl̩ 〕 *n.* 鎳

　　　　　(D) *rankel* → rankle 〔 'ræŋkl̩ 〕 *v.* 使人心痛

　　　　　(E) ***staple*** 〔 'stepl̩ 〕 *n.* 名產

4.（ **D** ）　(A) *resembel* → resemble 〔 rɪ'zɛmbl̩ 〕 *v.* 相似

　　　　　(B) *marbel* → marble 〔 'mɑrbl̩ 〕 *n.* 大理石

　　　　　(C) *baubel* → bauble 〔 'bɔbl̩ 〕 *n.* 小玩意

　　　　　(D) ***label*** 〔 'lebl̩ 〕 *n.* 標籤

　　　　　(E) *assembel* → assemble 〔 ə'sɛmbl̩ 〕 *v.* 集合

5.（ **BE** ）　(A) *sampel* → sample 〔 'sæmpl̩ 〕 *n.* 樣品

　　　　　(B) ***angel*** 〔 'endʒəl 〕 *n.* 天使

　　　　　(C) *bangel* → bangle 〔 'bæŋgl̩ 〕 *n.* 手鐲

　　　　　(D) *colonal* → colonel 〔 'kɜnl̩ 〕 *n.* 陸軍上校

　　　　　(E) ***vernal*** 〔 'vɜnl̩ 〕 *adj.* 春天的

GROUP 7　SUFFIX：-ar，-er，-or

❶ 我不再拼錯字尾是 -ar 的字

♤ **angular** 〔'æŋgjələ〕 *adj.* 有角的

♤ **beggar** 〔'bɛgə〕 *n.* 乞丐

♤ **calendar** 〔'kæləndə, 'kælɪn-〕 *n.* 日曆

♤ **cedar** 〔'sidə〕 *n.* 西洋杉　　**cellar** 〔'sɛlə〕 *n.* 地窖

♤ **circular** 〔'sɝkjələ〕 *adj.* 圓的　　**collar** 〔'kɑlə〕 *n.* 衣領

♤ **dollar** 〔'dɑlə〕 *n.* 元

♤ **familiar** 〔fə'mɪljə〕 *adj.* 熟悉的

✳✳────────────────────

♤ **grammar** 〔'græmə〕 *n.* 文法

♤ **hangar** 〔'hæŋə, 'hæŋgɑr〕 *n.* 飛機庫

♤ **insular** 〔'ɪnsələ, 'ɪnsjʊ-〕 *adj.* 島嶼的

♤ **jugular** 〔'dʒʌgjələ, 'dʒu-〕 *adj.* 頸部的；喉部的

♤ **liar** 〔'laɪə〕 *n.* 說謊者　　**molar** 〔'molə〕 *n.* 臼齒

♤ **peculiar** 〔pɪ'kjuljə〕 *adj.* 奇特的

♤ **registrar** 〔'rɛdʒɪˌstrɑr, ˌrɛdʒɪ'strɑr〕 *n.* 登記員

✳✳────────────────────

♤ **regular** 〔'rɛgjələ〕 *adj.* 定期的

♤ **scholar** 〔'skɑlə〕 *n.* 學者　　**secular** 〔'sɛkjələ〕 *adj.* 世俗的

♤ **similar** 〔'sɪmələ〕 *adj.* 類似的

♤ **singular** 〔'sɪŋgjələ〕 *adj.* 單獨的

♤ **sugar** 〔'ʃʊgə〕 *n.* 糖　　**titular** 〔'tɪtʃələ〕 *adj.* 標題的

♤ **vicar** 〔'vɪkə〕 *n.*（英國的）教區牧師

♤ **vulgar** 〔'vʌlgə〕 *adj.* 粗俗的

❷ 我不再拼錯字尾是 -er 的字

♤ **adjuster** 〔ə'dʒʌstə〕*n.* 調整者

♤ **advertiser** 〔'ædvə,taɪzə, ,ædvə'taɪzə〕*n.* 刊登廣告者

♤ **adviser** 〔əd'vaɪzə〕*n.* 顧問（亦作 *advisor*）

♤ **amplifier** 〔'æmplə,faɪə〕*n.* 放大器

♤ **announcer** 〔ə'naʊnsə〕*n.* 廣播員

♤ **appraiser** 〔ə'prezə〕*n.* 鑑定者

♤ **baker** 〔'bekə〕*n.* 製或賣麵包糕點等的人

♤ **banter** 〔'bæntə〕*v.* 嘲弄　　**batter** 〔'bætə〕*n.* 打擊手

＊＊───────────────────────

♤ **bearer** 〔'bɛrə, 'bærə〕*n.* 持票人

♤ **beginner** 〔bɪ'gɪnə〕*n.* 初學者　　**believer** 〔bɪ'livə〕*n.* 信徒

♤ **brewer** 〔'bruə〕*n.* 釀酒商

♤ **butler** 〔'bʌtlə〕*n.* 司膳的人（管理餐具酒水等的男僕）

♤ **calender** 〔'kæləndə, 'kælɪn-〕*n.*（用以壓光布與紙的）軋光機
（請注意與 "calendar" 「日曆」的分別）

♤ **caper** 〔'kepə〕*n.* 跳躍　　**center** 〔'sɛntə〕*n.* 中心

♤ **character** 〔'kærɪktə, -ək-〕*n.* 特性

＊＊───────────────────────

♤ **comptroller** 〔kən'trolə〕*n.* 主計官

♤ **confectioner** 〔kən'fɛkʃənə〕*n.* 糖果餅點類之製造人或販賣人

♤ **consumer** 〔kən'sumə, -'sjumə〕*n.* 消費者

♤ **defender** 〔dɪ'fɛndə〕*n.* 保護者

♤ **designer** 〔dɪ'zaɪnə〕*n.* 設計者

♤ **digger** 〔'dɪgə〕*n.* 挖掘者

♤ **distiller** 〔dɪ'stɪlə〕*n.* 蒸餾器

♤ **employer** 〔ɪmˈplɔɪə〕 *n.* 雇主

♤ **engender** 〔ɪnˈdʒɛndə, ɛn-〕 *v.* 釀成；產生

♤ **eraser** 〔ɪˈresə〕 *n.* 黑板擦；橡皮

♤ **examiner** 〔ɪgˈzæmɪnə, ɛg-〕 *n.* 主考者

♤ **executioner** 〔͵ɛksɪˈkjuʃənə〕 *n.* 劊子手

♤ **forayer** 〔ˈfɔreə〕 *n.* 侵掠者

♤ **foreigner** 〔ˈfɔrɪnə, ˈfɑrɪnə〕 *n.* 外國人

♤ **garner** 〔ˈgɑrnə〕 *v.* 儲藏

✳✳――――――――――――――――――

♤ **grocer** 〔ˈgrosə〕 *n.* 食品雜貨商

♤ **haberdasher** 〔ˈhæbə͵dæʃə〕 *n.* 【美】男子服飾經售商

♤ **hanger** 〔ˈhæŋə〕 *n.* 衣架　　**invader** 〔ɪnˈvedə〕 *n.* 侵略者

♤ **jeweler** 〔ˈdʒuələ, ˈdʒju-〕 *n.* 珠寶商

♤ **laborer** 〔ˈlebərə〕 *n.* 勞工（ = *labourer* ）

♤ **lawyer** 〔ˈlɔjə〕 *n.* 律師　　**lecturer** 〔ˈlɛktʃərə〕 *n.* 講演人

♤ **ledger** 〔ˈlɛdʒə〕 *n.* 【簿記】總帳

♤ **manager** 〔ˈmænɪdʒə〕 *n.* 經理

✳✳――――――――――――――――――

♤ **manufacturer** 〔͵mænjəˈfæktʃərə〕 *n.* 製造業者

♤ **meager** 〔ˈmigə〕 *adj.* 貧乏的（ = *meagre* ）

♤ **messenger** 〔ˈmɛsṇdʒə〕 *n.* 報信者

♤ **milliner** 〔ˈmɪlənə〕 *n.* 製造或售賣女帽者

♤ **miner** 〔ˈmaɪnə〕 *n.* 礦工

♤ **minister** 〔ˈmɪnɪstə〕 *n.* 牧師

♤ **mourner** 〔ˈmornə, ˈmɔrnə〕 *n.* 哀悼者

♤ **observer** 〔əbˈzɝvə〕 *n.* 觀察者

♤ **officer** [ˈɔfəsɚ, ˈɑf-] *n.* 軍官

♤ **partner** [ˈpɑrtnɚ] *n.* 夥伴

♤ **passenger** [ˈpæsṇdʒɚ] *n.* 旅客；乘客

♤ **peddler** [ˈpɛdlɚ] *n.* 小販　　**prayer** [ˈprɛr] *n.* 祈禱

♤ **producer** [prəˈdjusɚ] *n.* 生產者

♤ **proffer** [ˈprɑfɚ] *v.* （正式）提供

♤ **propeller** [prəˈpɛlɚ] *n.* 推進器

♤ **provender** [ˈprɑvəndɚ, -ɪndɚ] *n.* 芻草；秣料

✳✳────────────────────────────

♤ **purchaser** [ˈpɝtʃəsɚ] *n.* 購買者

♤ **refiner** [rɪˈfaɪnɚ] *n.* 精製者

♤ **render** [ˈrɛndɚ] *v.* 給與

♤ **roister** [ˈrɔɪstɚ] *v.* 鬧飲

♤ **sinister** [ˈsɪnɪstɚ] *adj.* 邪惡的

♤ **solder** [ˈsɑdɚ] *n.* 焊料

♤ **somber** [ˈsɑmbɚ] *adj.* 陰沈的

♤ **stationer** [ˈsteʃənɚ, ˈsteʃnɚ] *n.* 文具商

✳✳────────────────────────────

♤ **stenographer** [stəˈnɑgrəfɚ] *n.* 速記員

♤ **subscriber** [səbˈskraɪbɚ] *n.* 訂戶

♤ **teller** [ˈtɛlɚ] *n.* 敍述者

♤ **theater** [ˈθiətɚ, ˈθɪə-] *n.* 戲院

♤ **traveler** [ˈtrævlɚ] *n.* 旅客

♤ **treasurer** [ˈtrɛʒərɚ] *n.* 會計

♤ **welter** [ˈwɛltɚ] *n.* 騷動

♤ **writer** [ˈraɪtɚ] *n.* 作者

❸ 我不再拼錯字尾是 -or 的字

♤ **accelerator** [æk'sɛlə,retə] *n.* 加速器

♤ **actor** ['æktə] *n.* 演員

♤ **administrator** [əd'mɪnə,stretə] *n.* 管理者

♤ **advisor** [əd'vaɪzə] *n.* 顧問

♤ **aggressor** [ə'grɛsə] *n.* 侵略者

♤ **ancestor** ['ænsɛstə] *n.* 祖先　　**anchor** ['æŋkə] *n.* 錨

♤ **ardor** ['ɑrdə] *n.* 熱情　　**auditor** ['ɔdɪtə] *n.* 旁聽者

♤ **author** ['ɔθə] *n.* 作者　　**aviator** ['evɪ,etə] *n.* 飛機駕駛員

＊＊――――――――――――――――――

♤ **bachelor** ['bætʃələ] *n.* 未婚男子

♤ **behavior** [bɪ'hevjə] *n.* 行為　　**bettor** ['bɛtə] *n.* 打賭者

♤ **calculator** ['kælkjə,letə] *n.* 計算者

♤ **captor** ['kæptə] *n.* 擄掠者　　**collector** [kə'lɛktə] *n.* 收集者

♤ **commentator** ['kɑmən,tetə] *n.* 時事評論家

♤ **competitor** [kəm'pɛtətə] *n.* 競爭者

♤ **conductor** [kən'dʌktə] *n.* 指揮者

♤ **confessor** [kən'fɛsə] *n.* 認錯者

＊＊――――――――――――――――――

♤ **conqueror** ['kɑŋkərə] *n.* 征服者

♤ **conspirator** [kən'spɪrətə] *n.* 共謀者

♤ **contractor** ['kɑntræktə, kən'træktə] *n.* 承造者

♤ **contributor** [kən'trɪbjʊtə] *n.* 捐助人

♤ **counselor** ['kaʊnslʲ, -slə] *n.*（使館）參事

♤ **creditor** ['krɛdɪtə] *n.* 債權人

♤ **debtor** ['dɛtə] *n.* 債務人　　**demeanor** [dɪ'minə] *n.* 行為

♤ **depositor** 〔dɪ'pɑzɪtə〕 *n.* 存款者

♤ **dictator** 〔dɪk'tetə〕 *n.* 獨裁者

♤ **director** 〔də'rɛktə, daɪ-〕 *n.* 指揮者

♤ **distributor** 〔dɪ'strɪbjətə〕 *n.* 分配者

♤ **doctor** 〔'dɑktə〕 *n.* 醫生　　**editor** 〔'ɛdɪtə〕 *n.* 編輯

♤ **educator** 〔'ɛdʒə,ketə, -dʒʊ-〕 *n.* 從事教育者

♤ **elector** 〔ɪ'lɛktə, ə-〕 *n.* 有選舉權者

♤ **emperor** 〔'ɛmpərə〕 *n.* 皇帝

**————————————————

♤ **escalator** 〔'ɛskə,letə〕 *n.* 自動梯

♤ **executor** 〔'ɛksɪ,kjutə〕 *n.* 執行者

♤ **favor** 〔'fevə〕 *n.* 恩惠（＝*favour*）

♤ **governor** 〔'gʌvənə, 'gʌvnə, 'gʌvənə〕 *n.* 統治者

♤ **harbor** 〔'hɑrbə〕 *n.* 港口（＝*harbour*）

♤ **honor** 〔'ɑnə〕 *n.* 名譽；信用

♤ **humor** 〔'hjumə, 'ju-〕 *n.* 幽默（＝*humour*）

♤ **impostor** 〔ɪm'pɑstə〕 *n.* 騙子（＝*imposter*）

**————————————————

♤ **incinerator** 〔ɪn'sɪnər,etə〕 *n.* 焚化爐

♤ **incubator** 〔'ɪnkjə,betə〕 *n.* 孵卵器

♤ **indicator** 〔'ɪndə,ketə〕 *n.* 指示器

♤ **inferior** 〔ɪn'fɪrɪə〕 *adj.* 下級的

♤ **inspector** 〔ɪn'spɛktə〕 *n.* 檢查員

♤ **inventor** 〔ɪn'vɛntə〕 *n.* 發明者（＝*inventer*）

♤ **investigator** 〔ɪn'vɛstə,getə〕 *n.* 調查員

♤ **investor** 〔ɪn'vɛstə〕 *n.* 投資者

♠ **janitor** ﹝'dʒænətə﹞ *n.* 管門者

♠ **legislator** ﹝'lɛdʒɪs,letə﹞ *n.* 立法委員；議員

♠ **major** ﹝'medʒə﹞ *adj.* 主要的

♠ **minor** ﹝'maɪnə﹞ *n.* 未成年者

♠ **mortgagor** ﹝'mɔrgɪdʒə﹞ *n.* 抵押者（＝*mortgager*）

♠ **motor** ﹝'motə﹞ *n.* 馬達；發動機

♠ **neighbor** ﹝'nebə﹞ *n.* 鄰居（＝*neighbour*）

♠ **operator** ﹝'ɑpə,retə﹞ *n.* 工作者；運用者

✳✳————————————————————

♠ **orator** ﹝'ɔrətə, 'ɑrətə﹞ *n.* 演說者

♠ **perpetrator** ﹝'pɝpə,tretə﹞ *n.* 犯人

♠ **predecessor** ﹝,prɛdɪ'sɛsə, 'prɛdɪ,sɛsə﹞ *n.* （某職位的）前任

♠ **prior** ﹝'praɪə﹞ *adj.* 在前的；較早的

♠ **professor** ﹝prə'fɛsə﹞ *n.* 教授

♠ **proprietor** ﹝prə'praɪətə﹞ *n.* 所有者

♠ **protector** ﹝prə'tɛktə﹞ *n.* 保護者

♠ **radiator** ﹝'redɪ,etə﹞ *n.* 暖氣爐

✳✳————————————————————

♠ **rancor** ﹝'ræŋkə﹞ *n.* 積怨（＝*rancour*）

♠ **realtor** ﹝'rɪəltə﹞ *n.* 不動產經紀人

♠ **refrigerator** ﹝rɪ'frɪdʒə,retə﹞ *n.* 電氣冰箱

♠ **rumor** ﹝'rumə﹞ *n.* 謠言　　**sailor** ﹝'selə﹞ *n.* 水手

♠ **sculptor** ﹝'skʌlptə﹞ *n.* 雕刻家

♠ **senator** ﹝'sɛnətə﹞ *n.* 參議院議員

♠ **spectator** ﹝'spɛktetə, spɛk'tetə﹞ *n.* 旁觀者

♠ **speculator** ﹝'spɛkjə,letə﹞ *n.* 投機者

♤ **sponsor** ﹝'spɑnsə﹞ *n.* 主持者

♤ **squalor** ﹝'skwɑlə﹞ *n.* 污穢

♠ **successor** ﹝sək'sɛsə﹞ *n.* 繼承者

♤ **superior** ﹝sə'pɪrɪə, su-﹞ *n.* 上司

♠ **supervisor** ﹝ˌsjupə'vaɪzə﹞ *n.* 監督者

♤ **surveyor** ﹝sə'veə﹞ *n.* 土地測量員

♤ **survivor** ﹝sə'vaɪvə﹞ *n.* 生還者

♤ **tailor** ﹝'telə﹞ *n.* 裁縫

※※—————————————————

♤ **tractor** ﹝'træktə﹞ *n.* 牽引機

♤ **traitor** ﹝'tretə﹞ *n.* 賣國賊

♤ **translator** ﹝træns'letə﹞ *n.* 譯者﹝亦作 *translater*﹞

♤ **tremor** ﹝'trɛmə﹞ *n.* 顫抖

♠ **ulterior** ﹝ʌl'tɪrɪə﹞ *adj.* 未揭露的

♤ **vendor** ﹝'vɛndə﹞ *n.* 賣主

♤ **vigor** ﹝'vɪgə﹞ *n.* 精力

♤ **visitor** ﹝'vɪzɪtə﹞ *n.* 訪問者

自我拼字練習 Test 21

下列每題有一個或兩個拼對的字，請選出來。

1. (A) ancesster   (B) minister   (C) acter
   (D) collecter   (E) partner

2. (A) comptroller   (B) insullar   (C) distiler
   (D) traveller   (E) bachelor

3. (A) engendar   (B) rendor   (C) vender
   (D) invader   (E) cador

4. (A) anchor   (B) calendor   (C) harbor
   (D) peddlor   (E) vicor

5. (A) messengger   (B) digger   (C) begger
   (D) hangger   (E) mortagger

【解 答】

1. （BE） (A) *ancesster* → ancestor〔'ænsɛstɚ〕*n.* 祖先
   (B) *minister*〔'mɪnɪstɚ〕*n.* 牧師
   (C) *acter* → actor〔'æktɚ〕*n.* 演員
   (D) *collecter* → collector〔kə'lɛktɚ〕
       n. 收集者
   (E) *partner*〔'partnɚ〕*n.* 夥伴

2. (AE) (A) ***comptroller*** 〔kən'trolɚ〕 *n.* 主計官

(B) *insullar* → insular 〔'ɪnsələ, 'ɪnsjʊ-〕
adj. 島嶼的

(C) *distiler* → distiller 〔dɪ'stɪlɚ〕 *n.* 蒸餾器

(D) *traveller* → traveler 〔'trævlɚ〕 *n.* 旅客

(E) ***bachelor*** 〔'bætʃələ〕 *n.* 未婚男子

3. (D) (A) *engendar* → engender 〔ɪn'dʒɛndɚ, ɛn-〕
v. 釀成；產生

(B) *rendor* → render 〔'rɛndɚ〕 *v.* 給予

(C) *vender* → vendor 〔'vɛndɚ〕 *n.* 賣主

(D) ***invader*** 〔ɪn'vedɚ〕 *n.* 侵略者

(E) *cador* → cadar 〔'sidɚ〕 *n.* 西洋杉

4. (AC) (A) ***anchor*** 〔'æŋkɚ〕 *n.* 錨

(B) *calendor* → calendar 〔'kæləndɚ, 'kælɪn-〕
n. 日曆

(C) ***harbor*** 〔'hɑrbɚ〕 *n.* 港口（ = *harbour* ）

(D) *peddlor* → peddler 〔'pɛdlɚ〕 *n.* 小販

(E) *vicor* → vicar 〔'vɪkɚ〕 *n.* （英國的）教區牧師

5. (B) (A) *messengger* → messenger 〔'mɛsṇdʒɚ〕
n. 報信者

(B) ***digger*** 〔'dɪgɚ〕 *n.* 挖掘者

(C) *begger* → beggar 〔'bɛgɚ〕 *n.* 乞丐

(D) *hangger* → hanger 〔'hæŋɚ〕 *n.* 衣架

(E) *mortagger* → mortgagor 〔'mɔrgɪdʒɚ〕
n. 抵押者（ = *mortgager* ）

GROUP 8　SUFFIX：-our, -re

❶ 我不再拼錯字尾是 -our 的字

♠ **colour**〔'kʌlɚ〕 *n.* 顏色（＝【美】*color*）

♠ **glamour**〔'glæmɚ〕 *n.* 魅力

♠ **honour**〔'ɑnɚ〕 *n.* 名譽（＝【美】*honor*）

♠ **humour**〔'hjumɚ, 'ju-〕 *n.* 幽默（＝【美】*humor*）

♠ **neighbour**〔'nebɚ〕 *n.* 鄰居（＝【美】*neighbor*）

❷ 我不再拼錯字尾是 -re 的字

♠ **acre**〔'ekɚ〕 *n.* 英畝（＝43560平方英尺）

♠ **centre**〔'sɛntɚ〕 *n.* 中心（＝【美】*center*）

♠ **lucre**〔'lukɚ, 'lɪu-〕 *n.* 金錢

♠ **macabre**〔mə'kɑbɚ, mə'kɑbrə〕 *adj.* 恐怖的

♠ **massacre**〔'mæsəkɚ〕 *n.* 大屠殺

♠ **meagre**〔'migɚ〕 *adj.* 貧乏的（＝【美】*meager*）

♠ **mediocre**〔'midɪ,okɚ, ,midɪ'okɚ〕 *adj.* 平凡的

♠ **ogre**〔'ogɚ〕 *n.*（童話中的）食人巨妖

♠ **sabre**〔'sebɚ〕 *n.*（騎兵所用的）軍刀（＝【美】*saber*）

♠ **theatre**〔'θiətɚ, 'θɪə-〕 *n.* 戲院（＝【美】*theater*）

自我拼字練習 **Test 22**

下列每題有一個或兩個拼對的字，請選出來。

1. (A) shellacked　　(B) shellaked　　(C) shellaced

　 (D) shellacing　　(E) shellacking

2. (A) bivoac　　　(B) bivouack　　(C) bivoack

　 (D) bivoacing　　(E) bivouacking

【解　答】

1. (**A E**) (A) ***shellacked*** 〔ʃəˈlækt, ˈʃɛlækt〕 *v.* 塗以充漆（過去式過去分詞）

　　　　　(B) *shellaked* → shellacked

　　　　　(C) *shellaced* → shellacked

　　　　　(D) *shellacing* → shellacking

　　　　　(E) ***shellacking*** 〔ʃəˈlækɪŋ, ˈʃɛlækɪŋ〕 *n.* 徹底的失敗

2. (**E**) (A) *bivoac* → bivouac 〔ˈbɪvʊˌæk, ˈbɪvwæk〕 *v.* 露營

　　　　　(B) *bivouack* → bivouac

　　　　　(C) *bivoack* → bivouac

　　　　　(D) *bivoacing* → bivouacking

　　　　　(E) ***bivouacking*** 〔ˈbɪvʊˌækɪŋ, ˈbɪvwækɪŋ〕
　　　　　　　（ *bivouac* 的動名詞）

自我拼字練習 Test 23

下列每題有一個或兩個拼錯的字，請選出來。

1. (A) glamour　　(B) humor　　(C) nieghbour　　(D) colour
   (E) honour

2. (A) acer　　　　(B) centre　　(C) saber　　　　(D) messacre
   (E) ogre

【解　答】

1. (C) (A) glamour〔'glæmɚ〕n. 魅力
   (B) humor〔'hjumɚ, 'ju-〕n. 幽默（＝humour）
   (C) nieghbour → neighbour〔'nebɚ〕n. 鄰居（＝neighbor）
   (D) colour〔'kʌlɚ〕n. 顏色（＝color）
   (E) honour〔'ɑnɚ〕n. 名譽（＝honor）

2. (AD) (A) acer → acre〔'ekɚ〕n. 英畝
   (B) centre〔'sɛntɚ〕n. 中心（＝center）
   (C) saber〔'sebɚ〕n. 軍刀（＝sabre）
   (D) messacre → massacre〔'mæsəkɚ〕n. 大屠殺
   (E) ogre〔'ogɚ〕n. 食人巨妖

GROUP 9　SUFFIX：-c，-ck

⊙ 我不再拼錯字尾是 -c, -ck 的字

➡ **bivouac**〔'bɪvʊ,æk,'bɪvwæk〕*v.* 露營
bivouacked〔'bɪvʊ,ækɪd〕*v.*（*bivouac* 的過去式）露營
bivouacking〔'bɪvʊ,ækɪŋ〕*v.*（*bivouac* 的現在式）露營

➡ **colic**〔'kɑlɪk〕*n.*【醫】腹部絞痛
colicky〔'kɑlɪkɪ〕*adj.* 腹部絞痛的

❋　　　　　　❋　　　　　　❋

➡ **frolic**〔'frɑlɪk〕*v.* 嬉戲
frolicked〔'frɑlɪkɪd〕*v.*（*frolic* 的過去式）嬉戲
frolicking〔'frɑlɪkɪŋ〕*v.*（*frolic* 的現在式）嬉戲

➡ **mimic**〔'mɪmɪk〕*v.* 模仿
mimicked〔'mɪmɪkɪd〕*v.*（*mimic* 的過去式）模仿
mimicking〔'mɪmɪkɪŋ〕*v.*（*mimic* 的現在式）模仿

❋　　　　　　❋　　　　　　❋

➡ **mosaic**〔mo'ze·ɪk〕*v.* 飾以鑲嵌細工
mosaicked〔mo'ze·ɪkɪd〕*v.*（*mosaic* 的過去式）飾以鑲嵌細工
mosaicking〔mo'ze·ɪkɪŋ〕*v.*（*mosaic* 的現在式）飾以鑲嵌細工

➡ **panic**〔'pænɪk〕*v.* 恐慌
panicked〔'pænɪkɪd〕*v.*（*panic* 的過去式）恐慌
panicking〔'pænɪkɪŋ〕*v.*（*panic* 的現在式）恐慌
panicky〔'pænɪkɪ〕*adj.* 恐慌的

➡ **picnic**〔'pɪknɪk〕*v.* 野餐
picnicked〔'pɪknɪkɪd〕*v.*（*picnic* 的過去式）野餐
picnicking〔'pɪknɪkɪŋ〕*v.*（*picnic* 的現在式）野餐

➡ **politic**〔'pɑlə,tɪk〕*adj.* 精明的
politicking〔'pɑlətɪkɪŋ〕*n.* 政治活動

※　　　　　※　　　　　※

➡ **shellac**〔ʃə'læk, 'ʃɛlæk〕*v.* 塗以充漆
shellacked〔ʃə'lækɪd〕*v.*（*shellac* 的過去式）塗以充漆
shellacking〔ʃə'lækɪŋ〕*v.*（*shellac* 的現在式）塗以充漆

➡ **traffic**〔'træfɪk〕*v.* 買賣
trafficked〔'træfɪkɪd〕*v.*（*traffic* 的過去式）買賣
trafficking〔'træfɪkɪŋ〕*v.*（*traffic* 的現在式）買賣

GROUP 10 SUFFIX：-cede，-ceed，-sede

❶ 我不再拼錯字尾是 -cede 的字

♤ **accede** 〔æk'sid〕 *v.* 同意；繼承

♤ **antecede** 〔͵æntə'sid〕 *v.* 先行；勝過

♤ **concede** 〔kən'sid〕 *v.* 承認；讓步

♤ **intercede** 〔͵ɪntɚ'sid〕 *v.* 代爲求情

♤ **precede** 〔pri'sid, prɪ-〕 *v.* 在先；優於

♤ **recede** 〔rɪ'sid〕 *v.* 後退

♤ **retrocede** 〔͵rɛtro'sid, ͵ritrə-〕 *v.* 歸還；後退

♤ **secede** 〔sɪ'sid〕 *v.* （從政黨、教會）脫離

❷ 我不再拼錯字尾是 -ceed 的字

♤ **exceed** 〔ɪk'sid〕 *v.* 超過　　**proceed** 〔prə'sid〕 *v.* 繼續進行

♤ **succeed** 〔sək'sid〕 *v.* 成功；繼續

❸ 我不再拼錯字尾是 -sede 的字

♤ **supersede** 〔͵supɚ'sid, ͵sju-〕 *v.* 替代

自我拼字練習 **Test 24**

下列每題有一個或兩個拼對的字，請選出來。

1. (A) conceed　　(B) precede　　(C) percede　　(D) perceed
   (E) supercede

2. (A) accede　　(B) proceed　　(C) excede　　(D) retorcede
   (E) procede

【解　答】

1. (**B**)　(A) *conceed* → concede〔kən'sid〕*v.* 承認；讓步

　　　　　(B) ***precede***〔pri'sid, prɪ-〕*v.* 在先；優於

　　　　　(C) *percede* → precede〔pri'sid, prɪ-〕*v.* 在先；優於

　　　　　(D) *perceed* → precede〔pri'sid, prɪ-〕*v.* 在先；優於

　　　　　(E) *supercede* → supersede〔ˌsupɚ'sid, ˌsju-〕*v.* 替代

2. (**AB**)　(A) ***accede***〔æk'sid〕*v.* 同意；繼承

　　　　　(B) ***proceed***〔prə'sid〕*v.* 繼續進行

　　　　　(C) *excede* → exceed〔ɪk'sid〕*v.* 超過

　　　　　(D) *retorcede* → retrocede〔ˌrɛtro'sid, ˌritrɚ-〕
　　　　　　　v. 歸還；後退

　　　　　(E) *procede* → proceed〔prə'sid〕*v.* 繼續進行

GROUP 11　SUFFIX：-cy, -sy

❶ 我不再拼錯字尾是 -cy 的字

♤ **accuracy**〔'ækjərəsɪ〕 *n.* 準確性

♤ **ascendancy**〔ə'sɛndənsɪ〕 *n.* 優越

♤ **bankruptcy**〔'bæŋkrʌptsɪ〕 *n.* 破產

♤ **bureaucracy**〔bjʊ'rɑkrəsɪ〕 *n.* 官僚政治

♤ **constancy**〔'kɑnstənsɪ〕 *n.* 恆久性

♤ **contingency**〔kən'tɪndʒənsɪ〕 *n.* 偶然性

♤ **democracy**〔də'mɑkrəsɪ〕 *n.* 民主政治

＊＊───────────────

♤ **diplomacy**〔dɪ'ploməsɪ〕 *n.* 外交

♤ **exigency**〔'ɛksədʒənsɪ〕 *n.* 緊急

♤ **expediency**〔ɪk'spidɪənsɪ〕 *n.* 權宜

♤ **fallacy**〔'fæləsɪ〕 *n.* 謬論

♤ **infancy**〔'ɪnfənsɪ〕 *n.* 幼年；幼稚期

♤ **intricacy**〔'ɪntrəkəsɪ〕 *n.* 紛亂

♤ **legacy**〔'lɛgəsɪ〕 *n.* 遺產

＊＊───────────────

♤ **literacy**〔'lɪtərəsɪ〕 *n.* 有閱讀書寫之能力

♤ **lunacy**〔'lunəsɪ〕 *n.* 瘋狂的行動；精神錯亂

♤ **magistracy**〔'mædʒɪstrəsɪ〕 *n.* 長官、治安官吏之職權、管區或任期　　**obstinacy**〔'ɑbstənəsɪ〕 *n.* 倔強

♤ **occupancy**〔'ɑkjəpənsɪ〕 *n.* 占領

♤ **potency**〔'potṇsɪ〕 *n.* 力量；勢力

♤ **secrecy**〔'sikrəsɪ〕 *n.* 秘密　　**vacancy**〔'vekənsɪ〕 *n.* 空缺

❷ 我不再拼錯字尾是 **-sy** 的字

♤ **apostasy** 〔ə'pɑstəsɪ〕 *n*. 變節

♤ **ecstasy** 〔'ɛkstəsɪ〕 *n*. 狂喜

♤ **heresy** 〔'hɛrəsɪ〕 *n*. 異端邪說

♤ **hypocrisy** 〔hɪ'pɑkrəsɪ〕 *n*. 僞善

♤ **idiosyncrasy** 〔,ɪdɪə'sɪŋkrəsɪ〕 *n*. 癖性

自我拼字練習 Test 25

下列每題有一個或兩個拼錯的字，請選出來。

1. (A) accuracy　　　(B) apostacy　　　(C) fallacy
   (D) diplomacy　　　(E) democracy

2. (A) idiosyncrasy　　(B) ecstasy　　　(C) magistrasy
   (D) legasy　　　　(E) bankruptcy

3. (A) ascendancy　　(B) bureaucrasy　　(C) literacy
   (D) expediency　　(E) contingensy

4. (A) heresy　　　　(B) secresy　　　(C) potency
   (D) occupancy　　(E) obstinasy

5. (A) hypocricy　　　(B) intricacy　　　(C) lunacy
   (D) exigency　　　(E) infancy

【解　答】

1. (　B　)　(A) accuracy〔ˊækjərəsɪ〕n. 準確性

　　　　　(B) *apostacy* → apostasy〔əˊpɑstəsɪ〕n. 變節

　　　　　(C) fallacy〔ˊfæləsɪ〕n. 謬誤

　　　　　(D) diplomacy〔dɪˊploməsɪ〕n. 外交

　　　　　(E) democracy〔dəˊmɑkrəsɪ〕
　　　　　　　n. 民主政治

2. （ C D ）　(A) idiosyncrasy〔ˌɪdɪəˈsɪŋkrəsɪ〕*n.* 癖性

　　　　　　　(B) ecstasy〔ˈɛkstəsɪ〕*n.* 狂喜

　　　　　　　(C) *magistrasy*→magistracy〔ˈmædʒɪstrəsɪ〕
　　　　　　　　　 n. 長官、治安官吏之職權、管區或任期

　　　　　　　(D) *legasy*→ legacy〔ˈlɛɡəsɪ〕*n.* 遺產

　　　　　　　(E) bankruptcy〔ˈbæŋkrʌptsɪ〕*n.* 破產

3. （ B E ）　(A) ascendancy〔əˈsɛndənsɪ〕*n.* 優越

　　　　　　　(B) *bureaucrasy*→ bureaucracy〔bjʊˈrɑkrəsɪ〕
　　　　　　　　　 n. 官僚政治

　　　　　　　(C) literacy〔ˈlɪtərəsɪ〕*n.* 有閱讀書寫之能力

　　　　　　　(D) expediency〔ɪkˈspidɪənsɪ〕*n.* 權宜

　　　　　　　(E) *contingensy*→ contingency〔kənˈtɪndʒənsɪ〕
　　　　　　　　　 n. 偶然性

4. （ B E ）　(A) heresy〔ˈhɛrəsɪ〕*n.* 異端邪說

　　　　　　　(B) *secresy*→ secrecy〔ˈsikrəsɪ〕*n.* 秘密

　　　　　　　(C) potency〔ˈpotn̩sɪ〕*n.* 力量；勢力

　　　　　　　(D) occupancy〔ˈɑkjəpənsɪ〕*n.* 占領

　　　　　　　(E) *obstinasy*→ obstinacy〔ˈɑbstənsɪ〕
　　　　　　　　　 n. 倔強

5. （　A　）　(A) *hypocricy*→ hypocrisy〔hɪˈpɑkrəsɪ〕*n.* 偽善

　　　　　　　(B) intricacy〔ˈɪntrəkəsɪ〕*n.* 紛亂

　　　　　　　(C) lunacy〔ˈlunəsɪ〕*n.* 瘋狂的行動；精神錯亂

　　　　　　　(D) exigency〔ˈɛksədʒənsɪ〕*n.* 緊急

　　　　　　　(E) infancy〔ˈɪnfənsɪ〕*n.* 幼年；幼稚期

GROUP 12　Suffix：-efy，-ify

❶ 我不再錯拼字尾是 -efy 的字

♤ **liquefy** [ˈlɪkwə,faɪ] *v.* 液化；熔解（亦作 *liquify*）

♤ **putrefy** [ˈpjutrə,faɪ] *v.* 腐朽

♤ **rarefy** [ˈrɛrə,faɪ] *v.* 稀釋

♤ **stupefy** [ˈstjupə,faɪ] *v.* 使失知覺

❷ 我不再拼錯字尾 -ify 的字

♤ **clarify** [ˈklærə,faɪ] *v.* 澄清

♤ **codify** [ˈkɑdə,faɪ] *v.* 編纂；整理

♤ **deify** [ˈdiə,faɪ] *v.* 奉爲神

♤ **dignify** [ˈdɪgnə,faɪ] *v.* 使顯貴

♤ **fortify** [ˈfɔrtə,faɪ] *v.* 加強

♤ **glorify** [ˈglɔrə,faɪ] *v.* 讚美；使光榮

＊＊————————————————

♤ **intensify** [ɪnˈtɛnsə,faɪ] *v.* 加強

♤ **modify** [ˈmɑdə,faɪ] *v.* 修改；變更

♤ **mortify** [ˈmɔrtə,faɪ] *v.* 使蒙屈辱

♤ **purify** [ˈpjʊrə,faɪ] *v.* 清淨；純化

♤ **ratify** [ˈrætə,faɪ] *v.* 批准

♤ **testify** [ˈtɛstə,faɪ] *v.* 證明

♤ **verify** [ˈvɛrə,faɪ] *v.* 證實

自我拼字練習 Test 26

下列每題有一個或兩個拼錯的字，請選出來。

1. (A) putrify (B) ratify (C) fortify (D) clarify (E) verify

2. (A) codefy (B) rarefy (C) liquefy (D) deify (E) purefy

3. (A) mortify (B) modify (C) stupify (D) intensify (E) dignify

【解 答】

1. (A) (A) *putrify* → putrefy〔ˈpjutrəˌfaɪ〕*v.* 腐朽
   (B) ratify〔ˈrætəˌfaɪ〕*v.* 批准
   (C) fortify〔ˈfɔrtəˌfaɪ〕*v.* 加強
   (D) clarify〔ˈklærəˌfaɪ〕*v.* 澄清
   (E) verify〔ˈvɛrəˌfaɪ〕*v.* 證實

2. (AE) (A) *codefy* → codify〔ˈkɑdəˌfaɪ〕*v.* 編纂；整理
   (B) rarefy〔ˈrɛrəˌfaɪ〕*v.* 稀釋
   (C) liquefy〔ˈlɪkwəˌfaɪ〕*v.* 液化；熔解
   (D) deify〔ˈdiəˌfaɪ〕*v.* 奉為神
   (E) *purefy* → purify〔ˈpjʊrəˌfaɪ〕*v.* 清淨；純化

3. (C) (A) mortify〔ˈmɔrtəˌfaɪ〕*v.* 使蒙屈辱
   (B) modify〔ˈmɑdəˌfaɪ〕*v.* 修改；變更
   (C) *stupify* → stupefy〔ˈstjupəˌfaɪ〕*v.* 使失知覺
   (D) intensify〔ɪnˈtɛnsəˌfaɪ〕*v.* 加強
   (E) dignify〔ˈdɪgnəˌfaɪ〕*v.* 使顯貴

GROUP 13　SUFFIX：-ise，-ize，-yze

❶ 我不再拼錯字尾是 -ise

♤ **advertise**〔'ædvɚ,taɪz〕v. 登廣告

♤ **advise**〔əd'vaɪz〕v. 勸告

♤ **apprise**〔ə'praɪz〕v. 通知

♤ **arise**〔ə'raɪz〕v. 出現；上升

♤ **chastise**〔tʃæs'taɪz〕v. 責罰

♤ **circumcise**〔'sɝkəm,saɪz〕v. 行割禮

♤ **clockwise**〔'klɑk,waɪz〕adv., adj. 順時針移動方向地(的)

♤ **comprise**〔kəm'praɪz〕v. 包括(= *comprize*)

♤ **compromise**〔'kɑmprə,maɪz〕v. 妥協

　　　　※　　　　　※　　　　　※

♤ **demise**〔dɪ'maɪz〕v. 遺贈

♤ **despise**〔dɪ'spaɪz〕v. 輕視　　**devise**〔dɪ'vaɪz〕v. 想出

♤ **disguise**〔dɪs'gaɪz〕v. 偽裝；假扮

♤ **enfranchise**〔ɛn'fræntʃaɪz〕v. 授以公民權

♤ **enterprise**〔'ɛntɚ,praɪz〕n. 企業

♤ **excise**〔ɪk'saɪz〕v. 切除　　**exercise**〔'ɛksɚ,saɪz〕v. 訓練

　　　　※　　　　　※　　　　　※

♤ **exorcise**〔'ɛksɔr,saɪz〕v. 驅(邪)；除(怪)

♤ **guise**〔gaɪz〕v. 穿著；打扮　　n. 裝束

♤ **improvise**〔'ɪmprə,vaɪz〕v. 即席而作

♤ **lengthwise**〔'lɛŋkθ,waɪz〕adv., adj. 縱長地(的)

♤ **likewise**〔'laɪk,waɪz〕adv. 同樣地

♠ **merchandise** 〔'mɝtʃənˌdaɪz〕*n*. 商品　*v*. 交易

♠ **otherwise** 〔'ʌðɚˌwaɪz〕*adv*. 不同地　*conj*. 否則

♠ **premise** 〔'prɛmɪs〕*n*. 前提　*v*. 提論

♠ **reprise** 〔rɪ'praɪz〕*v*. 插入；再現

♠ **revise** 〔rɪ'vaɪz〕*v*. 校訂　　**rise** 〔raɪz〕*v*. 升起

※　　　　　　※　　　　　　※

♠ **sidewise** 〔'saɪdˌwaɪz〕*adj., adv*. 斜向一邊的（地）

♠ **supervise** 〔ˌsupɚ'vaɪz〕*v*. 監督

♠ **surmise** 〔sɚ'maɪz〕*v*. 臆測；猜度

♠ **surprise** 〔sə'praɪz〕*v*. 使驚奇

♠ **televise** 〔'tɛləˌvaɪz〕*v*. 由電視播送

❷ 我不再拼錯字尾是 -ize 的字

♠ **agonize** 〔'ægəˌnaɪz〕*v*. 苦悶；煩惱

♠ **Americanize** 〔ə'mɛrəkənˌaɪz〕*v*. 美國化

♠ **amortize** 〔ə'mɔrtaɪz〕*v*. （用減債基金等方法）逐漸償還（債務等）

♠ **antagonize** 〔æn'tægəˌnaɪz〕*v*. 敵對；反對

♠ **apologize** 〔ə'pɑləˌdʒaɪz〕*v*. 道歉

♠ **authorize** 〔'ɔθəˌraɪz〕*v*. 授權

※　　　　　　※　　　　　　※

♠ **baptize** 〔bæp'taɪz〕*v*. 施洗禮；行浸禮

♠ **brutalize** 〔'brutḷˌaɪz〕*v*. 使殘忍

♠ **capsize** 〔kæp'saɪz〕*v*. 傾覆

♠ **cauterize** 〔'kɔtəˌraɪz〕*v*. 燒灼；腐蝕

♠ **characterize** 〔'kærɪktəˌraɪz〕*v*. 描寫；以⋯爲特點

♠ **Christianize** 〔'krɪstʃənˌaɪz〕*v*. 皈依基督

♤ **civilize** 〔 'sɪvḷ‚aɪz 〕 *v*. 使開化　　**colonize** 〔'kɑlə‚naɪz〕*v*.殖民
♤ **criticize** 〔 'krɪtə‚saɪz 〕 *v*. 批評 (= *criticise*)
♤ **crystallize** 〔 'krɪstḷ‚aɪz 〕 *v*. 結晶
♤ **demoralize** 〔 dɪ'mɑrəl‚aɪz 〕 *v*. 使沮喪
♤ **disorganize** 〔 dɪs'ɔrgə‚naɪz 〕 *v*. 使紊亂
♤ **dramatize** 〔 'dræmə‚taɪz 〕 *v*. 編爲戲劇

✳　　　　　✳　　　　　✳

♤ **economize** 〔 ɪ'kɑnə‚maɪz 〕 *v*. 節儉
♤ **emphasize** 〔 'ɛmfə‚saɪz 〕 *v*. 强調
♤ **equalize** 〔'ikwəl‚aɪz 〕 *v*. 使平等
♤ **familiarize** 〔 fə'mɪljə‚raɪz 〕 *v*. 使熟習
♤ **fertilize** 〔 'fɝtḷ‚aɪz 〕 *v*. 使肥沃
♤ **generalize** 〔 'dʒɛnərəl‚aɪz 〕 *v*. 概括
♤ **harmonize** 〔 'hɑrmə‚naɪz 〕 *v*. 使調和
♤ **hypnotize** 〔 'hɪpnə‚taɪz 〕 *v*. 施催眠術

✳　　　　　✳　　　　　✳

♤ **itemize** 〔 'aɪtəm‚aɪz 〕 *v*. 詳列
♤ **jeopardize** 〔 'dʒɛpɚd‚aɪz 〕 *v*. 使瀕於險境
♤ **legalize** 〔 'ligḷ‚aɪz 〕 *v*. 使合法化
♤ **mechanize** 〔 'mɛkə‚naɪz 〕 *v*. 使機械化
♤ **memorize** 〔 'mɛmə‚raɪz 〕 *v*. 記於心
♤ **modernize** 〔 'mɑdɚn‚aɪz 〕 *v*. 現代化
♤ **monopolize** 〔 mə'nɑpḷ‚aɪz 〕 *v*. 壟斷；專賣
♤ **moralize** 〔 'mɔrəl‚aɪz 〕 *v*. 說教；以道德感化
♤ **nationalize** 〔 'næʃənḷ‚aɪz 〕 *v*. 使…歸國有；歸化
♤ **neutralize** 〔 'njutrəl‚aɪz 〕 *v*. 使中立；中和

♤ **normalize** 〔 ′nɔrml̩ˌaɪz 〕 *v*. 正常化

♤ **ostracize** 〔 ′ɑstrəˌsaɪz 〕 *v*. 放逐

♤ **oxidize** 〔 ′ɑksəˌdaɪz 〕 *v*. 氧化；生銹

♤ **patronize** 〔 ′petrənˌaɪz 〕 *v*. 贊助

♤ **philosophize** 〔 fə′lɑsəˌfaɪz 〕 *v*. 使哲學化

♤ **plagiarize** 〔 ′pledʒəˌraɪz 〕 *v*. 抄襲

♤ **pulverize** 〔 ′pʌlvəˌraɪz 〕 *v*. 研碎

※　　　　　※　　　　　※

♤ **realize** 〔 ′riəˌlaɪz 〕 *v*. 認知

♤ **recognize** 〔 ′rɛkəgˌnaɪz 〕 *v*. 承認

♤ **reorganize** 〔 ri′ɔrgəˌnaɪz 〕 *v*. 改組

♤ **scandalize** 〔 ′skændl̩ˌaɪz 〕 *v*. 使（人）憤慨

♤ **scrutinize** 〔 ′skrutn̩ˌaɪz 〕 *v*. 詳審；細察

♤ **specialize** 〔 ′spɛʃəlˌaɪz 〕 *v*. 專門研究（ = *specialise* ）

♤ **subsidize** 〔 ′sʌbsəˌdaɪz 〕 *v*. 資助

♤ **symbolize** 〔 ′sɪmbl̩ˌaɪz 〕 *v*. 象徵

♤ **sympathize** 〔 ′sɪmpəˌθaɪz 〕 *v*. 同情

※　　　　　※　　　　　※

♤ **tantalize** 〔 ′tæntl̩ˌaɪz 〕 *v*. 逗惹；使看著却 得不著而難受

♤ **terrorize** 〔 ′tɛrəˌraɪz 〕 *v*. 使恐怖

♤ **utilize** 〔 ′jutl̩ˌaɪz 〕 *v*. 利用

♤ **victimize** 〔 ′vɪktɪmˌaɪz 〕 *v*. 使受害

♤ **visualize** 〔 ′vɪʒʊəlˌaɪz 〕 *v*. 想像；使可見

♤ **vocalize** 〔 ′vokl̩ˌaɪz 〕 *v*. 講出；以聲音表示出

♤ **vulcanize** 〔 ′vʌlkənˌaɪz 〕 *v*. 使（橡膠）硬化

❸ 我不再拼錯字尾是 **-yze** 的字

♤ **analyze** 〔 ˊænlˌaɪz 〕*v*. 分析

♤ **catalyze** 〔 ˊkætlˌaɪz 〕*v*. 使起催化作用

♤ **dialyze** 〔 ˊdaɪəˌlaɪz 〕*v*. 滲析;濾膜分析 (= *dialyse*)

♤ **electrolyze** 〔 ɪˊlɛktrəˌlaɪz 〕*v*. 電解

♤ **paralyze** 〔 ˊpærəˌlaɪz 〕*v*. 使麻痺 (= *paralyse*)

♤ **psychoanalyze** 〔 ˌsaɪkoˊænlˌaɪz 〕*v*. 以心理分析法診斷與治療

自我拼字練習 Test 27

下列每題有一個或兩個拼對的字，請選出來。

1. (A) memorize (B) cauterise (C) apprize
   (D) famaliarize (E) plagiarise

2. (A) neutralyze (B) scandalyze (C) electrolyze
   (D) fertilyze (E) civilyze

3. (A) dramatise (B) hypnotise (C) chastise
   (D) amortise (E) advertise

4. (A) exorcize (B) ostracize (C) circumcize
   (D) exercize (E) criticize

5. (A) pulveryze (B) apologyze (C) dialyze
   (D) catalyze (E) vulcanyze

【解 答】

1. 〔 **AD** 〕 (A) ***memorize*** 〔'mɛmə,raɪz〕 v. 記於心

   (B) *cauterise* → cauterize 〔'kɔtə,raɪz〕 v. 燒灼；腐蝕

   (C) *apprize* → apprise 〔ə'praɪz〕 v. 通知

   (D) ***famaliarize*** 〔fə'mɪljə,raɪz〕 v. 使熟習

   (E) *plagiarise* → plagiarize 〔'pledʒə,raɪz〕 v. 抄襲

2.（ **C** ）(A) *neutralyze* → neutralize〔'njutrəl,aɪz〕*v*. 使中立；
中和

(B) *scandalyze* → scandalize〔'skændl̩,aɪz〕*v*. 使（人）
憤慨

(C) ***electrolyze***〔ɪ'lɛktrə,laɪz〕*v*. 電解

(D) *fertilyze* → fertilize〔'fɝtl̩,aɪz〕*v*. 使肥沃

(E) *civilyze* → civilize〔'sɪvl̩,aɪz〕*v*. 使開化

3.（ **CE** ）(A) *dramatise* → dramatize〔'dræmə,taɪz〕*v*. 編爲戲劇

(B) *hypnotise* → hypnotize〔'hɪpnə,taɪz〕*v*. 施催眠術

(C) ***chastise***〔tʃæs'taɪz〕*v*. 責罰

(D) *amortise* → amortize〔ə'mɔrtaɪz〕*v*.（用減債基金
等方法）逐漸償還（債務等）

(E) ***advertise***〔'ædvɚ,taɪz〕*v*. 登廣告

4.（ **BE** ）(A) *exorcize* → exorcise〔'ɛksɔr,saɪz〕*v*. 驅（邪）；
除（怪）

(B) ***ostracize***〔'ɑstrə,saɪz〕*v*. 放逐

(C) *circumcize* → circumcise〔'sɝkəm,saɪz〕*v*. 行割禮

(D) *exercize* → exercise〔'ɛksɚ,saɪz〕*v*. 訓練

(E) ***criticize***〔'krɪtə,saɪz〕*v*. 批評

5.（ **CD** ）(A) *pulveryze* → pulverize〔'pʌlvɚ,raɪz〕*v*. 研碎

(B) *apologyze* → apologize〔ə'pɑlə,dʒaɪz〕*v*. 道歉

(C) ***dialyze***〔'daɪə,laɪz〕*v*. 滲析；濾膜分析

(D) ***catalyze***〔'kætl̩,aɪz〕*v*. 使起催化作用

(E) *vulcanyze* → vulcanize〔'vʌlkən,aɪz〕*v*. 使（橡膠）
硬化

GROUP 14 SUFFIX：-ly, -ally

❶ 我不再拼錯字尾是 -ly 的字

♠ **absolutely**〔'æbsə,lutlɪ〕*adv*. 完全地；絕對地

♠ **anxiously**〔'æŋkʃəslɪ〕*adv*. 憂慮地；渴望地

♠ **barely**〔'bɛrlɪ〕*adv*. 赤裸裸地；僅

♠ **carefully**〔'kɛrfəlɪ〕*adv*. 謹慎地

♠ **completely**〔kəm'plitlɪ〕*adv*. 完全地

♠ **coolly**〔'kulɪ〕*adv*. 鎮靜地

※　　　　　※　　　　　※

♠ **daily**〔'delɪ〕*adj*. 每日的

♠ **definitely**〔'dɛfənɪtlɪ〕*adv*. 明確地

♠ **dryly**〔'draɪlɪ〕*adv*. 乾燥地　　**easily**〔'izɪlɪ〕*adv*. 容易地

♠ **gaily**〔'gelɪ〕*adv*. 歡樂地；華麗地

♠ **greatly**〔'gretlɪ〕*adv*. 非常

♠ **happily**〔'hæpɪlɪ〕*adv*. 快樂地

♠ **immediately**〔ɪ'midɪɪtlɪ〕*adv*. 立即

♠ **immensely**〔ɪ'mɛnslɪ〕*adv*. 極大地

♠ **lazily**〔'lezɪlɪ〕*adv*. 懶洋洋地　　**likely**〔'laɪklɪ〕*adj*. 有可能的

※　　　　　※　　　　　※

♠ **lively**〔'laɪvlɪ〕*adj*. 活潑的　　**lonely**〔'lonlɪ〕*adj*. 孤單的

♠ **lovely**〔'lʌvlɪ〕*adj*. 可愛的　　**merely**〔'mɪrlɪ〕*adv*. 僅

♠ **merrily**〔'mɛrɪlɪ〕*adv*. 愉快地

♠ **pensively**〔'pɛnsɪvlɪ〕*adv*. 憂鬱地

♠ **prudently**〔'prudəntlɪ〕*adv*. 慎重地

♤ **publicly** 〔 'pʌblɪklɪ 〕 *adv*. 公開地　　**rarely** 〔 'rɛrlɪ 〕 *adv*.罕有地

♤ **severely** 〔 sə'vɪrlɪ 〕 *adv*. 嚴厲地

♤ **shyly** 〔 'ʃaɪlɪ 〕 *adv*. 羞怯地 (= *shily*)

♤ **sincerely** 〔 sɪn'sɪrlɪ 〕 *adv*. 誠懇地

♤ **slyly** 〔 'slaɪlɪ 〕 *adv*. 狡猾地　　**spryly** 〔 'spraɪlɪ 〕 *adv*.活潑地

♤ **steadily** 〔 'stɛdəlɪ 〕 *adv*. 穩固地

♤ **thoughtfully** 〔 'θɔtfəlɪ 〕 *adv*. 設想週到地

♤ **warmly** 〔 'wɔrmlɪ 〕 *adv*. 溫暖地　　**wholly** 〔 'holɪ 〕 *adv*.完全地

❷ 我不再拼錯字尾是 **-ally** 的字

♤ **academically** 〔 ‚ækə'dɛmɪkəlɪ 〕 *adv*. 學理上

♤ **accidentally** 〔‚æksə'dɛntl̩ɪ 〕 *adv*. 意外地

♤ **artistically** 〔 ɑr'tɪstɪkəlɪ 〕 *adv*. 在藝術 (美感) 上

♤ **automatically** 〔‚ɔtə'mætɪkl̩ɪ 〕 *adv*. 自動地

♤ **basically** 〔 'besɪkəlɪ 〕 *adv*. 基本地；主要地

♤ **critically** 〔 'krɪtɪkəlɪ 〕 *adv*. 批評地；吹毛求疵地

♤ **demonically** 〔di'mɑnɪkl̩ɪ 〕 *adv*. 似魔鬼地

※　　　　　　※　　　　　　※

♤ **elementally** 〔 ‚ɛlə'mɛntl̩ɪ 〕 *adv*. 基本地

♤ **equally** 〔 'ikwəlɪ 〕 *adv*. 同樣地

♤ **exceptionally** 〔 ɪk'sɛpʃənl̩ɪ 〕 *adv*. 例外地

♤ **fantastically** 〔 fæn'tæstɪkəlɪ 〕 *adv*. 奇特地

♤ **finally** 〔 'faɪnl̩ɪ 〕 *adv*. 最後；終於

♤ **generally** 〔 'dʒɛnərəlɪ 〕 *adv*. 普遍地

♤ **grammatically** 〔grə'mætɪkl̩ɪ 〕 *adv*. 在文法上

♤ **incidentally** 〔 ‚ɪnsə'dɛntl̩ɪ 〕 *adv*. 附帶地

♤ **intentionally** 〔 ɪn'tɛnʃənl̩ɪ 〕 *adv*. 故意地

- **intrinsically** 〔ɪn'trɪnsɪkḷɪ〕*adv.* 本質上地
- **lackadaisically** 〔,lækə'dezɪkḷɪ〕*adv.* 懶散地
- **logically** 〔'lɑdʒɪkəlɪ〕*adv.* 邏輯上；必然地
- **lyrically** 〔'lɪrɪkəlɪ〕*adv.* 有抒情詩特質地
- **practically** 〔'præktɪkḷɪ〕*adv.* 實際地

※　　　　　　※　　　　　　※

- **really** 〔'rɪəlɪ〕*adv.* 實際地
- **scholastically** 〔skə'læstəkḷɪ〕*adv.* 依學者風度；形式上
- **systematically** 〔,sɪstə'mætɪkḷɪ〕*adv.* 有系統地
- **typically** 〔'tɪpɪkḷɪ〕*adv.* 典型地
- **usually** 〔'juʒʊəlɪ〕*adv.* 通常地

自我拼字練習 Test 28

下列每題有一個或兩個拼錯的字，請選出來。

1. (A) dryly   (B) steadly   (C) spryly
    (D) slyly   (E) merryly

2. (A) lovely   (B) immensely   (C) wholely
    (D) severely   (E) absolutely

3. (A) prudentally   (B) accidentally   (C) incidentally
    (D) greatally   (E) elementally

4. (A) lyrically   (B) scholastically   (C) lackadiasically
    (D) publicly   (E) intrinsically

5. (A) thoughtfully   (B) barely   (C) coolly
    (D) dialy   (E) intentionly

【解 答】

1. (**BE**) (A) dryly〔'draɪlɪ〕*adv*. 乾燥地（＝*drily*）

      (B) *steadyly* → steadily〔'stɛdəlɪ〕*adv*. 穩固地

      (C) spryly〔'spraɪlɪ〕*adv*. 活潑地

      (D) slyly〔'slaɪlɪ〕*adv*. 狡猾地

      (E) *merryly* → merrily〔'mɛrɪlɪ〕*adv*. 愉快地

2. （ **C** ） (A) lovely 〔'lʌvlɪ〕 *adj*. 可愛的

   (B) immensely 〔ɪ'mɛnslɪ〕 *adv*. 極大地

   (C) *wholely* → wholly 〔'holɪ〕 *adv*. 完全地

   (D) severely 〔sə'vɪrlɪ〕 *adv*. 嚴厲地

   (E) absolutely 〔'æbsə‚lutlɪ〕 *adv*. 完全地

3. （ **AD** ） (A) *prudentally* → prudently 〔'prudəntlɪ〕 *adv*. 慎重地

   (B) accidentally 〔‚æksə'dɛntḷɪ〕 *adv*. 意外地

   (C) incidentally 〔‚ɪnsə'dɛntḷɪ〕 *adv*. 附帶地

   (D) *greatally* → greatly 〔'gretlɪ〕 *adv*. 非常

   (E) elementally 〔‚ɛlə'mɛntḷɪ〕 *adv*. 基本地

4. （ **C** ） (A) lyrically 〔'lɪrɪkəlɪ〕 *adv*. 有抒情詩特質地

   (B) scholastically 〔skə'læstəkḷɪ〕 *adv*. 依學者風度；
   形式上的

   (C) *lackadiasically* → lackadaisically 〔‚lækə'dezɪkḷɪ〕
   adv. 懶散地

   (D) publicly 〔'pʌblɪklɪ〕 *adv*. 公開地

   (E) intrinsically 〔ɪn'trɪnsɪkḷɪ〕 *adv*. 本質上地

5. （ **DE** ） (A) thoughtfully 〔'θɔtfəlɪ〕 *adv*. 設想週到地

   (B) barely 〔'bɛrlɪ〕 *adv*. 赤裸裸地；僅

   (C) coolly 〔'kulɪ〕 *adv*. 鎮靜地

   (D) *dialy* → daily 〔'delɪ〕 *adj*. 每日的

   (E) *intentionly* → intentionally 〔ɪn'tɛnʃənḷɪ〕 *adv*.
   故意地

GROUP 15　SUFFIX：-ous，-us

❶ 我不再拼錯字尾是 -ous 的字

♤ **advantageous**〔ˌædvən'tedʒəs〕*adj.* 有利的

♤ **ambitious**〔æm'bɪʃəs〕*adj.* 有野心的

♤ **arduous**〔'ɑrdʒʊəs〕*adj.* 費力的

♤ **beauteous**〔'bjutɪəs〕*adj.* 美麗的（多用於文學作品中）

♤ **callous**〔'kæləs〕*adj.* 堅硬的

♤ **capricious**〔kə'prɪʃəs〕*adj.* 善變的

♤ **conscious**〔'kɑnʃəs〕*adj.* 有知覺的

♤ **courageous**〔kə'redʒəs〕*adj.* 勇敢的

　　　　　※　　　　　※　　　　　※

♤ **dangerous**〔'dendʒərəs〕*adj.* 危險的

♤ **delicious**〔dɪ'lɪʃəs〕*adj.* 美味的

♤ **devious**〔'divɪəs〕*adj.* 偏僻的

♤ **erroneous**〔ɛ'ronɪəs〕*adj.* 錯誤的

♤ **extraneous**〔ɪk'strenɪəs〕*adj.* 外來的

♤ **fictitious**〔fɪk'tɪʃəs〕*adj.* 虛構的

　　　　　※　　　　　※　　　　　※

♤ **generous**〔'dʒɛnərəs〕*adj.* 慷慨的

♤ **humorous**〔'hjumərəs〕*adj.* 富幽默感的（＝【英】*humourous*）

♤ **illustrious**〔ɪ'lʌstrɪəs〕*adj.* 顯赫的

♤ **indigenous**〔ɪn'dɪdʒənəs〕*adj.* 天生的

♤ **ingenuous**〔ɪn'dʒɛnjʊəs〕*adj.* 坦白的

♤ **innocuous**〔ɪ'nɑkjʊəs〕*adj.* 無害的

♧ **lascivious** 〔ləˈsɪvɪəs〕 *adj*. 淫亂的

♧ **luscious** 〔ˈlʌʃəs〕 *adj*. 濃郁的

♧ **malicious** 〔məˈlɪʃəs〕 *adj*. 懷惡意的

♧ **marvelous** 〔ˈmɑrvḷəs〕 *adj*. 不可異議的（＝【英】*marvellous*）

♧ **meticulous** 〔məˈtɪkjələs〕 *adj*. 拘泥於細節的

♧ **miscellaneous** 〔ˌmɪsḷˈenɪəs〕 *adj*. 各種的

♧ **monstrous** 〔ˈmɑnstrəs〕 *adj*. 巨大的

　　　　※　　　　　　　　※　　　　　　　　※

♧ **nebulous** 〔ˈnɛbjələs〕 *adj*. 模糊的

♧ **opprobrious** 〔əˈprobrɪəs〕 *adj*. 可恥的

♧ **outrageous** 〔aʊtˈredʒəs〕 *adj*. 殘暴的

♧ **pious** 〔ˈpaɪəs〕 *adj*. 虔敬的

♧ **plenteous** 〔ˈplɛntɪəs〕 *adj*. 豐足的（多用於詩中）

♧ **portentous** 〔pɔrˈtɛntəs〕 *adj*. 不祥的

♧ **propitious** 〔prəˈpɪʃəs〕 *adj*. 吉利的

　　　　※　　　　　　　　※　　　　　　　　※

♧ **righteous** 〔ˈraɪtʃəs〕 *adj*. 行為正當的

♧ **sacrilegious** 〔ˌsækrɪˈlɪdʒəs〕 *adj*. 褻瀆神聖的

♧ **serious** 〔ˈsɪrɪəs〕 *adj*. 嚴肅的

♧ **solicitous** 〔səˈlɪsɪtəs〕 *adj*. 焦慮的

♧ **unconscious** 〔ʌnˈkɑnʃəs〕 *adj*. 無意識的

♧ **wondrous** 〔ˈwʌndrəs〕 *adj*. 【詩、文】奇異的

❷ 我不再拼錯字尾是 -us 的字

♤ **apparatus** 〔͵æpə'rætəs〕 *n.* 儀器

♤ **cactus** 〔'kæktəs〕 *n.* 仙人掌

♤ **calculus** 〔'kælkjələs〕 *n.* 微積分學；【醫】結石

♤ **callus** 〔'kæləs〕 *n.*【醫】皮膚硬化的部分

♤ **campus** 〔'kæmpəs〕 *n.* 校園

♤ **emeritus** 〔ɪ'mɛrətəs〕 *adj.* 名譽退休的

♤ **esophagus** 〔i'sɑfəgəs〕 *n.*【解、動】食道

　　　　　　※　　　　　　※　　　　　　※

♤ **genius** 〔'dʒinjəs〕 *n.* 天才

♤ **hiatus** 〔haɪ'etəs〕 *n.* 空隙

♤ **hippopotamus** 〔͵hɪpə'pɑtəməs〕 *n.*【動】河馬

♤ **humus** 〔'hjuməs〕 *n.* 腐植土

♤ **impetus** 〔'ɪmpətəs〕 *n.* 衝力；【機】運動量

♤ **nucleus** 〔'njuklɪəs〕 *n.* 核心　　 **onus** 〔'onəs〕 *n.* 責任

　　　　　　※　　　　　　※　　　　　　※

♤ **rumpus** 〔'rʌmpəs〕 *n.* 喧鬧

♤ **sarcophagus** 〔sɑr'kɑfəgəs〕 *n.*（古希臘、羅馬、埃及之）雕
　　刻精美之石棺

♤ **status** 〔'stetəs〕 *n.* 狀態

♤ **stimulus** 〔'stɪmjələs〕 *n.* 刺激

自我拼字練習 Test 29

下列每題有一個或兩個拼錯的字,請選出來。

1. (A) courgeous　　(B) wonderous　　(C) generous
　 (D) righteous　　(E) plenteous

2. (A) illustrious　　(B) propitious　　(C) fictious
　 (D) solicitious　　(E) ambitious

3. (A) unconscious　　(B) capriscious　　(C) luscious
　 (D) maliscious　　(E) delicious

4. (A) portentus　　(B) impetus　　(C) hiatus
　 (D) emeritus　　(E) cactus

5. (A) sacrilegus　　(B) stimulus　　(C) nucleus
　 (D) sarcophagus　　(E) nebulus

【解　答】

1. (**AB**)　(A) *courgeous* → courageous〔kə'redʒəs〕 *adj.* 勇敢的
　　　　　　(B) *wonderous* → wondrous〔'wʌndrəs〕 *adj.* 【詩、文】
　　　　　　　　奇異的
　　　　　　(C) generous〔'dʒɛnərəs〕 *adj.* 慷慨的
　　　　　　(D) righteous〔'raɪtʃəs〕 *adj.* 行爲正當的
　　　　　　(E) plenteous〔'plɛntɪəs〕 *adj.* 豐足的(多用於詩中)

2. (　D　) (A)　illustrious〔ɪˈlʌstrɪəs〕*adj.* 顯赫的

(B)　propitious〔prəˈpɪʃəs〕*adj.* 吉利的

(C)　fictious〔fɪkˈtɪʃəs〕*adj.* 虛構的

(D)　*solicitious* → solicitous〔səˈlɪsɪtəs〕*adj.* 焦慮的

(E)　ambitious〔æmˈbɪʃəs〕*adj.* 有野心的

3. (　BD　) (A)　unconscious〔ʌnˈkɑnʃəs〕*adj.* 無意識的

(B)　*capriscious* → capricious〔kəˈprɪʃəs〕*adj.* 善變的

(C)　luscious〔ˈlʌʃəs〕*adj.* 濃郁的

(D)　*maliscious* → malicious〔məˈlɪʃəs〕*adj.* 懷惡意的

(E)　delicious〔dɪˈlɪʃəs〕*adj.* 美味的

4. (　A　) (A)　*portentus* → portentous〔pɔrˈtɛntəs〕*adj.* 不祥的

(B)　impetus〔ˈɪmpətəs〕*n.* 衝力

(C)　hiatus〔haɪˈetəs〕*n.* 空隙

(D)　emeritus〔ɪˈmɛrətəs〕*adj.* 名譽退休的

(E)　cactus〔ˈkæktəs〕*n.* 仙人掌

5. (　AE　) (A)　*sacrilegus* → sacrilegious〔ˌsækrɪˈlɪdʒəs〕*adj.* 褻瀆神聖的

(B)　stimulus〔ˈstɪmjələs〕*n.* 刺激

(C)　nucleus〔ˈnjuklɪəs〕*n.* 核心

(D)　sarcophagus〔sɑrˈkɑfəgəs〕*n.* 雕刻精美的石棺

(E)　*nebulus* → nebulous〔ˈnɛbjələs〕*adj.* 可恥的

GROUP 16　INFIX：-ie-，-ei-

❶ 我不再拼錯字中有 -ie- 的字

♤ **achieve** 〔ə'tʃiv〕v. 完成　　**achievement** 〔ə'tʃivmənt〕n. 成就

♤ **aggrieve** 〔ə'griv〕v. 使苦惱　　**ancient** 〔'enʃənt〕adj. 古代的

♤ **apiece** 〔ə'pis〕adv. 每個　　**belief** 〔bɪ'lif〕n. 信仰

♤ **believe** 〔bɪ'liv〕v. 相信　　**besiege** 〔bɪ'sidʒ〕v. 圍攻

♤ **brief** 〔brif〕adj. 短暫的　　**cashier** 〔kæ'ʃɪr〕n. 出納員

♤ **cavalier** 〔,kævə'lɪr〕n. 騎士　　**chief** 〔tʃif〕n. 領袖

※　　　　　※　　　　　※

♤ **clothier** 〔'kloðjə〕n. 布商　　**conscience** 〔'kɑnʃəns〕n. 良心

♤ **deficient** 〔dɪ'fɪʃənt〕adj. 不充分的

♤ **efficiency** 〔ɪ'fɪʃənsɪ〕n. 效率

♤ **efficient** 〔ɪ'fɪʃənt〕adj. 有效率的

♤ **fief** 〔fif〕n.（封建時代的）封地　　**field** 〔fild〕n. 田野

♤ **fiend** 〔find〕n. 惡魔　　**fierce** 〔fɪrs〕adj. 兇猛的

♤ **fiery** 〔'faɪərɪ〕adj. 熾熱的

※　　　　　※　　　　　※

♤ **financier** 〔,faɪnən'sɪr〕n. 財政家　　**friend** 〔frɛnd〕n. 朋友

♤ **frieze** 〔friz〕n.【建】壁緣（多半附有雕刻）

♤ **frontier** 〔frʌn'tɪr〕n. 邊界　　**gaucherie** 〔'goʃə,ri〕n. 笨拙

♤ **glacier** 〔'gleʃə〕n. 冰河　　**grief** 〔grif〕n. 悲傷

♤ **grieve** 〔griv〕v. 傷心　　**grievous** 〔'grivəs〕adj. 痛苦的

♤ **handkerchief** 〔'hæŋkətʃɪf〕n. 手帕

♤ **hygiene** 〔'haɪdʒɪ,in〕n. 衛生學

♤ **irretrievable**〔,ɪrɪ'trivəbḷ〕*adj.* 不能補救的

♤ **liege**〔lidʒ〕*n.* 君王　　**lien**〔'liən〕*n.*【法律】留置權

♤ **lieutenant**〔lu'tɛnənt〕*n.* 陸軍中尉，少尉；海軍上尉，中尉

♤ **mien**〔min〕*n.* 風采　　**mischief**〔'mɪstʃɪf〕*n.* 惡作劇

♤ **mischievous**〔'mɪstʃɪvəs〕*adj.* 淘氣的

♤ **niece**〔nis〕*n.* 姪女；甥女

♤ **omniscient**〔ɑm'nɪʃənt〕*adj.* 全知的

♤ **piece**〔pis〕*n.* 斷片　　**pierce**〔pɪrs〕*v.* 刺透

※　　　　　※　　　　　※

♤ **priest**〔prist〕*n.* 牧師；僧侶

♤ **proficient**〔prə'fɪʃənt〕*adj.* 熟諳的

♤ **proprietor**〔prə'praɪətə〕*n.* 所有者

♤ **quiet**〔'kwaɪət〕*adj.* 安靜的　　**relieve**〔rɪ'liv〕*v.* 減輕

♤ **reprieve**〔rɪ'priv〕*v.* 緩刑　　**retrieve**〔rɪ'triv〕*v.* 尋回

♤ **review**〔rɪ'vju〕*v.* 溫習　　**scientist**〔'saɪəntɪst〕*n.* 科學家

♤ **shriek**〔ʃrik〕*n.* 尖銳的響聲　　**siege**〔sidʒ〕*n.* 圍攻

♤ **sieve**〔sɪv〕*n.* 篩　　**species**〔'spiʃɪz〕*n.* 種；類

♤ **sufficient**〔sə'fɪʃənt〕*adj.* 足夠的

♤ **thief**〔θif〕*n.* 竊賊　　**tier**〔tɪr〕*n.* 一排座位

♤ **wield**〔wild〕*v.* 揮舞　　**yield**〔jild〕*v.* 出產

❷ 我不再拼錯字中有 -ei- 的字

♤ **beige**〔beʒ〕*n.* 灰棕色　　**caffeine**〔'kæfin〕*n.*【化】咖啡鹼

♤ **ceiling**〔'silɪŋ〕*n.* 天花板

♤ **chow mein**〔'tʃaʊ'men〕*n.*【中】炒麵

♤ **codeine**〔'kodɪ,in〕*n.*【藥】可待因

♤ **conceit**〔kən'sit〕*v.* 自誇　　**conceive**〔kən'siv〕*v.* 想像

♠ **counterfeit** 〔 'kaʊntəfɪt 〕 *n*. 贗品

♠ **deceit** 〔 dɪ'sit 〕 *n*. 欺騙　　**deceitful** 〔 dɪ'sitfəl 〕 *adj*. 欺詐的

♠ **deceive** 〔 dɪ'siv 〕 *v*. 欺騙　　**deign** 〔 den 〕 *v*. 屈尊

♠ **deity** 〔 'diətɪ 〕 *n*. 神性

♠ **eiderdown** 〔 'aɪdə‚daʊn 〕 *n*. 棉鳧之絨毛

♠ **eight** 〔 et 〕 *n*. 八　　**either** 〔 'iðə 〕 *adj*.（二者之）任一

♠ **fahrenheit** 〔 'færən‚haɪt 〕 *adj*. 華氏（寒暑表）的

♠ **feign** 〔 fen 〕 *v*. 假裝　　**feint** 〔 fent 〕 *n*. 僞裝

❈　　　　❈　　　　❈

♠ **foreign** 〔 'fɔrɪn 〕 *adj*. 外國的

♠ **forfeit** 〔 'fɔrfɪt 〕 *n*. 沒收物　　**freight** 〔 fret 〕 *n*. 貨運

♠ **heifer** 〔 'hɛfə 〕 *n*. 未滿三歲之小母牛

♠ **height** 〔 haɪt 〕 *n*. 高度　　**heinous** 〔 'henəs 〕 *adj*. 極惡的

♠ **heir** 〔 ɛr 〕 *n*. 繼承人　　**heirloom** 〔 'ɛr'lum 〕 *n*. 傳家寶

♠ **inconceivable** 〔 ‚ɪnkən'sivəbļ 〕 *adj*. 不可想像的

♠ **inveigh** 〔 ɪn've 〕 *v*. 猛烈抨擊

♠ **inveigle** 〔 ɪn'vigļ 〕 *v*. 誘騙　　**leisure** 〔 'liʒə 〕 *n*. 閒暇

❈　　　　❈　　　　❈

♠ **leitmotif** 〔 'laɪtmo‚tif 〕 *n*. 反覆出現的主題

♠ **neigh** 〔 ne 〕 *n*. 馬嘶聲

♠ **neighbor** （【英】neighbour ）〔 'nebə 〕 *n*. 鄰居

♠ **neither** 〔 'niðə 〕 *adj*. 兩者都不…的

♠ **nonpareil** 〔 ‚nɑnpə'rɛl 〕 *adj*. 無比的

♠ **obeisance** 〔 o'besņs 〕 *n*. 尊敬；【文】敬禮

♠ **perceive** 〔 pə'siv 〕 *v*. 感覺　　**plebeian** 〔 plɪ'biən 〕 *n*. 平民

♠ **protein** 〔 'protiɪn 〕 *n*. 蛋白質

♠ **receipt** 〔 rɪ'sit 〕 *n*. 收據　　**receive** 〔 rɪ'siv 〕 *v*. 接受

♠ **reign** 〔 ren 〕 *v*. 統治　　**rein** 〔 ren 〕 *n*. 韁繩

♠ **reindeer** 〔 'rendɪr 〕 *n*.【動】馴鹿

♠ **seine** 〔 sen 〕 *n*. 拖地大圍網

♠ **seismograph** 〔 'saɪzmə,græf 〕 *n*. 地震計

♠ **seize** 〔 siz 〕 *v*. 攫取　　**seizure** 〔 'siʒɚ 〕 *n*. 捕獲

♠ **sheik** 〔 ʃik 〕 *n*.（阿拉伯之）酋長

※　　　　　※　　　　　※

♠ **skein** 〔 sken 〕 *n*. 一束（紗）

♠ **sleigh** 〔 sle 〕 *n*.【美】雪車（英國通常用 sledge）

♠ **sleight** 〔 slaɪt 〕 *n*. 巧妙　　**stein** 〔 staɪn 〕 *n*. 陶製大啤酒杯

♠ **surfeit** 〔 'sɝfɪt 〕 *n*. 過度

♠ **surveillance** 〔 sə'veləns 〕 *n*. 監視

♠ **veil** 〔 vel 〕 *n*. 面紗　　**vein** 〔 ven 〕 *n*.【解】靜脈

♠ **weigh** 〔 we 〕 *v*. 稱⋯的重量　　**weight** 〔 wet 〕 *n*. 重量

♠ **weir** 〔 wɪr 〕 *n*. 堰　　**weird** 〔 wɪrd 〕 *adj*. 怪誕的

自我拼字練習 Test 30

下列每題有一個或兩個拼錯的字，請選出來

1. (A) fiancier　　　　(B) cavalier　　　　(C) hier
   (D) clothier　　　　(E) cashier

2. (A) ancient　　　　(B) omniscient　　　　(C) conscience
   (D) efficiency　　　　(E) conciet

3. (A) leige　　　　(B) beige　　　　(C) seige
   (D) neigh　　　　(E) feign

4. (A) field　　　　(B) wier　　　　(C) wield
   (D) wierd　　　　(E) yield

5. (A) vein　　　　(B) mein　　　　(C) deign
   (D) reign　　　　(E) feind

【解解答】

1. (　**C**　)　(A) fiancier〔,faɪnən'sɪr〕 *n.* 財政家
　　　　　　　(B) cavalier〔,kævə'lɪr〕 *n.* 騎士
　　　　　　　(C) *hier* → heir〔'ɛr〕 *n.* 繼承人
　　　　　　　(D) clothier〔'kloðjɚ〕 *n.* 布商
　　　　　　　(E) cashier〔kæ'ʃɪr〕 *n.* 出納員

2.（ **E** ） (A) ancient〔ˈenʃənt〕*adj.* 古代的

(B) omniscient〔amˈnɪʃənt〕*adj.* 全知的

(C) conscience〔ˈkɑnʃəns〕*n.* 良心

(D) efficiency〔ɪˈfɪʃənsɪ〕*n.* 效率

(E) *conciet* → conceit〔kənˈsit〕*v.* 自誇

3.（ **AC** ） (A) *leige* → liege〔lidʒ〕*n.* 君王

(B) beige〔beʒ〕*n.* 灰棕色

(C) *seige* → siege〔sidʒ〕*n.* 圍攻

(D) neigh〔ne〕*n.* 馬嘶聲

(E) feign〔fen〕*v.* 假裝

4.（ **BD** ） (A) field〔fild〕*n.* 田野

(B) *wier* → weir〔wɪr〕*n.* 堰

(C) wield〔wild〕*v.* 揮舞

(D) *wierd* → weird〔wɪrd〕*adj.* 怪誕的

(E) yield〔jild〕*v.* 出產

5.（ **BE** ） (A) vein〔ven〕*n.*【解】靜脈

(B) *mein* → mien〔min〕*n.* 風采

(C) deign〔den〕*v.* 屈尊

(D) reign〔ren〕*v.* 統治

(E) *feind* → fiend〔find〕*n.* 惡魔

● 文法寶典 ●

劉毅 編著

〔全套五冊，售價700元，市面不售，請直接向本公司購買〕

這是一套想學好英文的人必備的工具書，作者積多年豐富的教學經驗，針對大家所不了解和最容易犯錯的地方，編寫成一套完整的文法書。

本書編排方式與衆不同，首先給讀者整體的概念，再詳述文法中的細節部分，內容十分完整。文法說明以圖表爲中心，一目了然，並且務求深入淺出。無論你在考試中或其他書中所遇到的任何不了解的問題，或是你感到最煩惱的文法問題，查閱**文法寶典**均可迎双而解。例如：那些副詞可修飾名詞或代名詞？（p.228）；什麼是介副詞？（p.543）；那些名詞可以當副詞用？（p.100）；倒裝句（p.629）、省略句（p.644）等特殊構句，爲什麼倒裝？爲什麼省略？原來的句子是什麼樣子？在文法寶典裏都有詳盡的說明。

例如當你唸到一個句子如：

Few people knew the answer, did they ?

卻不懂爲什麼用肯定的附加問句。如果你知道「含有 few, little, barely, hardly, rarely, scarcely, seldom 等準否定字的句子,其附加問句要用肯定」（詳見 p.7, p.662），則你心中的疑難必會迎双而解。

又如另一個句子：

He did not come because he wanted to see me.

如果誤以爲not修飾come，則會譯成「他沒來，因爲他要見我。」，但顯然不合常理。如果你知道「…not…because＋子句」的否定句中, not 可能修飾動詞，也可能修飾because, 完全視句意而定（詳見 p.508）。因此上句應分析爲：

He did not come ***because*** *he wanted to see me.*

（他並非因爲要見我而來。）

當然也有同一個句子中, not 修飾動詞或修飾 because 皆合理的情形：

I did not go ***because*** *I was afraid*. （我沒有去，因爲我害怕。）

或 I did not go ***because*** *I was afraid*. （我不是因爲怕才去的。）

PART 5

電腦統計
社會人士最常拼錯的字

高頻率錯字

♤ **absence** 〔ˈæbsn̩s〕*n.* 缺席

♤ **accessible** 〔æk'sɛsəbl̩〕*adj.* 易接近的

♤ **accident** 〔ˈæksədənt〕*n.* 意外事件

♤ **accidentally** 〔ˌæksə'dɛntl̩ɪ〕*adv.* 意外地

♤ **achieve** 〔ə'tʃiv〕*v.* 完成

♤ **acquainted** 〔ə'kwentɪd〕*adj.* 結識的

♤ **aggravate** 〔ˈægrə‚vet〕*v.* 加重　**all right** 〔ɔl raɪt〕行；好

＊＊────────────────

♤ **amateur** 〔ˈæmə‚tʃur, -, tur〕*n.* 業餘者

♤ **analyze** 〔ˈænl̩‚aɪz〕*v.* 分析

♤ **an envelope** 〔æn ɪn'vɛləp, æn 'ɛnvə‚lop〕一個信封

♤ **appearance** 〔ə'pɪrəns〕*n.* 出現

♤ **argument** 〔ˈɑrgjəmənt〕*n.* 辯論

♤ **assistant** 〔ə'sɪstənt〕*n.* 助手　**athlete** 〔ˈæθlit〕*n.* 運動員

♤ **attendance** 〔ə'tɛndəns〕*n.* 到；出席

♤ **auxiliary** 〔ɔg'zɪljərɪ〕*adj.* 輔助的

＊＊────────────────

♤ **believe** 〔bɪ'liv〕*v.* 相信

♤ **benefited** 〔ˈbɛnəfɪtɪd〕*v.* benefit（利益）之過去式、過去分詞

♤ **burglar** 〔ˈbɝglə〕*n.* 竊賊

♤ **campaign** 〔kæm'pen〕*n.* 戰役；活動（為某目的而活動）

♤ **canceled** 〔ˈkænsl̩d〕*v.* cancel（刪去）之過去式、過去分詞

♤ **career** 〔kə'rɪr〕*n.* 事業

♤ **catalogue** 〔'kætḷ,ɔg 〕 *n.* 目錄

♤ **cemetery** 〔'sɛmə,tɛrɪ 〕 *n.* 墓地

♤ **clerical** 〔'klɛrɪkḷ 〕 *adj.* 書記的   **coming** 〔'kʌmɪŋ 〕 *n.* 來

♤ **committee** 〔 kə'mɪtɪ 〕 *n.* 委員會

♤ **competition** 〔,kampə'tɪʃən 〕 *n.* 競爭

♤ **comptroller** 〔 kən'trolɚ 〕 *n.* 主計官

♤ **conscientious** 〔,kanʃɪ'ɛnʃəs 〕 *adj.* 正直的；盡責的

♤ **conscious** 〔'kanʃəs 〕 *adj.* 自覺的

✻✻────────────────────────────

♤ **convenience** 〔 kən'vinjəns 〕 *n.* 方便；適合

♤ **coolly** 〔'kulɪ 〕 *adv.* 淡漠地；鎮定地

♤ **correspondence** 〔,kɔrə'spandəns 〕 *n.* 通信

♤ **council** 〔'kaunsḷ 〕 *n.* 會議

♤ **county** 〔'kauntɪ 〕 *n.* 縣；郡〔 勿與 *country* 混淆 〕

♤ **criticize** 〔'krɪtə,saɪz 〕 *v.* 批評

♤ **definitely** 〔'dɛfənɪtlɪ 〕 *adv.* 明確地

♤ **dependent** 〔 dɪ'pɛndənt 〕 *adj.* 依賴的

✻✻────────────────────────────┐

♤ **descendant** 〔 dɪ'sɛndənt 〕 *n.* 後裔

♤ **desirable** 〔 dɪ'zaɪrəbḷ 〕 *adj.* 合意的；良好的

♤ **despair** 〔 dɪ'spɛr 〕 *n.* 絕望

♤ **develop** 〔 dɪ'vɛləp 〕 *v.* 發展

♤ **dining** 〔'daɪnɪŋ 〕 *v.* dine（ 用餐 ）之現在分詞

♤ **disappear** 〔,dɪsə'pɪr 〕 *v.* 消失

♤ **disappoint** 〔,dɪsə'pɔɪnt 〕 *v.* 使失望

♤ **dispensable** 〔 dɪ'spɛnsəbḷ 〕 *adj.* 不必要的

♤ **dissipate** 〔ˈdɪsə,pet 〕 *v*. 驅散

♤ **drunkenness** 〔ˈdrʌŋkənɪs 〕 *n*. 醉酒

♤ **ecstasy** 〔ˈɛkstəsɪ 〕 *n*. 狂喜

♤ **embarrass** 〔 ɪmˈbærəs 〕 *v*. 使困窘

♤ **enforcement** 〔 ɪnˈforsmənt 〕 *n*. 實施；加強

♤ **envelope** 〔ˈɛnvə,lop 〕 *n*. 信封

♤ **environment** 〔 ɪnˈvaɪrənmənt 〕 *n*. 環境

♤ **equipped** 〔 ɪˈkwɪpt 〕 *v*. equip（裝備）之過去式、過去分詞

♤ **escape** 〔 əˈskep 〕 *v*. 逃走

＊＊―――――――――――――――

♤ **exaggerate** 〔 ɪgˈzædʒə,ret 〕 *v*. 誇大；誇張

♤ **exceed** 〔 ɪkˈsid 〕 *v*. 超過　　**exercise** 〔ˈɛksə,saɪz 〕 *n*. 練習

♤ **existence** 〔 ɪgˈzɪstəns 〕 *n*. 存在

♤ **expedient** 〔 ɪkˈspidɪənt 〕 *adj*. 權宜的

♤ **federal** 〔ˈfɛdərəl 〕 *adj*. 聯邦政府的

♤ **filing** 〔ˈfaɪlɪŋ 〕 *n*. 檔案整理

♤ **foreign** 〔ˈfɔrɪn,ˈfɑrɪn 〕 *adj*. 外國的

♤ **forty** 〔ˈfɔrtɪ 〕 *n*. 四十

＊＊―――――――――――――――

♤ **genealogy** 〔 ,dʒinɪˈælədʒɪ,,dʒɛnɪ- 〕 *n*. 宗譜；家系

♤ **government** 〔ˈgʌvənmənt 〕 *n*. 政府

♤ **grievance** 〔ˈgrivəns 〕 *n*. 苦況

♤ **humorous** 〔ˈhjumərəs 〕 *adj*. 幽默的

♤ **hypocrisy** 〔 hɪˈpɑkrəsɪ 〕 *n*. 偽善

♤ **incidentally** 〔 ,ɪnsəˈdɛntl̩ɪ 〕 *adv*. 偶然地

♤ **independent** 〔 ,ɪndɪˈpɛndənt 〕 *adj*. 獨立的

♤ **indifference** 〔ɪn'dɪfərəns〕 *n.* 漠不關心

♤ **insistent** 〔ɪn'sɪstənt〕 *adj.* 堅持的

♤ **intercede** 〔,ɪntɚ'sid〕 *v.* 從中調停

♤ **irresistible** 〔,ɪrɪ'zɪstəbḷ〕 *adj.* 不可抵抗的

♤ **irritable** 〔'ɪrətəbḷ〕 *adj.* 易怒的

♤ **knowledge** 〔'nɑlɪdʒ〕 *n.* 知識

♤ **laboratory** 〔'læbrə,torɪ〕 *n.* 科學實驗室

♤ **legality** 〔lɪ'gælətɪ〕 *n.* 合法性；正當

＊＊─────────────────────

♤ **license** 〔'laɪsns〕 *n.* 執照   **loneliness** 〔'lonlɪnɪs〕 *n.* 孤單

♤ **losing** 〔'luzɪŋ〕 *adj.* 輸的

♤ **maintenance** 〔'mentənəns〕 *n.* 保養；維持

♤ **marriage** 〔'mærɪdʒ〕 *n.* 婚姻

♤ **mechanism** 〔'mɛkə,nɪzm〕 *n.* 機械裝置

♤ **millennium** 〔mə'lɛnɪəm〕 *n.* 一千年

♤ **millionaire** 〔,mɪljən'ɛr〕 *n.* 百萬富翁

♤ **mischievous** 〔'mɪstʃɪvəs〕 *adj.* 惡作劇的；淘氣的

＊＊─────────────────────

♤ **monetary** 〔'mʌnə,tɛrɪ , 'mɑnə-〕 *adj.* 貨幣的

♤ **mortgage** 〔'mɔrgɪdʒ〕 *n.,v.* 抵押

♤ **municipal** 〔mju'nɪsəpḷ〕 *adj.* 市的；市政的

♤ **noticeable** 〔'notɪsəbḷ〕 *adj.* 顯明的

♤ **occasion** 〔ə'keʒən〕 *n.* 場合；時機

♤ **occurred** 〔ə'kɝd〕 *v.* occur（發生）之過去式、過去分詞

♤ **occurrence** 〔ə'kɝəns〕 *n.* 發生；事件

♤ **omitted** 〔o'mɪtɪd, ə'mɪtɪd〕 *v.* omit（遺漏）之過去式、過去分詞

♤ **parallel** 〔'pærə,lɛl 〕 *adj.* 平行的

♤ **performance** 〔 pə'fɔrməns 〕 *n.* 表演

♤ **permanent** 〔'pɜmənənt 〕 *adj.* 永久的

♤ **permissible** 〔 pə'mɪsəbḷ 〕 *adj.* 可容許的

♤ **perseverance** 〔,pɜsə'vɪrəns 〕 *n.* 毅力

♤ **personnel** 〔,pɜsn̩'ɛl 〕 *n.* 人員〔 勿與 *personal* 混淆 〕

♤ **precede** 〔 pri'sid,pri- 〕 *v.* 在前;在先

♤ **prejudice** 〔'prɛdʒədɪs 〕 *n.* 偏見

＊＊────────────────

♤ **prescription** 〔 prɪ'skrɪpʃən 〕 *n.* 命令;規定

♤ **president** 〔'prɛzədənt 〕 *n.* 總統;董事長

♤ **privilege** 〔'prɪvl̩ɪdʒ 〕 *n.* 特權

♤ **procedure** 〔'prə'sidʒə 〕 *n.* 程序

♤ **proceed** 〔 prə'sid 〕 *v.* 繼續進行

♤ **professor** 〔 prə'fɛsə 〕 *n.* 教授

♤ **pronunciation** 〔 prə,nʌnsɪ'eʃən,-,nʌnʃɪ- 〕 *n.* 發音

♤ **questionnaire** 〔,kwɛstʃən'ɛr 〕 *n.* 問卷

＊＊────────────────

♤ **receive** 〔 rɪ'siv 〕 *v.* 收到

♤ **recognize** 〔'rɛkəg,naɪz 〕 *v.* 認出

♤ **recommend** 〔,rɛkə'mɛnd 〕 *v.* 推薦;介紹

♤ **repetition** 〔,rɛpɪ'tɪʃən 〕 *n.* 重複

♤ **responsibility** 〔 rɪ,spɑnsə'bɪlətɪ 〕 *n.* 責任;負擔

♤ **restaurant** 〔'rɛstərənt,-rɑnt 〕 *n.* 飯店;餐廳

♤ **rhythm** 〔'rɪðəm 〕 *n.* 節奏;韻律　　**salary** 〔'sælərɪ 〕 *n.* 薪水

♤ **schedule** 〔'skɛdʒʊl 〕 *n.* 時間表

♤ **seize** 〔 siz 〕 *v.* 捉住

♤ **separate** 〔'sɛpə,ret 〕 *v.* 分開

♤ **sheriff** 〔'ʃɛrɪf 〕 *n.* 郡保安官　　**sieve** 〔 sɪv 〕 *v.* 篩

♤ **simplified** 〔'sɪmplə,faɪd 〕 *v.* simplify（簡化）之過去式、過去
　分詞

♤ **society** 〔 sə'saɪətɪ 〕 *n.* 社會

♤ **superintendent** 〔,suprɪn'tɛndənt 〕 *n.* 監督者

＊＊───────────────────

♤ **supersede** 〔,supɚ'sid , ,sju- 〕 *v.* 替代；代換

♤ **supervisor** 〔,sjupɚ'vaɪzɚ 〕 *n.* 監督者

♤ **technical** 〔'tɛknɪkḷ 〕 *adj.* 技術上的

♤ **tendency** 〔'tɛndənsɪ 〕 *n.* 趨勢；傾向

♤ **tragedy** 〔'trædʒədɪ 〕 *n.* 悲劇　　**villain** 〔'vɪlən 〕 *n.* 歹徒；惡棍

♤ **weird** 〔 wɪrd 〕 *adj.* 不可思議的；奇異的

♤ **yield** 〔 jild 〕 *v.* 生產

自我拼字練習 **Test 31**

下列每題有一個或兩個拼錯的字，請選出來。

1. (A) enforcement   (B) arguement   (C) desirable
   (D) drunkeness   (E) definitely

2. (A) cooly   (B) canceled   (C) accidentally
   (D) auxilliary   (E) comptroller

3. (A) correspondance   (B) descendant   (C) appearance
   (D) attendance   (E) assistant

4. (A) embarrass   (B) exceed   (C) acessible
   (D) dissipate   (E) committe

5. (A) athelete   (B) despair   (C) catalogue
   (D) aggravate   (E) campeign

【解 答】

1. (**B D**) (A) enforcement〔ɪnˈforsmənt〕*n.* 實施；加強
   (B) *arguement* → argument〔ˈɑrgjəmənt〕*n.* 辯論
   (C) desirable〔dɪˈzaɪrəbl̩〕*adj.* 合意的
   (D) *drunkeness* → drunkenness〔ˈdrʌŋkənɪs〕*n.* 醉酒
   (E) definitely〔ˈdɛfənɪtlɪ〕*adv.* 明確地

2.（ **AD** ）　(A) *cooly* → coolly〔ˈkulɪ〕 *adv.* 淡漠地；鎮定地

　　　　　　(B) canceled〔ˈkænsḷd〕 *v.* cancel（刪去）之過去式、過去分詞　．

　　　　　　(C) accidentally〔͵æksəˈdɛntḷɪ〕 *adv.* 意外地

　　　　　　(D) *auxilliary* → auxiliary〔ɔgˈzɪljərɪ〕 *adj.* 輔助的

　　　　　　(E) comptroller〔kənˈtrolɚ〕 *n.* 主計官

3.（　**A**　）　(A) *correspondance* → correspondence〔͵kɔrəˈspɑndəns〕 *n.* 通信

　　　　　　(B) descendant〔dɪˈsɛndənt〕 *n.* 後裔

　　　　　　(C) appearance〔əˈpɪrən〕 *n.* 出現

　　　　　　(D) attendance〔əˈtɛndəns〕 *n.* 到；出席

　　　　　　(E) assistant〔əˈsɪstənt〕 *n.* 助手

4.（ **CE** ）　(A) embarrass〔ɪmˈbærəs〕 *v.* 使困窘

　　　　　　(B) exceed〔ɪkˈsid〕 *v.* 超過

　　　　　　(C) *acessible* → accessible〔ækˈsɛsəbḷ〕 *adj.* 易接近的

　　　　　　(D) dissipate〔ˈdɪsə͵pet〕 *v.* 驅散

　　　　　　(E) *committe* → committee〔kəˈmɪtɪ〕 *n.* 委員會

5.（ **AE** ）　(A) *athelete* → athlete〔ˈæθlit〕 *n.* 運動員

　　　　　　(B) despair〔dɪˈspɛr〕 *n.* 絕望

　　　　　　(C) catalogue〔ˈkætḷ͵ɔg〕 *n.* 目錄

　　　　　　(D) aggravate〔ˈægrə͵vet〕 *v.* 加重

　　　　　　(E) *campeign* → campaign〔kæmˈpen〕 *n.* 戰役；活動（為某目的而活動）

自我拼字練習 Test 32

下列每題有一個或兩個拼對的字，請選出來。

1. (A) precede   (B) intercede   (C) procede
   (D) hypocracy   (E) maintainance

2. (A) inssistent   (B) milennium   (C) permisible
   (D) personel   (E) procedure

3. (A) millionnaire   (B) questionnaire   (C) federal
   (D) goverment   (E) perminent

4. (A) grieveance   (B) irritateable   (C) noticeable
   (D) genealogy   (E) persevereance

5. (A) monatery   (B) loneliness   (C) municiple
   (D) knowlege   (E) pronounciation

【解　答】

1. (**AB**)   (A) *precede* 〔 pri'sid , pri- 〕 *v.* 在前；在先
     (B) *intercede* 〔 ,ɪntɚ'sid 〕 *v.* 從中調停
     (C) *procede* → proceed 〔 prə'sid 〕 *v.* 繼續進行
     (D) *hypocracy* → hypocrisy 〔 hɪ'pɑkrəsɪ 〕 *n.* 僞善
     (E) *maintainance* → maintenance 〔'mentənəns 〕 *n.* 保養；
       維持

2. (E) (A) *inssistent* → insistent〔ın'sıstənt〕*adj.* 堅持的

　　(B) *milennium* → millennium〔mə'lɛnıəm〕*n.* 一千年

　　(C) *permisible* → permissible〔pə'mısəbḷ〕*adj.* 可容許的

　　(D) *personel* → personnel〔pɝsṇ'ɛl〕*n.* 人員

　　(E) **procedure**〔prə'sidʒɚ〕*n.* 程序

3. (BC) (A) *millionnaire* → millionaire〔ˌmıljən'ɛr〕*n.* 百萬富翁

　　(B) **questionnaire**〔ˌkwɛstʃən'ɛr〕*n.* 問卷

　　(C) **federal**〔'fɛdərəl〕*adj.* 聯邦政府的

　　(D) *goverment* → government〔'gʌvɚnmənt〕*n.* 政府

　　(E) *perminent* → permanent〔'pɝmənənt〕*adj.* 永久的

4. (CD) (A) *grieveance* → grievance〔grivəns〕*n.* 苦況

　　(B) *irritateable* → irritable〔'ırətəbḷ〕*adj.* 易怒的

　　(C) **noticeable**〔'notısəbḷ〕*adj.* 顯明的

　　(D) **genealogy**〔ˌdʒını'ælədʒı , , dʒɛnı-〕*n.* 宗譜；家系

　　(E) *persevereance* → perseverance〔ˌpɝsə'vırəns〕*n.* 毅力

5. (B) (A) *monatery* → monetary〔'mʌnəˌtɛrı , 'mɑnə-〕*adj.*
　　　　貨幣的

　　(B) **loneliness**〔'lonlınıs〕*n.* 孤單

　　(C) *municiple* → municipal〔mju'nısəpḷ〕*adj.* 市的；
　　　　市政的

　　(D) *knowlege* → knowledge〔'nɑlıdʒ〕*n.* 知識

　　(E) *pronounciation* → pronunciation〔prəˌnʌnsı'eʃən ,
　　　　-ˌnʌnʃı-〕*n.* 發音

自我拼字練習 **Test 33**

下列每題有一個或兩個拼錯的字，請選出來。

1. (A) society   (B) sieve   (C) sieze
   (D) yield   (E) wierd

2. (A) supercede   (B) sheriff   (C) superviser
   (D) technical   (E) schedule

3. (A) tendency   (B) suprintendent   (C) villian
   (D) simplified   (E) salary

【解 答】

1. (**CE**)   (A) society〔sə'saɪətɪ〕*n.* 社會
   (B) sieve〔sɪv〕*v.* 篩
   (C) *sieze* → seize〔siz〕*v.* 捉住
   (D) yield〔jild〕*v.* 生產
   (E) *wierd* → weird〔wɪrd〕*adj.* 不可思議的；奇異的

2. (**AC**)   (A) *supercede* → supersede〔,supɚ'sid,,sju-〕*v.* 替代
   (B) sheriff〔'ʃɛrɪf〕*n.* 郡保安官
   (C) *superviser* → supervisor〔,sjupɚ'vaɪzɚ〕*n.* 監督者
   (D) techincal〔'tɛknɪkḷ〕*adj.* 技術上的
   (E) schedule〔'skɛdʒʊl〕*n.* 時間表

3.（ **BC** ） (A) tendency〔'tɛndənsɪ〕*n.* 趨勢；傾向

(B) *suprintendent* → superintendent〔,suprɪn'tɛndənt〕
n. 監督者

(C) *villian* → villain〔'vɪlən〕*n.* 歹徒；惡棍

(D) simplified〔'sɪmplə,faɪd〕*v.* simplify（簡化）之
過去式、過去分詞

(E) salary〔'sælərɪ〕*n.* 薪水

●5分鐘學會說英文①②③冊●

張 齡 編譯

「五分鐘學會說英文」是根據美國中央情報局的特殊記憶訓練法，所精心編輯而成的。您只要花五分鐘，就能記住一種實況，且在短時間內融會貫通，靈活運用。

本書最符合現代人的需要，用字淺顯，內容都是日常生活必備的，句子簡短，易懂、易記。例如想請外國朋友吃中飯，該怎麼說呢？本書教您最實用最普遍的講法：*Lunch is on me.*

「五分鐘學會說英文」每冊均分為八十課。每課由一句話揭示主題，再以三個不同的會話實況，使您徹底了解使用的場合。三個會話實況以後，列有「舉一反三」，包含五組對話，幫助您推展主題的運用範圍。凡是重要的單字、片語，均詳列於每課之後；對於特殊的注意事項和使用方法，則另附有 背景說明 。

錄音帶採用兩遍英文的跟讀練習，隨時可聽可學。

⊙書每冊150元，每冊書另有錄音帶四卷500元。

● SITUATION 39 ●

Lunch is on me.

Dialogue 2

A：Miss, may I have the check？
　　小姐，請把帳單給我好嗎？

B：How much do I owe you, Jane？
　　珍，我要付你多少？

A：Nothing. *Lunch is on me.*
　　不必了。中飯我請客。

B：Thank you. Next time lunch is on me. 謝謝你。下回中飯我請。

A：O.K. That's a deal.
　　好的。一言為定。

B：Let's go. 我們走吧。

〔舉一反三〕

A：This *lunch is on me.* 中飯我請客。

B：Thank you. 謝謝你。

A：Are you buying dinner tonight？
　　今晚晚餐你付帳嗎？

B：Yes. *Dinner is on me.*
　　是的，晚餐我請客。

A：Let's go Dutch. 我們分攤吧。

B：No, *it's my treat.* 不，我請客。

A：*Drinks are on me.* 酒由我請客。

B：What's the occasion？ 要慶祝什麼？

Editorial Staff

● **編著** / 黃玉真

● **校訂**

　葉淑霞・謝靜慧・湯碧秋・陳威如・武藍蕙

　林　婷・鍾元良・王慈嫻

● **校閱**

　David Brotman・Edward C. Yulo

　John H. Voelker・Kenyon T. Cotton

● **美編** / 張鳳儀・黃新家・林燕茹

● **封面設計** / 唐　昃

● **打字**

　黃淑貞・賴秋燕・蘇淑玲・倪秀梅・吳秋香

● **校閱**

　劉　毅・陳瑠琍・蔡琇瑩・謝靜芳・褚謙吉

　劉復苓・吳濱伶・吳秀芳

||||||||||||| ● 學習出版公司門市部 ● |||||||||||||||||

臺北地區：臺北市許昌街 10 號 2 樓 TEL：(02)2331-4060・2331-9209
台中地區：台中市綠川東街 32 號 8 樓 23 室
　　　　　TEL：(04)223-2838

|||||||||||||||||||||||||||||||||||||||||||||||

我不再拼錯英文字

編　　著 ／ 黃玉眞
發 行 所 ／ 學習出版有限公司　　　　　☎ (02) 2704-5525
郵 撥 帳 號 ／ 0512727-2 學習出版社帳戶
登 記 證 ／ 局版台業 2179 號
印 刷 所 ／ 裕強彩色印刷有限公司
台 北 門 市 ／ 臺北市許昌街 10 號 2 F　　☎ (02) 2331-4060・2331-9209
台 中 門 市 ／ 台中市綠川東街 32 號 8 F 23 室　☎ (04) 223-2838
台灣總經銷 ／ 紅螞蟻圖書有限公司　　☎ (02) 2799-9490・2657-0132
美國總經銷 ／ Evergreen Book Store　☎ (818) 2813622

售價：新台幣一百五十元正
2000 年 5 月 1 日一版四刷